東野圭吾

人魚の眠る家

幻冬舎

人魚の眠る家

東野圭吾

人魚の眠る家

目次

プロローグ

たくさんの車が行き交う幅の広い道路から脇道に入り、ずっと奥まで進んだところにその家はあった。周りにある家も大きかったが、その家は特に立派だった。小学校からの帰りに門の前を通る時、「お屋敷」というのはこういう家のことをいうんだろうな、と宗吾《そうご》はよく思った。どんな人が住んでいるんだろう、と想像することもあった。きっとものすごいお金持ちに違いない。庭にはプールがあるんだろうか。牛みたいに大きな犬を飼ってたりするんだろうか。

門の扉には奇麗な模様が透かし彫りされている。それを見るたび宗吾は、隙間から中を覗きたくなった。我慢したのは、こういう大きな「お屋敷」には、きっと怖い門番のような人がいるだろうと思ったからだ。

絶好の機会は思いがけない形で訪れた。

風の強い日だった。向かい風に耐えながらいつものように歩いていたら、被っていた野球帽が後ろに飛ばされた。あわてて振り返った時、帽子が塀を越えていくのが見えた。

あの屋敷の塀だった。

どうしよう、と宗吾は思った。インターホンを鳴らして、家の人に拾ってもらおうか。

思案しながら近づいていくと、いつもは固く閉ざされている門扉が、その日にかぎって少し開いていた。どうぞ、とでもいうように。怖い門番はいないようだ。

宗吾はおそるおそる門扉を押し開いた。誰かに見つかったら、帽子を飛ばされたことをいえばいいと思った。

敷地内に足を踏み入れ、屋敷を眺めた。外国のドラマに出てきそうな二階建ての建物だった。プールはなかったが、庭は広かった。

足元に目を落とすと平たい石を敷き詰めた道が作られていて、その先に玄関があった。そこから少し横に視線をずらし、宗吾は帽子を見つけた。屋敷の壁際に落ちているのだ。すぐそばに窓があった。

誰かいるのでは、と窓を気にしながら近寄っていった。カーテンが開いているので、中の様子がよくわかる。窓際に薔薇《ばら》が飾られていた。赤い薔薇だった。

腰を屈めて帽子を拾い上げてから、改めてそばの窓に目をやった。背伸びすれば中を覗けそうな高さだった。その下に立って窓枠を摑み、踵《かかと》を少しずつ浮かせていった。

天井から吊された灯りが見え、次に壁に掛けられた時計が見えた。もう少し下のほうを見ようと首を伸ばした時、人の姿が視界に入った。どきりとして咄嗟に首を引っ込めた。

だが再び覗く気になったのは、見えたのは小さな女の子で、しかも眠っているように思えたからだった。

首を伸ばしてみると、やはりそうだった。赤いセーターを着た女の子が、車椅子に座って眠っているのだった。

年頃は宗吾と同じぐらいに見えた。白い頰にピンクの唇、長い睫《まつげ》。かすかに胸が上下している。寝息が聞こえてきそうだった。

なぜ車椅子なんだろうと思った。もしかすると足が悪いのかもしれない。

宗吾は窓から離れ、門に向かって歩きだした。道に出ると門扉を元の状態にして、帰路についた。

その日以来、女の子のことが頭から離れなくなった。ふと気づくと思い出しているのだ。あの白い肌を、花びらのような唇を、長い睫に飾られた目元を。こんなことは生まれて初めてだった。

何とかしてもう一度会いたい――屋敷の前を通るたびに思った。あの時にしても、会ったわけではないのだけれど。ただ窓から覗いただけなのだけれど。

また帽子を言い訳にしようか、と考えたりした。しかしさほど風が強くない日では、嘘だとばれてしまいそうだ。

そしてある日、妙案を思いついた。帽子じゃなくてもいいんだと気づいた。宗吾は紙飛行機を作った。屋敷の前に立つと、周りに人がいないのを確かめてから、それを塀の向こう側へ飛ばした。

その後、インターホンを鳴らした。紙飛行機を拾いたいといえば、入れてくれるだろう。ところがいくら待っても返事は聞こえてこなかった。どうしようかと思い、宗吾は門扉を押してみた。すると意外なほど抵抗なく、それは開いた。

中の様子を窺《うかが》ってみると、人の気配はなかった。宗吾が飛ばした紙飛行機は、玄関に続く道の半ばあたりに落ちていた。それを拾ってから、ゆっくりと屋敷に、例の窓に近づいていった。

今日はレースのカーテンが閉じられていて、遠くからだと何も見えなかった。

窓の下に立ち、先日と同じように背伸びした。ガラス窓に顔を近づけると、レースのカーテン越しに室内がうっすらと見えた。

宗吾はがっかりした。どうやらあの女の子はいないようなのだ。

窓から離れた。諦めて帰ることにした。ところが門に向かって歩きかけた時、不意に門扉が開いた。

車椅子を押しながら、女の人が入ってきた。女の人はすぐに宗吾に気づき、驚いた顔で足を止めた。あなたは誰？　どうしてここにいるの？――非難の色が目に込められていた。

宗吾は駆け寄り、紙飛行機を見せた。「これを飛ばしてたら、中に入っちゃって。インターホンを鳴らしたんだけど……」

女の人は怪しむ表情をしていたが、彼の話を聞き、「ああ、そうだったの」と安心したように頷いた。宗吾の母親と同じぐらいの年頃に見えた。痩せているが、顔は奇麗だった。よく似た女優がいることを思い出した。

宗吾は車椅子を見た。あの女の子が座っていた。今日はブルーの服を着ている。前に見た時と同様、眠っている様子だった。

「どうかした？」女の人が訊いてきた。

「あ……何でもない」とりあえずそう答えたが、ほかにも何かいわなければならないような気がした。「よく寝てるね」

女の人は、ふふっと笑みを浮かべた。「そうでしょ」女の子の膝にかけられている毛布の位置を直した。

「足が悪くて歩けないの？」

宗吾の質問に、女の人はほんの少しだけ怖い顔をした。だがすぐに笑顔になった。

「世の中にはね、いろいろな人がいるの。足が悪いわけじゃないのに自由に散歩できない子供とかね。いつかきっと、あなたにもわかる日が来ると思う」

女の人のいっていることの意味が、宗吾にはよくわからなかった。足が悪くないのに車椅子を使わなければならないなんてことがあるのだろうか。

そんなことを考えつつ、宗吾は改めて女の子を眺めた。「まだ起きないのかな」

母親らしき女の人は笑顔のままで首を傾《かし》げた。

「うん……そうね。今日は起きないいんじゃないかな」

「今日は？」

「うん、今日はね」そういうと女の人は車椅子をゆっくりと押し始めた。「さようなら」

さようなら、と宗吾もいった。

その屋敷に入ったのは、それが最後になった。しかし宗吾が、ずっと眠ったままでいる少女の顔を忘れることはなかった。

屋敷のそばを通るたび——いやそれどころではない、何をしている時でも、不意に彼女の姿が脳裏に投影された。

足は悪くない、と母親と思われる女の人はいった。それなのに歩けないとはどういうことだろうか。

いつからか、あの女の子を思い出す際、人魚のイメージが宗吾の頭に漂うようになった。人魚は歩けない。だからとても大切に扱われ、屋敷で保護されているのだ。もちろん、本当にあの子が人魚かもしれないなどと思っていたわけではないけれど——。

ただ、そんなことを考える余裕があったのは、その頃だけだ。間もなく宗吾は、「人魚」のことを思い出すどころではなくなる。

思い出すのは、ずっと後のことだ。

第一章　今夜だけは忘れていたい

1

薫子《かおるこ》のグラスの白ワインが空になったところで、黒い服を着たソムリエが近づいてきた。

「次は、どういたしましょうか」薫子と彼女の向かい側にいる榎田博貴《えのきだひろき》を、交互に見ながら尋ねてきた。

「この次はアワビだったね」榎田がソムリエに訊いた。

「さようでございます」

だったら、と榎田は薫子を見て、「アワビに合う白のグラスワインを二つ、ということでどうでしょうか」と提案してきた。

「ええ、それで結構です」

榎田は微笑んで頷き、「そういうことだから」とソムリエにいった。

「かしこまりました。では、このあたりのものがよろしいかと思いますが」ソムリエは榎田にリストを見せ、指差している。

「うん、じゃあ、そうしよう。よろしく」

ソムリエが恭《うやうや》しく頭を下げてから立ち去るのを見届けた後、「迷った時には、人任せにするのが一番です」と榎田はいった。「知ったかぶりをしてワインを選んで、もし口に合わなかったら、誰に怒りをぶつけていいかわかりませんからね」

薫子は少し首を傾げ、色白の端整な顔を見返した。

「先生でも、人に怒りをぶつけることなんてあるんですか」

榎田は苦笑した。「そりゃ、ありますよ」

「へえ、意外な一面」

「ただ正確にいえば、怒りをぶつけたくなることがある、ですね。実際には、そういうことはしないほうがいいと思っています。重要なのは、人に怒りをぶつけるわけにはいかないから、その選択肢は最初からなくしてしまうということです。人間には逃げ道が必要です。いついかなる時でも」榎田の低いがよく通る声は、薫子の耳に心地よく響いた。胸の奥にも。

榎田が何をいいたいのか、薫子にはよくわかった。だからこそ敢えて余計なことはいわず、唇に適度な笑みを載せて顎を引くだけにしておいた。彼女のその反応に、彼も満足そうだった。

ソムリエが薦めてきた白ワインはアワビ料理によく合い、榎田が怒りをぶつける必要はないようだった。彼はメインディッシュのために、赤ワインのハーフボトルを注文した。ただしその銘柄は彼が決めた。たまたまよく知っているものがあったからだという。

「自信がある時には積極的に動く。前向きに生きるための鉄則です」榎田は悪戯《いたずら》っぽく笑った。

唇の隙間から覗いた歯が白かった。

　メインの肉料理をたいらげた後はデザートだ。皿の上のフルーツとチョコレートを、薫子は榎田の話を聞きながら胃に収めた。デザートの歴史にまつわる彼の話は興味深く、面白かった。無論、彼の話術の力が大きいことはいうまでもない。

「すっごくおいしくて、食べすぎちゃった。明日はジムで、しっかり泳がないと」薫子は服の上から胃袋を押さえた。

「摂取して、燃焼させる。理想的ですね。顔色も、一年前とは全然違う」コーヒーカップを手に榎田はいった。

　すべて先生のおかげです、という台詞を思いついたが、薫子は口には出さないでおいた。せっかくの会話が安っぽくなるように思えた。

　レストランを出た後、いつものバーに行き、カウンターの隅の席で並んだ。薫子はシンガポールスリングを、榎田はジントニックを注文した。

「今夜、お子さんたちはどちらに？　例によって御実家ですか」タンブラーを傾け、榎田が耳元で囁きかけてきた。

　その吐息をくすぐったく感じながら、薫子は小さく頷いた。「学生時代の友人たちと会うといってあります」

「なるほど。参考までに伺うのですが、友人というのは女性だけですか」

「ええ、そのつもりでしたけど……」薫子は横目で、ちらりと彼に視線を投げる。「男性も混じっている、という設定に変更してもいいかもしれません。母には明言しなかったですから」

「それはいい。それなら僕の後ろめたさは、かなり軽減されます。もちろん僕はあなたの大学時代の友人ではないし、ほかには誰もいないのですが」榎田はジントニックをごくりと飲んだ。

「するとお子さんは、今夜は御実家で?」

「はい。今頃はもう眠っていると思います」

納得したように榎田は頷いた。

意味のない会話ではなかった。それどころか、きっぱりとした意図を持った上で彼は質問してきたのだ。薫子も、それを踏まえた上で応じた。二人とも子供ではない。

「そろそろ出ましょうか」榎田が腕時計を見ながらいった。

薫子も時刻を確認した。午後十一時を少し過ぎたところだった。はい、と答えた。

精算を済ませて店を出たところで、榎田が再び時計に目を落とした。

「これからどうしますか。僕は少し飲み足りないかな、という気がしているんですが」

「どこか素敵なお店でも? 隠れ家的なバーとか」

薫子の問いに、榎田はばつが悪そうに頭を掻いた。

「誠に申し訳ないのですが、今夜はそういう準備はしていません。ただ、珍しいワインを手に入れたので、それを冷やしてあります。一緒にどうかなと思った次第です」

冷やしてある場所は、彼の部屋だろう。今夜のこれまでの会話で、榎田が二人の関係を一段階上のステージに運ぼうとしていることは感じていた。薫子は、まだ彼の部屋に行ったことがない。肉体関係もない。

ほんの少しだけ迷い、すぐに答えを出した。ごめんなさい、と彼女はいった。

「明日の朝早くに、子供たちを迎えに行かなきゃいけないので。そのワインは、先生お一人で召し上がってください」

榎田は落胆の気配を微塵《みじん》も見せることなく、笑顔の前で小さく手を振った。

「一人では飲みきれません。そういうことなら、次の機会まで取っておきます。ワインに合うオードブルを探しておきましょう」

「それは楽しみ。私も何か探します」

通りに出ると、榎田が手を挙げてタクシーを捕まえてくれた。薫子は後部座席に一人で乗り込んだ。「播磨《はりま》さんの奥さんが、男にタクシーで送ってもらって帰ってきた」という噂を近所で流されないための防衛策だ。

おやすみなさい、と声には出さず、薫子は外の榎田に向かって口の形だけで伝えた。彼は頷き、小さく手を振った。

タクシーが動きだすと、口から吐息が漏れた。やっぱり緊張していたのだなと自覚する。

少しして、スマートフォンがメールを受信した。榎田からだった。『せっかくなので、ワイングラスも新しいものを用意しておきます。今夜も楽しかったです。おやすみなさい。』という文面だ。おそらく彼は、今夜薫子が自分の部屋に来ることを想定し、あれこれと準備をしていたのだろう。

行ってもよかったのだけれど――。

しかし何かが薫子を思い留まらせたのだ。その正体は、彼女自身にもわからなかった。

左手の薬指を右手で触れた。そこには指輪が嵌《は》められている。結婚以来、外して外出したことなど一度もない。正式に離婚するまでは外さない、と決めていた。

2

被験者番号7番の女性は、書類によれば今年三十歳らしい。黄色いワンピースを着ており、裾から覗く足首は細かった。履いているのはワンピースに合わない白い運動靴だが、これは彼女の私物ではなく、研究班が用意したものだった。彼女がここへ履いてきたパンプスも、踵が低くて安全性には問題がないようだったが、実験の際には運動靴に履き替えてもらうのがルールだ。

7番の女性が研究員にリードされ、スタート地点へと移動し始めた。白杖《はくじょう》は手にしていない。移動の間に、余計な情報を入手してしまうのを防ぐためだ。白杖は視覚障害者にとって目に代わるものだ。彼女の胸中には不安が広がっていることだろう。

播磨和昌《かずまさ》は実験場を見回した。広さは二十メートル四方で、その中に段ボール箱や発泡スチロール製の円柱などが置かれている。その配置は不規則で、中には間隔が狭くなっているところもある。

女性がスタート地点に到着した。そこで彼女には二つの品物が渡される。一つはサングラスに似たものだが、機能はまるで違う。レンズの部分にセットされているのは小型カメラだ。研究員たちはゴーグルと呼んでいる。もう一つはヘルメットだ。一見したところは何の変哲もなさそうだが、じつは内側に電極が並んでいる。それらを受け取る女性の顔に戸惑いの色はない。

すでに何度も実験に参加しているからだろう。これから何が始まるのかも熟知しているのだ。女性は慣れた様子でヘルメットを被り、ゴーグルを装着した。

「準備はいいですか」研究員が7番の女性に訊いた。

はい、と彼女は小さく答えた。

「では始めます。用意、スタート」そういいながら研究員は女性から離れた。

7番の女性はゴーグルをかけた顔を左右に動かした後、おずおずと足を踏み出した。

和昌は手元のファイルを開いた。彼女は都内の医療機関に勤めており、平日の午前八時台、電車で通勤しているらしい。視力は殆《ほとん》どない状態ではあるが、街中《まちなか》を移動することには慣れているはずだ。

まず最初の難関が近づいてきた。段ボール箱が行く手を阻んでいる。女性は少し手前で立ち止まった。

じつは、これだけでも大変なことだった。

目が見えないはずなのに、前方に障害物があることを、白杖などで触れることなく察知したのだ。秘密はゴーグルに仕込まれたカメラと電極付きのヘルメットだ。カメラが捉えた映像をコンピュータが特殊な電気信号に処理し、電極を介して女性の脳を刺激しているのだ。もちろん、だからといって彼女がそのままの映像を認識しているわけではない。真っ白な靄《もや》の中に、いつもは感じない何かが浮かび上がる感覚らしい。それでも視覚障害者にとっては大きな情報だ。

女性が再び歩き始めた。慎重な足取りで、段ボール箱の右側を通過した。研究者の一人がガッツポーズを見せた。和昌は、喜ぶのは早いぞと睨みつけたが、本人は社長の視線には気づいていない様子だ。

かなり長い時間をかけながらも、段ボール箱や電柱に見立てた筒などを次々によけながら、女性は曲がりくねった道を歩いていく。だが間もなくゴールというところで足が止まった。彼女の前にはサッカーボールが三つ、斜めに並んでいた。さほど間隔は狭くない。

しばらく身体《からだ》を静止させた後、とうとう彼女は首を振った。

「わかりません」

ふうーっと誰かがため息をつくのが聞こえた。

研究員が彼女に近づき、ゴーグルとヘルメットを外した後、白杖を渡した。

「いかがでしょうか」和昌と一緒に実験を見守っていた男性が振り返った。その顔には自信と不安が入り混じった色が浮かんでいる。彼はこの研究の責任者だ。「最後のポイントはクリアできませんでしたが、前回の結果よりは格段に向上したと思うのですが」

「まずまずだな。彼女のトレーニング期間は?」

「一日一時間のトレーニングを三か月行ってきました。障害物のある歩行訓練は、今日でまだ四度目です」研究責任者は指を四本立てた。それぐらい効果的だ、ということをいいたいようだ。

「たしかに、全盲に近い女性が白杖なしで、あれだけ歩き回れたのは素晴らしい。しかし彼女は優等生だとみた。問題は、日頃出歩かない障害者に、どれだけ有効かだ」

「おっしゃる通りですが、来週行われる厚労省のヒアリング向けには、これで十分ではないかと」

「おいおい、役人たちを満足させるだけのためにこんなことをしているのか?　違うだろ。もっと高いところに目標を置いてくれないと困る。はっきりいって、こんなんじゃ実用化には程遠い」

「あ、はい、もちろん、わかっています」

「今日のところは合格とするが、問題点をまとめて、俺のところに報告書を送るようユニットリーダーにいっておいてくれ」

わかりましたと研究責任者が答える前に、和昌はくるりと踵《きびす》を返していた。持っていたファイルを近くにあったパイプ椅子に置き、出口に向かった。

実験棟を出ると、社長室のある事務本館に戻った。一人でエレベータに乗っていると、途中の階から一人の男性社員が乗ってきた。相手は和昌を見て少し驚いたようだが、すぐにぺこりと頭を下げてきた。

「君は星野《ほしの》君だったな」

「はい、ＢＭＩチーム第三ユニットの星野祐也《ゆうや》です」

「先日の君の発表を聞いた。なかなかユニークな研究だ」

「ありがとうございます」

「興味深いのは、君が人間の肉体に拘《こだわ》っている点だ。脳や頸椎《けいつい》などの損傷で身体が不随になった患者に対しては、脳からの信号でロボットアームなどの介助機械を動かせるようにする、というのがブレーン・マシン・インターフェースでは一般的だ。しかし君は違った。脳から出た信号を機械を介して脊髄に伝え、患者本人の手足を動かすことを考えた。どうしてまた、そんなことを思いついたんだ？」

星野は直立不動のまま胸を張った。

「理由は単純です。誰だってロボットなんかを使わず、自分の手で御飯を食べたり、自分の足で歩いたりしたいに違いないと思ったんです」

なるほど、と和昌は頷いた。

「それは、たしかにそうだろうな。そんなふうに考えた理由はあるのかな」

「はい。じつは祖父が脳溢血《のういっけつ》で右半身不随になりまして、ずいぶんと苦労していたのを見ていました。懸命にリハビリに励んでいましたが、結局、以前のようには動けないまま亡くなりました」

「そういうことか。その発想は素晴らしい。しかし一筋縄ではいかないようだな」

和昌の言葉に、若き研究者は厳しい顔つきで頷いた。

「難しいです。筋肉の神経信号の仕組みは、ロボットよりも数百倍複雑です」

「だろうな。でも、くじけるな。人と違ったことを考える奴は嫌いじゃない」

ありがとうございます、励みになります、と星野は再び頭を下げた。

星野が先にエレベータを降りた。和昌は最上階まで上がった。社長室は、そこにある。

部屋で椅子に腰を下ろした時、スマートフォンにメールが届いた。嫌な予感を抱きながら画面を見ると、やはり薫子からだった。タイトルは、『面接のこと』とある。憂鬱な気分が、さらに膨らんだ。

『前回もお話ししたように、次の土曜日に面接の予行演習があります。子供たちのことは母が見てくれることになりました。午後一時からです。場所はお伝えした通りです。絶対に遅れないでください。』

ため息をつき、スマートフォンを机の上に放り出した。口の中が苦くなっている。

くるりと椅子を回し、窓に向かった。すぐ前に広がるのは東京湾だ。貨物船がゆったりと進んでいる。

株式会社ハリマテクスは、祖父が起こした時は事務機器メーカーだった。社名は播磨器機といった。それを受け継いだ父の多津朗《たつろう》が、コンピュータ業界への進出に乗り出した。パソコンが家庭に普及し始めていたこともあり、この戦略は当たった。企業としては中堅クラスながら、業界内では存在感を示し続けた。

しかし順風満帆な状態が続いたわけではない。スマートフォン時代に突入し、ハリマテクスは強烈な逆風にさらされることになった。多くの日本企業と同様、最初の出遅れが大きく響き、外国に太刀打ちできなくなっていた。多津朗は、採算の取れない部門の閉鎖とリストラによって、辛うじてこの危機を乗り切った。

五年前に社長に就任した和昌は、会社が大きな転換期を迎えていると感じていた。今のままでは生存競争に勝てないだろうと冷静に分析していた。生き残っていくためには、企業としての特徴が必要なのだ。

カンフル剤として期待をかけたのは、彼が技術部長時代から注力していた、ブレーン・マシン・インターフェース、略してＢＭＩだ。脳と機械とを信号によって繋ぐことで、人間の生活を大きく改善しようという試みは、必ず将来の主力商品になりうると確信していた。

基本的にＢＭＩは、どんな人間も対象にできるが、やはり効果をわかりやすく表現できるのは、障害者を支援するシステムだ。そこで今は、そうした分野に特に力を入れている。先程実験が行われた人工眼の研究もその一つだ。同様の研究に取り組んでいる企業や大学も多いが、ハリマテクスは一歩先を進んでいる。おかげで厚労省からの補助金を獲得することにも成功していた。すべてが順調といってよかった。

そう、企業人としての播磨和昌は乗りに乗っていた。

しかし家庭人としてはどうか。

和昌はスマートフォンを手に取り、今週のスケジュールをチェックした。土曜日の十三時のところに『面接ごっこ』と書き込まれているのを見て、口元を歪めた。我ながら大人げない書き方をしたものだと思う。面接の予行演習など、薫子だってやりたくないに決まっている。ましてや和昌と良き夫婦の演技をするなど、考えただけで気が重たいに違いなかった。

和昌が薫子と結婚したのは今から八年前だ。同時通訳として雇ったことが縁で知り合い、二年近くが経っていた。結婚を機に和昌は長年住んでいたマンションを引き払い、広尾に一軒家を建てた。欧風建築を意識した邸宅で、庭には多くの樹木を植えた。

結婚して二年目、最初の子供が生まれた。女の子だった。瑞穂《みずほ》と名付けられた娘は、元気に育っている。プールとピアノとお姫様が大好きだ。この夏も、頻繁にプールに行っていることだろう。

二人目の子供は、長女とは二歳差で生まれた。今度は男の子だった。生存能力に長《た》けた人間になってくれることを期待して、生人《いくと》と名付けた。肌が奇麗な上、くりっとした目が印象的で、男の子らしい服を着せているにもかかわらず、二歳になる頃まではしょっちゅう女の子と間違えられた。

　だが和昌は、娘や息子の最近の様子を殆ど知らない。めったに会わないからだ。一年前から別居している。和昌が家を出たのだ。今は青山のマンションで独り暮らしだ。

　理由は、ごくありふれたものだった。薫子が二人目を妊娠している間に、和昌が外に愛人を作ったのだ。浮気は初めてではなかったが、発覚したのはそれが最初だった。いつもなら同じ相手とずるずると関係を続けることはなかったが、その時は何となく長引かせてしまった。その相手の女性が特別だったわけではない。強《し》いていえば、仕事が忙しく、関係を断ち切る暇がなかったということになる。

　頭の悪い女は避けるようにしてきたつもりだったが、その愛人は残念ながら思ったほどには利口ではなかった。ハリマテクスの社長と交際しているということを、何人かの友人にしゃべったのだ。「ここだけの話」が、ここだけで留まる時代ではない。ＳＮＳを通じて情報は拡散し、ついには薫子が張り巡らせたネットに引っ掛かった。

　もちろん和昌は、すぐには認めなかった。だが薫子が入手した情報には、極めて具体的な内容がいくつか含まれていた。たとえば愛人と二人で温泉に行った日付などだ。その日、和昌はゴルフ旅行と説明していたが、それが虚偽であることを薫子は確認済みだった。

　あなたのことを根掘り葉掘り調べたくない、と薫子はいった。疑いながら暮らすのも嫌だ、と続けた。だからもし事実なら、正直に打ち明けてほしい、と。

　妻が利口な女であることを和昌は誰よりもよく知っていた。否定し続けたところで、たぶん納得はしない。表面上は平静を装っているにしても、彼女がいうように、疑念の炎が消えることはないだろうと思われた。

そして何より、和昌は気が短かった。こんなことで時間を費やすのも、気持ちを煩わされるのも、人生にとって無駄だとしか思えなかった。薫子からしつこく詰問され、少々投げやりな気分になっていたことも否定はできない。

和昌は愛人の存在を認めた。見苦しい言い訳はしたくなかったので、単なる遊びだとか、出来心だ、といった言葉は口にしなかった。

薫子は取り乱したりはしなかった。表情を殺した顔でしばらく沈黙した後、じっと和昌の目を見据えていった。

「あなたには前から不満を持っていた。一番は子育てに一切協力しないこと。でも仕方がないと諦めていた。時間がないのはわかっていたし、懸命に仕事に打ち込む姿を見せるのも、子供たちには悪くないと思っていたから。でも、家族を裏切った父親の背中を、行ってらっしゃいと見送らせるわけにはいかない」

ではどうすればいい、と和昌は訊いた。わからない、と彼女は答えた。

「子供たちに変なところを見せたくない。今の気持ちはそれだけ。生人はともかく瑞穂は、いろいろなことがわかりかけている。両親がよそよそしい態度を取っていたら、きっと気づく。気づいて、そして傷つく」

和昌は頷いた。妻の言葉には強烈な説得力があった。

「しばらく離れて暮らすか」

彼の提案に、とりあえずそれがいいかもね、と薫子は答えたのだった。

3

薫子が「お教室」と呼ぶ場所は、目黒駅のそばにあった。和昌が足を運ぶのは初めてだが、公式サイトの画像で確認しておいたので、建物を見つけるのに苦労はしなかった。乳白色のビルを見上げ、萎えそうになる気持ちを奮い立たせるために自分の胸を二度叩いた。大股でエレベータホールに歩いていく。「お教室」は四階にあった。

エレベータの中で時刻を確認した。午後一時まで、あと数分ある。ほっと息をついた。緊張しているのは、面接の予行演習を控えているからではなく、久しぶりに会う妻にどう接すればいいか、決めあぐねているからだと自分で気づいていた。

エレベータが四階で止まった。踏み出すと、すぐそばに待合室らしきスペースがあった。カウンターの向こうにいる女性事務員の一人が、こんにちは、とにこやかに挨拶してきた。和昌も会釈して応じ、フロアを見渡した。ソファが並んでいて、数人の男女が座っている。その中の一人が薫子だった。濃紺のワンピースを着ている。すでに和昌が現れたことに気づいている様子で、感情の読みにくい顔を彼のほうに向けていた。

近づいていき、隣に腰を下ろした。「すぐに始まるのか」小声で訊いた。

「順番に名前を呼ばれるみたい」薫子は抑揚のない声で答えた。「電話、鳴らないようにしておいて」

和昌は内ポケットからスマートフォンを出し、操作してから戻した。「瑞穂と生人は練馬か？」

練馬には薫子の実家がある。

「お母さんがプールに連れていってくれるって。美晴《みはる》たちと待ち合わせをしたみたい」

「なるほど」

美晴というのは、薫子の二歳下の妹だ。瑞穂と同い年の娘がいる。

ねえ、と薫子が和昌のほうを向いた。「本番では、鬚《ひげ》、剃ってよね」

「ああ、うん」顎を撫でた。わざと薄く鬚を伸ばしている。

「それから、予習はしてきてくれた？」

「とりあえず」

事前に薫子から、面接で質問されそうなことがメールで送られていた。志望動機などだ。一応回答を準備してきたが、あまり自信はない。

和昌は壁の掲示板に目を向けた。そこには有名私立小学校の受験日程表などが貼られている。特別講座の案内、というものもあった。

所謂《いわゆる》お受験というものに、和昌はあまり興味がない。名門といわれる小学校に入れたところで、子供がそれにふさわしい人間に育つとはかぎらないと思っているからだ。しかし薫子の言い分は違う。名門に入れたいのではなく、子供にとって良い学校に入れたいのだという。ではどういう学校が良いのか、その判断基準は何かと問うと、「そんなこと、子育てに協力しない人には説明してもわからない」といい捨てられた。

ただしこのやりとりは、和昌の浮気が発覚する前に交わされたものだ。今では薫子の教育方針に口を出す気はない。

別居して半年ほどが経った頃、将来について夫婦で話し合った。和昌は例の愛人とは別れていたが、元の生活に戻るのは難しいだろう、と漠然と考えていた。薫子が心の底から許してくれるとは思えなかったし、この先ずっと負い目を感じ続けながら暮らしていけるほど自分が辛抱強くないこともわかっていた。

聞くと薫子も同様の結論に達しているようだった。

「私は忘れられない性格だから、何かにつけ、あなたの裏切りを思い出す。顔には出さなくても、胸の内であれこれ恨み言を呟くと思う。そんなふうにして生きていたら、何だかとても嫌な人間になっていくような気がする」

離婚するしかないだろう、という答えに辿り着くまでに時間はかからなかった。

子供は二人とも薫子が引き取るということで話がまとまった。慰謝料や養育費についても、和昌は最初から十分な金額を支払う気でいたから揉めることはなかった。

双方が少しだけ迷ったのは、広尾の家をどうするかだった。

「私と子供たちだけで住むには広すぎる。管理だって大変だし」

「だったら売ればいい。俺だって、あんなところに一人では住めない」

「売れるかなあ」

「大丈夫だろ。まだそんなに古くないし」

築八年。和昌が住んでいたのは七年間だけだ。

家のほかに、もう一つ問題があった。いつ離婚届を出すか、だ。瑞穂の受験があるから、それが一段落するまでは離婚したくない、と薫子はいった。

和昌は了承した。こうして瑞穂の小学校受験が終わるまでは、良い夫婦、良き両親を演じることになったのだった。

播磨さん、と名前を呼ばれて我に返った。四十歳ぐらいの小柄な女性が近づいてきた。薫子が立ち上がったので、和昌も腰を上げた。

「それでは、あちらの部屋にお入りください」女性がフロアの隅にあるドアを指していった。

「ノックをしましたら、どうぞと返事がありますので、お父様から先に」

わかりましたと答え、和昌はネクタイを整えた。

ドアに近づき、ノックをしようとした時だった。

はりまさんっ、と呼ばれた。振り向くと、カウンターにいる女性事務員が立ち上がり、顔を強張《こわば》らせていた。その手には電話の受話器が握られている。

「御実家から電話です。緊急の御用件だとか」

薫子が和昌の顔を見た後、カウンターに駆け寄り、受話器を受け取った。ほんの少し言葉を交わしただけで、彼女の顔から血の気が引くのがわかった。

「どこなの、病院は?……ちょっと待って」

薫子はカウンターに置いてある何かのパンフレットを摑み取ると、やはりそばに置いてあったボールペンで余白に何かを書き込み始めた。和昌が横から覗き込むと、病院名のようだった。

「わかった。場所は、こっちで調べる。……うん、とにかくすぐに行くから」薫子は受話器を女性事務員に返しながら、和昌を見た。「瑞穂がプールで溺れたって」

「溺れた？　どうして？」

「わかんない。この病院の場所、調べて」パンフレットを和昌に押しつけた後、薫子は面接室のドアを開け、中に入っていった。

何が何だかわからないまま、和昌はスマートフォンを取り出し、検索を始めた。だがそれが終わる前に薫子が部屋から出てきた。「わかった？」

「あと少しだ」

「そのまま続けて」薫子はエレベータホールに向かった。和昌はスマートフォンを操作しながら跡を追った。

ビルから出る頃には、病院の場所は判明していた。タクシーを拾い、行き先を告げた。

「さっきの電話は誰からだったんだ」

「お父さん」ぶっきらぼうに答えながら薫子はバッグからスマートフォンを出した。

「どうして？　プールに連れていったのは、お義母《かあ》さんじゃなかったのか」

「そうだけど、連絡がつかなかったからよ」

「連絡？　どういうことだ」

「ちょっと待って」薫子は煩わしそうに手を振り、スマートフォンを耳に当てた。すぐに繋がったらしく、唇を開いた。「ああ、美晴、どういう状況？……うん……うん……ええっ」顔が歪んだ。「それで先生はどうだって？……そう。……うん、わかった。……今、向かってるところ。……うん、彼も一緒。……じゃあ、後で」電話を切り、暗い表情でスマートフォンをバッグに戻した。

「何だって?」和昌は訊いた。

薫子は深く息をついてからいった。「ＩＣＵに運ばれたって」

「ＩＣＵ?　そんなにひどい状態なのか」

「詳しいことはわからないけど、意識が戻ってないみたい。一時、心臓が止まってたっていうし」

「心臓が?　それ、どういうことだっ」

「だから詳しいことはわからないといってるでしょっ」叫ぶようにいった後、薫子は声を詰まらせた。その目から涙が溢れだした。

すまない、と和昌は呟いた。状況を摑めない苛立ちを彼女にぶつけたことに自己嫌悪を覚えた。やはり自分は父としても夫としても失格だと思った。

病院に着くと、競い合うように駆け込んだ。インフォメーションに向かいかけたが、お姉ちゃん、と声が聞こえたので足を止めた。

目の周囲を赤くした美晴が、悲愴な顔つきで近寄ってきた。

どこ、と薫子が訊いた。こっち、といって美晴が奥を指した。

エレベータに乗り、二階で降りた。美晴によれば、ＩＣＵで治療が続けられているらしい。どんな状況なのか、説明はまだないとのことだった。

案内された場所は、家族待合室という表示が出ている部屋だった。テーブルと椅子が並んでいて、奥には畳敷きのスペースがある。隅には畳まれた布団が置いてあった。

薫子の母である千鶴子《ちづこ》が背中を丸めるようにして椅子に座っていた。そばに四歳になったばかりの生人と、瑞穂にとっては従妹《いとこ》にあたる若葉《わかば》の姿があった。

和昌たちを見て、千鶴子が立ち上がった。彼女の手にはハンカチが握りしめられている。

「薫子、ごめんね。和昌さんも、本当にごめんなさい。私がついていながらこんなことになるなんて、ほんとうにもう、代わりに私が死んでしまいたい」そういって千鶴子は、顔をくしゃくしゃにして泣いた。

「何があったの？　一体、どういうことなの？」薫子は母親の肩に手をやり、座るよう促しながら、自らも椅子に腰を下ろした。

千鶴子は、まるでだだをこねる子供のように頭を振った。

「それがね、よくわからないの。どこかの男の人が急に、女の子が沈んでるって騒ぎだして、それで瑞穂ちゃんがいないことに気づいて……」

「そうじゃないよ、お母さん」美晴が横からいった。「先に瑞穂ちゃんがいないことに気づいて、若葉に訊いたら、急にいなくなったといったんでしょ。それであわてて捜し始めたら、どこかの人が見つけてくれたのよ」

ああ、と千鶴子は顔の前で手を合わせた。「そうだった……。だめ、頭の中がごちゃごちゃになってる」

動揺のあまり記憶が混乱しているらしい。

その後は美晴が説明を引き継いでくれた。彼女によれば、正確にいうと瑞穂は沈んでいたのではなく、排水口の網に突っ込んだ指が抜けず、プールの底から動けなくなっていたということだった。それで無理やり指を引き抜いて助けたが、その時には心臓が止まっていた。すぐに救急車で、この病院に運ばれた。ＩＣＵに運び込まれたが、現在までに美晴たちに知らされているのは、心臓は動きだしたということだけだ。しかしそれは蘇生と同義ではない、と医師はいったらしい。

美晴が薫子に連絡を取ろうとしたのは、救急車を待っている間だ。だが薫子の電話には繋がらなかった。面接の予行演習を控え、スマートフォンの電源を切っていたからだ。千鶴子は薫子の予定を聞いてはいたが、どこの何という教室なのかは知らなかった。そこで美晴はまず実家の父に電話をかけ、事情を知らせた。すると父は、瑞穂が通う教室を知っているという。何かの時、瑞穂本人から聞いたらしいのだ。自分が連絡するから、おまえたちは瑞穂ちゃんのことをしっかりと見守ってやれ、と父は美晴にいったそうだ。

「見守ってやれとかいわれても、あたしたちにはどうすることもできなかったんだけどね」そういって美晴は目を伏せた。

美晴の話を聞いていて、和昌は複雑な気持ちになった。薫子に電話が繋がらないのならば、ふつうその夫に電話をかけるはずではないか。そうしなかったのは、彼も電源を切っているだろうと考えたからではあるまい。おそらく美晴の中では、和昌はもう義理の兄ではなくなっているのだ。

だが美晴を責められない。別居の理由を、薫子は妹にだけは話しているに違いなかった。たまに顔を合わせた時に美晴が見せる、よそよそしい態度でわかる。

和昌は時計を見た。間もなく午後二時になろうとしていた。美晴の話が正しいのなら、事故が起きたのは薫子がスマートフォンの電源を切っていた間だから、午後一時よりも少し前ということになる。集中治療が始まって約一時間、瑞穂の小さな身体にはどんな変化が起きているのだろうか。

姉の身に何が起きたかわかっていない生人が退屈し始めたので、千鶴子が家に連れ帰ることになった。若葉は従姉《いとこ》が被った悲劇に気づいているようだが、一緒に待たせるのはかわいそうだと薫子が美晴にいった。

「いつまで待っていればいいかわからないし、美晴も帰って」

でも、といったきり美晴は黙り込んだ。目に迷いの色が浮かんでいた。

「何かあったら連絡するから」薫がいった。

美晴は頷き、薫子をじっと見つめてからいった。「祈ってる」

うん、と薫子は答えた。

千鶴子や美晴たちがいなくなると、空気が一層重たくなった。病院内は適度に空調が利いていたが、和昌は息苦しくなってネクタイを外し、さらには上着も脱いだ。

二人は殆ど言葉を交わすことなく、ただひたすら待ち続けた。その間、和昌のスマートフォンは何度か着信を告げた。いずれも仕事の電話だった。土曜日だというのに、メールもひっきりなしに届く。社用のメールが転送されてくるのだった。しまいには彼は電源を切った。今日は仕事どころではない。

家族待合室のドアを開けると、すぐそばにＩＣＵの入り口が見えた。和昌は何度も様子を窺ったが、変化らしい変化はない。中で何が行われているのか、まるでわからない。

喉の渇きを覚えたので、飲み物を買いに出た。自販機でペットボトルの日本茶を買う時、窓の外に目をやり、夜になっていることに気づいた。

午後八時を少し過ぎた頃、看護師がやってきた。「播磨さんですね」

「はい」和昌は薫子と同時に立ち上がった。

「先生からお話がありますので、ちょっとよろしいでしょうか」

はい、と和昌は答え、三十歳過ぎと思われる看護師の丸い顔を見つめた。彼女の表情から、吉凶を見抜こうとしたのだ。だが看護師は見事に無表情を貫いていた。

看護師に案内されたのは、ＩＣＵの隣にある部屋だった。パソコンが載った机があり、医師と思われる男性が書類に何事か書き込んでいたが、和昌たちが入っていくと、その手を止め、向かい側の椅子に座るよう促した。

医師は進藤《しんどう》と名乗った。専門は脳神経外科だといった。年齢は四十代半ばだろうか。広い額が理知的な印象を放つ人物だった。

「現在の状況を御説明したいと思います」進藤は、和昌と薫子を交互に見ながら話しだした。「しかし、もし先にお子さんとお会いになりたいということでしたら、すぐに御案内いたします。ただ、状況が状況ですので、少しでも予備情報があったほうが、もしかすると現実を受け入れやすいかなと思い、まずはこちらに来ていただいた次第です」

淡々とした口調だった。しかし慎重に言葉を選んでいる様子からは、ただならぬ気配が感じられた。

和昌は薫子と顔を見合わせた後、医師に目を戻した。

「厳しい状況なのですか」少し声が震えた。

進藤は頷き、「意識は戻っておりません」といった。「お聞きになったかもしれませんが、この病院に搬送されて間もなく、心臓は動きだしました。しかしそれまでの間、全身への血液の供給はほぼなかったと考えられます。他の臓器は、それでもダメージが少なくて済むケースが多いのですが、脳だけは話が別なのです。もっと詳しいことは、これから徐々に判明していくと思いますが、残念ながらお嬢さんの脳の損傷は、かなり大きいと申し上げざるをえません」

医師の言葉に、ぐらり、と視界が傾くような感覚があった。現実感がなかった。だが頭の片隅で、何とかしてみせる、という気持ちが立ち上がったのも事実だ。脳損傷？　それが何だ。ハリマテクスにはＢＭＩ技術がある。少々の後遺症など何とでもしてやる——隣で絶望的な思いに陥っているに違いない薫子には、後でそう励ましてやろうと思った。

だが次に薫子が涙声で発した、「意識が戻らないかもしれないと？」という質問に対する進藤の回答は、そんな和昌の気合いを根本から打ち崩した。

ひと呼吸置いてから進藤はいった。「そう思っていただいたほうがいいでしょう」

ひいいっ、と薫子が声を漏らし、両手で顔を覆った。和昌は自分の身体が小刻みに震えだすのを止められなかった。

「治療のしようがないんですか。最早《もはや》、手の施しようがないんですか」辛うじて訊いた。

進藤は眼鏡の奥の目を瞬《しばた》かせた。

「もちろん、今も全力で治療に当たってはいます。ただ現時点では、お嬢さんの脳が機能している気配は確認できておりません。脳波も平坦です」

「脳波が……それは脳死ということですか」

「ルール上、現段階でその言葉を使用するわけにはいきません。それに脳波で示されるのは、主に大脳の電気的活動です。お嬢さんの場合、少なくとも大脳が機能していないことは確実だ、と申し上げておきます」

「大脳以外が機能している可能性はある、と？」

「その場合は遷延《せんえん》性意識障害、所謂植物状態ということになります。しかし――」進藤は唇を舐めた。「その可能性も極めて低い、とは申し上げておきます。植物状態の患者の場合、正常とは異なりますが、脳波の波形は現れるのです。またMRIによる検査結果でも脳が働いているとはいいがたい状況です」

和昌は胸を押さえた。呼吸が苦しくなっていた。いや、胸のもっと奥が締めつけられるように痛んだ。座っているのも辛い。何か質問せねばと思いつつ、何も頭に浮かばない。思考することを脳が拒んでいる。

隣では薫子が、両手で顔を覆ったままだった。身体が痙攣《けいれん》するように震えている。

和昌は深呼吸をしてから訊いた。「予備情報とは、以上ですか」

「そうです」進藤は答えた。

和昌は薫子の背中に手で触れた。「会いにいこう」

顔を包んだ彼女の手の隙間から慟哭《どうこく》が溢れた。

進藤に導かれ、ICUへと足を踏み入れた。ベッドを挟み、二人の医師が険しい顔つきで計器を睨んだり、何かの機器を調節したりしていた。進藤が一方の医師に何か囁いた。相手の医師は深刻そうな表情で答えている。やりとりは聞こえない。

和昌は薫子と共にベッドに近づき、改めて暗澹《あんたん》たる思いに包まれた。

そこで眠っているのは、紛れもなく我が娘だった。白い肌、丸い頬、ピンク色の唇――。

しかし安らかそうに、とはとてもいえなかった。様々なチューブが、彼女の身体には繋がれていた。特に人工呼吸器のチューブが喉に突っ込まれている様は、見ていて痛々しく、代われるものなら代わってやりたくなった。

進藤が近づいてきて、「自発呼吸はありません」と、まるで和昌の内心を見抜いたかのようにいった。「尽くせるだけの手は、すべて尽くしたつもりです。その結果がこういう状態だということを御理解ください」

薫子がベッドに近寄りかけて足を止めた。進藤を振り返り、「顔に触ってもいいですか」と訊いた。

「どうぞ、触ってあげてください」進藤は答えた。

薫子はベッドのそばに立つと、おそるおそるといった感じで瑞穂の白い頬に手を添えた。

「温かい。柔らかくて温かい」

和昌も薫子の横に立ち、娘を見下ろした。チューブに繋がれてはいるが、よく見ると穏やかな寝顔をしていた。

「大きくなったな」この場には全く似つかわしくない言葉が出た。瑞穂の寝顔をじっくりと見るのは久しぶりだった。

でしょう、と薫子が呟いた。「水着だって、今年、新しくしたんだから」

和昌は奥歯を噛みしめた。今この時になって、激しく込み上げてくるものがあった。だが泣いてはいけない、と思った。仮に泣かねばならない時が訪れるにしても、それは今ではない、もっと先だと自分にいい聞かせた。

目の端に、何かのモニターが入った。それが何の機械なのか、和昌にはわからなかった。電源が入っていないのか、モニターは暗いままだった。

そこに和昌と薫子の姿が映っていた。黒っぽいスーツを着た夫と濃紺のワンピースを着た妻は、まるで喪服に身を包んでいるようだった。

4

お話ししておきたいことがある、と進藤がいった。そこで先程の部屋に戻り、和昌と薫子は改めて医師と向き合った。

「おわかりいただけたと思いますが、あのように極めて難しい状態です。無論、治療は続けますが、それは回復を願ってのことではなく、延命措置であると申し上げておきます」

隣で薫子が口元を手で覆った。嗚咽《おえつ》が漏れた。

「いずれは死ぬ、と？」

和昌の問いに、はい、と進藤は頷いた。

「それはいつか、という御質問にはお答えできません。私にもわからないからです。あの状態に陥った場合、通常は数日で心停止に至ります。しかし子供の場合は話が別です。中には何か月も生存した例もあります。ただし回復することはありません。そのことは断言しておきます。繰り返しますが、延命措置なのです」

医師の言葉の一つ一つが、胃袋の底に溜まっていくようだった。もういいよ、わかったよ、と吐き捨てたい気持ちになってきた。

「御理解いただけましたか」

尚もしつこく尋ねてきた相手に、ええ、とぶっきらぼうに返事した。

では、と進藤が背筋を伸ばし、座り直した。

「ここから先は、医師としてではなく、当病院内の臓器移植コーディネーターとして話をさせていただきます」

「はあ?」

和昌は眉をひそめた。予想もしていなかった言葉だった。隣にいる薫子の動きが止まった。彼女も同様の思いなのだろう。この医師は何を話そうとしているのか。

「戸惑われるのも無理はありません。しかしお嬢さんのような状態に陥った場合、このお話をさせていただく必要があるのです。ある意味、お嬢さんや播磨さんたちの権利でもありますから」

「権利……」

その言葉は、和昌の耳にはひどく奇妙に響いた。こんな局面で聞くような言葉とは思えなかった。

「これはお尋ねするまでもないと思うのですが、お嬢さんは臓器提供についての意思表示カードをお持ちでしょうか。あるいは、お嬢さんと臓器移植や臓器提供について話をされたことはありますか」

真面目な口調でいう進藤の顔を和昌は見返し、かぶりを振った。

「あの子がそんなものを持ってるわけないでしょう。そんな話だってしているわけがない。何しろ、まだ六歳ですよ」

「そうでしょうね」進藤は頷いた。「では御両親にお伺いしますが、もしお嬢さんの脳死が確認された場合、臓器を提供する御意思はありますか」

和昌は少し身を引いた。医師の問いかけに、すぐには答えが浮かばなかった。瑞穂の臓器を誰かに提供？　今日まで一度たりとも考えたことがなかった。

不意に薫子が顔を上げた。

「瑞穂の臓器を移植に使わせてくれってことですか」

「違います。そうではありません」進藤はあわてた様子で手を横に振った。「あなた方の意思を確認したいだけです。脳死が疑われる場合の手続きです。断るということなら、それで結構です。念のために申し上げておきますが、私は院内のコーディネーターにすぎず、移植手術には一切関わりません。仮に臓器提供に承諾されたとしても、今後の作業は外部のコーディネーターに引き継がれることになります。私の役目は、意思確認だけです。決して、臓器提供をお願いする立場にはありません」

薫子が当惑した目を和昌に向けてきた。彼女もまた予想外の展開に、思考が追いつかないでいるのだ。

「断ると、どうなるのですか」和昌は訊いた。

「どうにもなりません」進藤は落ち着いた口調で答えた。「今の状態が続くだけです。いずれは死期が訪れることになるでしょうから、その時をただ待つ、ということになります」

「承諾したら？」

その場合は、といって進藤が大きく息を吸い込んだ。「脳死判定が行われます」

「脳死……ああ、そうか」和昌は事情を理解した。先程進藤が、「ルール上、現段階でその言葉を使用するわけにはいきません」といったことを思い出した。

「どういうこと？」薫子が訊いてきた。「脳死判定って何？」

「そのままの意味だ。脳死しているかどうかを正式に判定するんだ。脳死じゃないのに臓器を摘出したら、殺人になってしまうじゃないか」

「ちょっと待って。よくわからない。瑞穂は脳死してないかもしれないってこと？　さっき先生は、今のままの状態で何か月も生きる可能性もあるっておっしゃったけど、それはそういう意味だったの？」

「そうじゃない。――違いますよね」和昌は進藤に確認した。

「はい、違います」進藤がゆっくりと顎を引き、薫子のほうを向いた。「脳死の場合でも、それぐらい生存する可能性はある、という意味で申し上げたのです」

「えっ、でも、そうすると」薫子は目を泳がせていった。「これから先、まだ何か月も生きるかもしれないのに、殺して臓器を取り出すってことですか」

「殺すという表現は少し違うと思うのですが……」

「でも、そういうことでしょう？　まだまだ生きるかもしれないのに、その寿命を断ち切ってしまうんだから、殺すってことじゃないんですか」

薫子の疑問は尤《もっと》もだった。進藤は、一瞬言葉に詰まったような表情を見せた後、口を開いた。

「脳死が確認されれば、その人は死んだと判断されますから、殺したことにはなりません。心臓は動いていても、御遺体として扱っていいのです。正式な脳死判定が出た時が、死亡日時となります」

薫子は納得できない様子で首を捻《ひね》った。「脳死してるかどうかって、どうやってわかるんですか。そもそも、どうして今すぐに判定しないんですか」

だから、と和昌がいった。「臓器提供を承諾しない場合は脳死判定もしない。そういうルールなんだ」

「どうして？」

「だから……そういうふうに法律で決まってるんだ」

「法律でって……意味がわからない」

「非常にわかりにくいルールではあります」進藤がいった。「世界でも特殊な法律です。他の多くの国では、脳死を人の死だと認めています。したがって脳死していると確認された段階で、たとえ心臓が動いていたとしても、すべての治療は打ち切られます。延命措置が施されるのは、臓器提供を表明した場合のみです。ところが我が国の場合、まだそこまで国民の理解が得られていないということもあり、臓器提供に承諾しない場合は、心臓死をもって死とするとされているのです。極端な言い方をすれば、二つの死を選べるということになります。最初に権利という言葉を使いましたが、お嬢さんをどのような形で送り出すか、心臓死か脳死か、それを選ぶ権利があるという意味です」

医師の説明に、ようやく事情が呑み込めたのか、薫子の肩からふっと力が抜けたのがわかった。彼女は和昌のほうを向いた。

「あなた、どう思う?」

「何が?」

「脳死のこと。脳死したら、もう死んだってことなの?　あなたの会社、脳と機械を繋ぐ研究をしてるんでしょ?　だったら、こういうことも詳しいんじゃないの?」

「うちで研究しているのは、脳が生きてるってことが大前提だ。脳死した場合のことなんて、考えたこともない」

そう答えた瞬間、和昌の頭にふっと何かが浮かんだ。だがそれはきちんとした形を成す前に消えてしまった。

「臓器提供に御家族が承諾される場合は、せめて身体の一部だけでもこの世で生き続けてほしいと願う気持ちが強いようです。人助けになるならば、とお考えになる方も少なくありません」

しかし、と進藤は続けた。

「承諾しないからといって非難されることはありません。繰り返しますが、これは権利なのです。したがって、急いで答えを出す必要もありません」進藤が改めて和昌と薫子に視線を配った。「ゆっくり考えてくださって結構です。ほかに相談しなければならない人もいらっしゃると思いますので」

「時間は、どれぐらいありますか」

和昌の問いに、さあそれは、と進藤は首を傾げた。

「何ともいえません。先程も申し上げたように、脳死から心停止に至るまでは長くて数日といわれています。心臓が止まれば、多くの臓器は移植に使えなくなります」

脳死を選ぶならば早く答えを出したほうがいい、ということらしい。

和昌は薫子のほうを向いた。

「家に帰って、一晩じっくりと考えてみないか」

薫子は瞬《まばた》きした。「瑞穂を置いていくの？」

「そばにいたいという気持ちはわかる。俺もそうだ。でもそれだと冷静な判断を下せないような気がする」和昌は進藤に視線を移した。「明日までに答えを出すということでどうでしょうか」

「いいと思います」進藤は答えた。「私の経験からいいますと、最低でもあと二、三日は保《も》つと思われます。ただ断言はできませんので、ある程度のお覚悟は必要です。何か変化がありましたらすぐに御連絡しますので、電話が繋がる状態にしておいてください」

和昌は頷き、「それでどうだろうか」と薫子に改めて訊いた。

彼女は悄然《しょうぜん》とした表情で目頭を押さえ、小さく首を縦に動かした。「帰る前に、もう一度瑞穂に会いたい」

「そうだな。――会えますよね」

もちろん、と進藤は答えた。

広尾の家に帰ってきた時には、午後十時を過ぎていた。門をくぐって玄関に向かう時、和昌は複雑な気持ちに襲われた。この家に足を踏み入れるのは一年ぶりだった。まさかこういう形で帰還するとは想像もしていなかった。

玄関のドアを開けると、センサーが反応してホールの照明が点った。靴を脱いでいた薫子の動きが止まったので顔を見ると、彼女の視線は斜め下に向けられていた。

そこに小さなサンダルがあった。ピンク色で、赤いリボンがついている。

薫子、と和昌は声をかけた。

その途端、彼女の顔が歪んだ。靴を脱ぎ捨てると、そばの階段を駆け上がった。

和昌も靴を脱いだ。ゆっくりと階段を途中まで上がったところで足を止めた。

薫子の泣き叫ぶ声が聞こえてきたからだ。悲鳴にも似た絶叫は、暗い絶望の淵から吐き出されているかのように響き渡ってきた。その圧倒的な悲しみの波は、和昌がそれ以上進むことを許さなかった。

5

リビングボードにブナハーブンのボトルがあった。一年前に飲み残したままだ。キッチンに入ってロックグラスを出し、冷蔵庫にあった氷を入れた。リビングのソファに腰掛け、グラスにウイスキーを注ぐと、ぱりぱりと氷の割れる音がした。指先で何度か氷を回した後、一口舐めた。独特の香りが喉から鼻に抜けた。

薫子の泣き声は聞こえなくなっていた。悲しみが去るわけはないから、力尽きたのかもしれない。ベッドで俯《うつぶ》せになり、涙にむせぶ姿が目に浮かんだ。

グラスをテーブルに置き、和昌は改めて室内を見渡した。一年前と家具の配置などは変わっていない。しかし雰囲気は、がらりと違っていた。リビングボードの上に飾ってあった絵皿は片付けられ、代わりに玩具《おもちゃ》の電車が並んでいる。部屋の隅には、有名なアニメキャラクターの顔が付いたキックボードと、幼児なら跨《また》がって乗れる車が置いてあった。それだけではない。人形、ブロック、ボール——元気な六歳の女の子と、四歳の男の子の存在を示すものが、至るところに散らばっていた。

薫子が子供たちのために作った部屋だ、と思った。彼女は多くの時間を、ここで過ごしたのだろう。父親がいなくなった喪失感を子供たちに抱かせないよう、あれこれと手を尽くしていたに違いない。

かたり、と音がした。見ると、入り口に薫子が立っていた。Tシャツと裾の長いスカートという出《い》で立ちに変わっていた。髪は乱れ、泣き腫らした目は痛々しかった。この短い時間で、少し痩せたようにさえ見えた。

「私も貰《もら》おうかな」薫子はテーブルのボトルに目をやり、弱々しい声でいった。

「ああ、いいんじゃないか」

薫子はキッチンに入った。物音が聞こえてくるが、何をしているのかはわからない。しばらくして、細長いタンブラーとミネラルウォーターのペットボトル、そしてアイスペールをトレイに載せて戻ってきた。

和昌とテーブルの角を挟む場所に座り、彼女は黙って水割りを作り始めた。その手つきは慣れたものではない。元々、酒はあまり飲まないほうだ。

水割りに口をつけ、薫子はほっと息をついた。

「何だか変な感じ。娘があんな状態なのに、夫婦でお酒なんか飲んでる。しかも離婚間近の別居中っていう立場で」

自虐的な言葉に何と応じていいかわからず、和昌は黙ってウイスキーを口に含んだ。

沈黙の時間が少し続いた。それを破ったのは、やはり薫子だった。信じられない、と呟いたのだ。

「瑞穂が、この世からいなくなるなんて……。そんなこと、考えもしなかった」

俺もだよ、といいかけて和昌は呑み込んだ。この一年間に瑞穂と関わった回数を思うと、そんなことを口にする資格はないような気がした。

タンブラーを握りしめ、薫子がまた嗚咽を漏らし始めた。頬を伝った涙が、ぽたぽたと床に落ちた。彼女はそばにあったティッシュの箱を引き寄せ、自分の涙をぬぐってから床を拭いた。

ねえ、と彼女がいった。「どうする？」

「臓器提供のことか」

「うん。だって、それを話し合うために帰ってきたんでしょ」

「そうだな」和昌はグラスの中を見つめた。

薫子が、ふうーっと長い息を吐いた。

「臓器を誰かの身体に移植したら、瑞穂の一部がこの世に残るってことになるのかな」

「それは考え方次第だろう。心臓や腎臓が残ったからといって、そこにあの子の魂が宿ってるわけではないだろうし。むしろ、移植用の臓器を待っている人たちに役立ててもらうことで、あの子の死を無駄にしないと考えられるかどうかじゃないか」

　薫子は額に手を当てた。

「正直いって、会ったこともない人の命が助かるかどうかなんてどうでもいい、という感じ。自分勝手なのかもしれないけど」

「それは俺だってそうだ。今の時点で、他人のことなんて考えられない。しかも、どこの誰に移植されたかってことは教えてもらえないという話だし」

「そうなの?」薫子は意外そうに目を見開いた。

「たしかそのはずだ。だから仮に臓器提供に同意しても、その行き先はわからない。移植手術がうまくいったかどうかぐらいは教えてもらえるかもしれないけど」

　ふうん、と鼻を鳴らし、薫子は考え込んだ。それからまたしばらく沈黙の時が流れた。

　和昌が二杯目のウイスキーを飲み干した時、でも、と彼女が呟いた。

「どこかにいるかもしれない、とは思えるのかな」

「……どういう意味?」

「あの子の心臓を持っている人とか、腎臓を貰った人が、この世界のどこかにいて、今日もしっかり生きているのかもしれない、なんていうふうには考えられるのかなあ、なんて……。どう思う?」

「どうかなあ。もしかするとそうかもしれない。というより」和昌は首を傾げた。「瑞穂の臓器を提供するのなら、そんなふうにでも考えないとやってられないって感じかな」

そうね、と呟いてから薫子はアイスペールの氷をタンブラーに足し、頭を振った。

「無理。瑞穂が死んだってことさえ信じられないのに、こんなことを考えなきゃならないなんて、残酷すぎる」

同感だった。何かがおかしいと和昌は思った。なぜ自分たちだけが、こんな試練に立たされねばならないのか。

不意に進藤の言葉が蘇った。ほかに相談しなければならない人もいらっしゃると思いますので――。

「皆に相談してみるか」和昌はいった。

「皆って？」

「それぞれの実家とか、きょうだいとか」

ああ、と薫子は疲れた顔で頷いた。「そうね」

「こんな時間から集まるわけにもいかないから、それぞれ電話して意見を聞くってことでどうだろう」

「いいけど……」薫子は虚ろな目を向けてきた。「何といって切りだせばいいの？」

それは、といって和昌は唇を舐めた。「そのまま伝えるしかないだろう。君のところの親御さんは、何が起きたかは御存じだ。どうやら助からないってことをまず話して、臓器提供について相談したらいい」

「脳死のこととか、うまく説明できるかなあ」

「難しいようだったら、俺が代わって説明するよ」

「うん、まあ何とかやってみる。あなた、家の電話を使う？」

「いや、スマホでかける。家の電話は君が使えばいい」

うん、と答えて薫子は腰を上げた。「寝室でかけてくる」

「わかった」

薫子は重い足取りでドアに向かった。だが部屋を出る前に振り返った。

「お母さんや美晴のこと、恨んでる？　どうしてもっとちゃんと瑞穂のことを見ててくれなかったのかって」

プールでのことをいっているようだ。和昌は首を横に振った。

「あの人たちについてはよくわかっているつもりだ。いい加減なことはしない。きっと、どうしようもなかったんだと思う」

「本当にそう思ってる？　正直いうと、私の中には、あの二人に怒りをぶつけたい気持ちがあるんだけど」

彼女に同意すべきかどうか少しだけ迷い、和昌は再度否定の態度を示した。「その場に君や俺がいても、たぶん結果は同じだったと思う」

薫子はゆっくりと瞬きして、ありがと、といってから部屋を出ていった。

和昌は脱ぎ捨ててあった傍らの上着を引き寄せ、内ポケットからスマートフォンを取り出した。電源を入れてメールをチェックすると、数件入っていた。いずれも急を要するものではなさそうだ。

アドレスから多津朗の番号を出した。電話をかける前に、どう切りだすかを考えた。薫子の両親と違い、和昌の実父は孫娘の身に何が起きたかを知らない。病院の待合室にいる時、多津朗に知らせることは何度も考えたが、何らかの結果が出てからのほうがいいと思い、連絡せずにいたのだ。

母は、ちょうど十年前に食道癌で他界していた。彼女は一人息子がいつまでも結婚せず、孫の顔を見られないでいることを最期まで残念がっていたが、こうなってみると彼女のためにはそれでよかったように思えた。やや神経質なところがあったから、溺愛《できあい》していたに違いない孫娘の突然の死など、まともには受け止められなかっただろう。寝込んでしまうか、あるいは半狂乱になって千鶴子や美晴を責めていたかもしれない。

頭の中で言葉を整理してから、和昌は電話をかけた。時計を見ると午後十一時を過ぎていたが、多津朗は七十五歳という年齢のわりには宵っ張りだ。たぶんまだ起きているだろう。和昌が結婚して家を出て間もなく、それまで住んでいた屋敷を売り払い、今では超高層マンションで独り暮らしをしている。家事サービスを利用しているので、暮らしに不自由はないらしい。

何回か呼び出し音が鳴った後、電話が繋がった。はい、と父の低い声がいった。

「俺だ。和昌だ。今、いいか」

「うん、どうした」

和昌は唾を呑み込んでから口を開いた。

「今日、瑞穂がプールで事故に遭った。溺れて、救急車で病院に運ばれた」そこまでを一気にしゃべった。

息を呑む気配があった。「うん、それで？」父の声から余裕の響きが消えていた。

「意識が戻らない。助かる見込みはないといわれた」

うっ、と呻《うめ》くような声が聞こえた。呼吸を整えているのか、多津朗は黙っている。

もしもし、と和昌は呼びかけた。

大きく息を吐き出す音がした後、「今は、どういう状態だ」と多津朗は訊いてきた。声が上《うわ》擦《ず》っている。

和昌はＩＣＵで治療が続けられていること、ただしそれは延命措置といえるもので回復の見込みはなく、おそらく脳死状態にあるということを話した。

なんと、と多津朗は絞り出すようにいった。

「あの瑞穂ちゃんが……。一体どういうことだ。どうしてそんなことになったんだ」声に悲しみと怒りが混じっていた。

「排水口の網を触っていて、指が抜けなくなったようだ。原因については、これから調べる。でも今はそれどころじゃない。次のことを考えなきゃいけない。だから親父に電話したんだ」

「次のこと？　何だ、それは」

「臓器提供のことだ」

「はあ？」

状況が呑み込めないでいる多津朗に、和昌は臓器提供意思の有無や、脳死判定のことなどを話し始めた。するとすぐに多津朗が、ちょっと待て、と遮ってきた。

「おまえ、何をいってるんだ。今はそれどころじゃないだろう。瑞穂ちゃんが生きるか死ぬかって時に」

父の言葉に、ああやはり、と和昌は思った。これがふつうの感覚なのだ。愛する者の死を受け止められないでいるのに、臓器移植の話をすること自体が無茶なのだ。

「そうじゃないんだ。生きるか死ぬかなんていう段階は、もう過ぎてる。瑞穂は死んだ、そこからの話なんだよ」

「死んだって……しかしそれは判定してからの話じゃないのか」

「もちろんそうだけど、たぶん脳死してるだろうってことなんだ」

和昌は日本における法律から説明する必要があった。そうしながら、きっと薫子も苦労しているに違いないと思った。理解しているつもりの和昌でさえ、うまく話せないのだ。

だが粘り強く説明しているうちに、どうやら多津朗も事情を把握したようだった。

「そうか。つまり心臓は動いているが、瑞穂ちゃんは死んだ、この世にいない、そういうことなんだな」まるで自分にいい聞かせるように多津朗はいった。

そうだ、と和昌は答えた。

ああ、と多津朗は嘆きの声をあげた。「何ということだ。あんなに小さいのになあ。これからじゃないか。どうしてそんなことに……。できることなら、私が代わってやりたい。私の命を差し出してもいい」

その言葉は本心に違いなかった。瑞穂が生まれて間もなくの頃、初孫を抱いた多津朗は、この子のためならいつでも死ねる、を口癖にしていた。

「それで、どう思う?」父の言葉が途切れたところで和昌は訊いた。

「……臓器提供のことか」

「うん。一応、意見を聞いておこうと思って」

電話の向こうで多津朗は唸《うな》った。

「難しい問題だな。もう死んだも同然ということなら、せめて臓器を人様の役に立ててもらうというのも、供養として悪くないような気がする。しかし、やはり最期まで看取ってやりたいようにも思う」

「そうなんだ。臓器提供を承諾するのが理性的な判断なのかなと頭ではわかっていても、気持ちの中に割り切れない部分がある」

「これが自分の臓器ということなら、もう少しあっさりと答えを出せるんだがな。遠慮なく使ってくれていい、だ。まあ、こんな爺さんの臓器なんぞ、誰もほしがらんだろうが」

「自分の臓器なら……か」

ふと、もし瑞穂の気持ちを確かめられたら、という考えが頭に浮かんだ。もちろん、不可能なわけだが。

和昌、と多津朗が呼びかけてきた。

「私は、おまえたちの判断に任せる。どんな答えを出そうとも文句はいわない。この問題に関われるのは親だけだと思うからな。そういうことで、どうだ?」

和昌は深呼吸をしてから、わかった、と答えた。電話をかける前から、父ならこんなふうにいうのではないかと漠然と予想はしていた。

「瑞穂ちゃんに会っておきたいな。明日ならどうだ。まだ会えるんじゃないのか」
「ああ、明日なら大丈夫だと思う」
「だったら、見舞いに行く。いや、もう見舞いという言葉はふさわしくないのか……。とにかく行く。病院はどこだ？」

和昌が病院名と場所を教えると、「おまえたちの明日の予定が決まったらメールをくれ。それから薫子さんのこと、しっかり支えてやれよ」といって多津朗は電話を切った。彼は息子夫婦が離婚直前であることを知らない。和昌が借りているマンションは、あくまでもセカンドハウスだと思っている。

スマートフォンを置き、ロックグラスを摑んだ。飲んでみると、かなり薄くなっていた。ボトルを引き寄せ、ウイスキーを足した。

多津朗とのやりとりを反芻《はんすう》した。心に引っ掛かっているのは、自分の臓器なら、という言葉だ。

再びスマートフォンを手に取ると、いくつかのキーワードで検索を始めた。脳死や臓器提供といったものだ。

すぐに様々な記事がヒットした。それらの中から内容がありそうに思えるものを拾い上げ、目を通してみた。やがて、なぜ自分たちがこれほどまでに悩まねばならないのか、という理由もはっきりしてきた。

臓器移植法の改正が、その根源にある。かつては、患者自身が臓器提供の意思を表明していた場合にかぎり、脳死を人の死とすることが認められていた。それが、本人の意思が不明の場合は家族の承諾があればよい、と変更されたのだ。これにより、瑞穂のような、臓器移植についての知識がなく、また当然考えたこともない小さな子供に対しても適用が可能になった。実際、改正によって年齢制限も取り除かれている。

脳死についての議論はあるだろうが、本人が臓器提供の意思を示していたのなら、家族としては納得しやすい。遺志を尊重した、という考え方もできる。だがそうでない場合、判断を家族に押しつけるのはどうなのか。

考えれば考えるほど、自分たちがどうすべきなのか、わからなくなってきた。和昌はスマートフォンを放り出し、腰を上げた。

居間を出て、廊下を進んだ。階段の前で立ち止まり、耳を澄ませた。二階からは泣き声も話し声も聞こえてこない。

躊躇《ためら》いつつ、階段を上がった。廊下の奥にある寝室に近づき、ドアをノックしてみた。だが中から返事は聞こえてこない。

まさか自殺を図ったのでは、という不吉な思いが急速に膨らみ、和昌はドアを開けた。真っ暗だったので、壁のスイッチを押した。

しかし室内に薫子の姿はなかった。キングサイズのベッドに枕が三つ並んでいるのを見て、ふだんは親子三人で並んで寝ていたのだな、と全く関係のないことを考えた。

ここにいないのならば、どこにいるのか。和昌は少し考え、廊下を引き返した。二つ並んでいるドアの片方を開けると、灯りがついていた。

八畳ほどの洋室だ。その真ん中で薫子が背中を見せて座り込んでいた。彼女の腕の中では、大きなテディベアが抱きしめられていた。瑞穂の三歳の誕生日に、薫子の両親から贈られたものだった。

最近は、と薫子が抑揚のない声でいった。「この部屋で一人で遊ぶことが多かったの。ママ、入ってきちゃだめ、とかいって」

「……そうなのか」

和昌は室内を見回した。家具は何も置かれていないが、壁際に段ボール箱が二つ並んでいる。中に人形や玩具の楽器、ブロックなどが入っているのが見えた。段ボール箱の横には絵本も数冊置いてある。

「小学校に入ったら、この部屋を瑞穂の勉強部屋にしようと思ってたの」

和昌は頷き、窓に近づいた。そこからは庭を見下ろせる。家を建てる時、この窓から子供が手を振ってくれるのを庭から見上げる様子を想像した。

「御両親に電話をしたんだろう?」

うん、と薫子は返事した。

「どっちも泣いてた。いつまで経っても私から連絡がないので、助からないんじゃないかって話してたみたい。お母さんから、ごめんなさいごめんなさいって何度も謝られた。死んで詫びたいって」

姑の心情を思うと、和昌も胸が一層痛んだ。

「そうか……。それで臓器提供について、お二人は何と?」

薫子は、ぬいぐるみにうずめていた顔を起こした。

「私たちに任せるって。自分たちには判断ができないからといわれた」

和昌は壁にもたれ、そのままずり下がるように胡座《あぐら》をかいた。「そっちもそうか」

「お義父《とう》さんも？」

「ああ。この問題に関われるのは親だけだと思うってさ」

「やっぱり、そうなのかなあ」薫子は抱きしめていたテディベアを、段ボール箱にもたせかけた。「あの子が夢に出てきてくれればいいのに」

「夢？」

「そう。夢に出てきて、どうしたいかをいってくれればいいのに。このまま静かに息を引き取らせてほしいとか、自分の身体の一部だけでも、この世で生きられるようにしてほしいとか。そうすれば、その通りにする。それなら悔いも残らないような気がする」そういってからゆらゆらと頭を振った。「でも無理ね。今夜は眠れるわけがない」

「俺も親父と話していて、同じようなことを考えた。瑞穂の気持ちを知る方法があればなあってね。それで思ったんだが、もしあの子が大きくなって、この問題について考えられるようになっていたら、どんな結論を出していただろう？」

薫子が、じっとテディベアを見つめた。「瑞穂が大きくなっていたら……か」

「君はどう思う？」

そんなことを訊かれてもわからない、と答えるのではないかと和昌は予想した。だが薫子は少し首を傾げ、黙っている。

やがて、前に公園で、と口を開いた。

「クローバーを見つけたの。四つ葉のクローバー。あの子が自分で見つけたのよ。ママ、これだけ葉っぱが四枚付いてるって。それで私、わあすごいね、それを見つけたら幸せになれるのよ、持って帰れば、といったの。そうしたらあの子、何ていったと思う？」訊きながら和昌のほうに顔を巡らせてきた。

わからない、と彼は首を振った。

「瑞穂は幸せだから大丈夫。この葉っぱは誰かのために残しとくといって、そのままにしておいたの。会ったこともない誰かが幸せになれるようにって」

胸の奥から何かが込み上げてきた。それは忽《たちま》ち涙腺まで達し、和昌の視界をぼかした。

「優しい子だったんだな」声が詰まった。

「ええ、とても優しい子よ」

「君のおかげだ」和昌は指先で涙をぬぐった。「ありがとう」

6

瑞穂の写真を薫子に見せてもらったりしながら明け方まで過ごし、和昌は一旦青山のマンションに戻った。着替えたかったし、仕事をはじめ、あれこれと様々な作業を済ませるには、自宅のパソコンを使ったほうが楽だからだ。

一睡もしていなかったが、眠気は感じなかった。しかし頭が重く、キーボードを叩く指の動きは鈍くなった。

一通りの作業を終えて時計を見ると、午前九時近くになっていた。薫子とは、午前十時に病院で会うことになっている。多津朗にも、そのようにメールをした。薫子によれば、彼女の両親も瑞穂に会いたいといっているらしい。

スマートフォンに手を伸ばし、神崎真紀子《かんざきまきこ》に電話をかけた。日曜日の午前中にかけたことなど、あまり記憶にない。すんなりと繋がるかどうかはわからなかった。

しかし呼び出し音はすぐに途切れ、「はい、おはようございます。神崎です」と快活な声が聞こえてきた。

「おはよう。休みの日に申し訳ない」

「とんでもない。何かございましたか」秘書らしい口調で訊いてくる。

「うん、じつは――」

多津朗に切りだした時とは種類の違う緊張感があった。心が弱っていることを部下に悟られたくない、という経営者としての意地からかもしれない。

「娘が事故に遭ってね、今、危篤状態なんだ」

「えっ、瑞穂ちゃんが？」神崎真紀子の声が裏返った。

彼女も瑞穂には会っている。何かのパーティの時だ。

「プールで溺れた。病院で治療中だが意識はない。医者の話を聞いたかぎりでは、どうやら助かる見込みはなさそうだ」淡々とした口調を心がけた。

そんな、といったきり神崎真紀子は絶句した。有能な秘書でも、この局面で発すべき言葉が、すぐには出てこないのだろう。

「そういうわけで、明日以降のスケジュールを組み直してもらう必要がある。外せるもの、変更がききそうなものは、君の判断で処理してもらえないだろうか」

少し間があった後、わかりました、と彼女は答えた。

「明日は社内会議だけですから、何とかなると思います。社長の御指示、あるいは御判断が必要な問題が発生した場合でも、先送りできるものは極力先送りします。緊急を要するものについては、御連絡するということでよろしいでしょうか」歯切れよく話すが、その声は少し震えているようだった。動揺しつつ、愛用のタブレットを操作している神崎真紀子の姿が目に浮かんだ。

「それでいい。電話の電源は切らないつもりだが、その必要が生じた場合には事前に君に連絡する」

「了解いたしました。問題は明後日以降のスケジュールですが、どういたしましょうか。基本的にキャンセルの方向で動いてみますが、水曜日には新製品発表のイベントがございます」

そうだった。長年、力を入れてきた商品だ。自信もある。これでさらにハリマテクスは飛躍するはずだ、とビジネス誌のインタビューに鼻息荒く答えたのは、ついこの間だ。

結局自分は仕事人間なのかな、と和昌は思った。ビジネスに没頭しているほうが性に合っていて、幸せで平穏な家庭を築こうとしたこと自体が間違いだったのかもしれない。

社長、と神崎真紀子が呼びかけてきた。

「ああ……すまない。ちょっとぼんやりしてしまった。イベントについては、ぎりぎりまで出席する方向で進めてくれ」

「わかりました。では出席される場合と、万一欠席された場合の、二つのプランを立てておきます。欠席の場合、代理は副社長にお願いするということでよろしいでしょうか」

「それでいい。ああ、それから――」和昌はスマートフォンを握る手に力を込めた。「詳しいことは、まだ伏せておいてもらいたい。何か訊かれたら……そうだな、身内に不幸があったようだ――そのように答えてくれたらいい」

「かしこまりました」

「よろしく頼む。すまないな、日曜日に」

「気になさらないでください。それより、あの……」息を整える気配があった。「本当に、もう無理なのでしょうか。奇跡が起きる望みはないのですか、ほんのわずかでも」

和昌は奥歯を噛みしめた。迂闊《うかつ》に口を開いたら、泣き言が漏れてしまいそうな気がした。

「脳波がね、ないんだよ」

神崎真紀子の返答はない。答えようがないのだろう。

「それが何を意味するか、ＢＭＩについての知識が多少ある君ならわかるだろ？」

「……はい」

「じゃあ、後は頼んだよ」

「わかりました。社長は、どうかお身体に気をつけて。奥様も」

「ありがとう」

電話を切り、カーテンの隙間から差し込む陽光の強さに目を瞬かせた。

奇跡、か――。

薫子との会話の中に、その言葉が何度出てきたことだろうか。奇跡が起きるなら、どんな犠牲を払っても構わない、自分がどうなってもいい。だがその言葉を口にするたびに虚しさが増すのも事実だった。起きないから奇跡というのだ。

シャワーを浴び、身支度をした。空腹は感じていなかったが、冷蔵庫に入れてあったゼリー状の栄養補助食品を胃袋に流し込んでから部屋を出た。長い一日になりそうだと思ったからだ。

病院に行くと、すでに薫子の姿があった。彼女の両親と生人、そして美晴と若葉も来ていた。千鶴子と美晴は、泣き腫らした目をしている。舅《しゅうと》の茂彦《しげひこ》は、両手を膝に当て、和昌に向かって深々と頭を下げてきた。

「申し訳ない。何とお詫びしていいかわからん。うちのやつの不始末は俺の不始末だ。煮るなり焼くなり、好きにしてもらってかまわん」呻くような声を絞り出した。

「やめてください。お義母さんたちに落ち度がなかったことはわかっています」

しかし、といって茂彦は顔をしかめ、苦しげに何度も首を振った。

和昌は千鶴子と美晴の前に立った。

「事故の原因については調べなくてはいけないと思っています。でもどうか、御自分を責めないでください」

きつく閉じられた千鶴子の瞼《まぶた》から涙が滲み出た。美晴は両手で顔を覆った。

それから間もなく、多津朗も現れた。茶色のスーツ姿でネクタイまで締めていた。多津朗は薫子に声をかけた後、茂彦たちと共に、孫を失う悲しみを嘆き合い始めた。

看護師が和昌たちを呼びに来た。進藤の身体が空いたようだ。

薫子と二人で昨日と同じ部屋に行くと進藤が待っていた。

「今の状況を御説明しておきます」和昌たちが座ると医師は話しだした。「まずはこのモニターを御覧になってください」パソコンのモニターを指した。

そこに映っているのは、どうやら瑞穂の頭部のようだった。全体的に青っぽく、ところどころ、ほんの少しだけ黄色や朱色が混じっている。

「脳の活動を示したものです。青いところは活動しておらず、黄色がかったところや、少し赤みを帯びたところは、わずかながら活動しているといえます。しかし活動していない部分がこれほど広範囲に及んでいると、もう脳としての機能は失われている可能性が高いと考えるのが妥当だと思います」

和昌は黙って頷いた。薫子も改めて悲嘆にくれるようなことはなかった。奇跡はない、そう自分たちにいい聞かせてやってきたのだ。

「話し合われましたか?」進藤が尋ねてきた。

はい、と和昌は答えた。

「ただ、答えを出す前に、いくつか確認したいことがあるのですが」

「どんなことでしょう?」

「まず脳死判定の検査ですが、仮に脳死していなかった場合、苦痛が伴ったりしませんか」

進藤は合点したように深く頷いた。よくある質問だ、とでもいいたそうだ。

「大脳の活動がないのですから意識はなく、苦痛を感じることはありません。しかし脳のほかの部分が反応するかもしれません。その時には即座に検査は中止します。脳死にあらず、ということで治療に戻ります」

「でも脳死判定検査の中には、患者に負担を強いるものもあるとネットで読んだのですが」

「無呼吸テストのことですね。おっしゃる通りです。人工呼吸器を一定時間外し、自発呼吸がないことを確認します。自発呼吸がなければ、その間、酸素を取り込めないわけですから、身体に負担を強いることになります。したがって、このテストは一番最後に行われます」

「それが原因で症状がさらに悪化するということは……」

「そのおそれもあります。悪影響が出そうな場合、検査を中止し、そこで脳死と判定します。この一連のテストを二回行い、二回目に脳死が確認された時が死亡日時となります」

進藤の説明は理性的でわかりやすかった。納得して、そうか、と呟いた。

「脳死判定は患者さんのためのテストではないのです。あくまでも臓器移植への手順の一つだと御理解ください。生理的に受け入れられない、だから拒否する、とおっしゃる方もたくさんいます」

そうだろうな、と和昌は思った。昨夜は薫子と話し合いながら、インターネットで脳死判定の方法などをいろいろと調べた。検査の一つ一つについて、細かいことはよくわからない。だが人工呼吸器を外すというテストには、二人とも引っ掛かりを覚えた。文字通り、「息の根を止める」行為に思えたからだ。

テストは患者のために行われるわけではない――そういわれて検査の意義がわかった。

「ほかに何か？」進藤が訊いた。

和昌は薫子と顔を見合わせてから、医師のほうを見た。

「もし臓器提供を承諾した場合、どのような人に移植されるのでしょうか」

この質問に進藤は背筋を伸ばした。

「それについては、私としては何とも答えられません。一般的な知識として、全国に約三十万人の透析を受ける患者さんがいて、多くの人が腎臓移植を希望しているとか、子供の心臓移植待機者が常に数十人いる、ということなどを承知していますが、お嬢さんの臓器がどのように扱われるかはわかりません。もし詳しいことを聞きたいということであれば、移植コーディネーターに連絡します。もちろんコーディネーターから説明を受けてからでも拒否は可能です。どうされますか」

和昌は再び薫子を見て、彼女が小さく頷くのを確認した後、「お願いします」と進藤にいった。

「わかりました。ではここで少しお待ちください」そういって進藤は部屋を出ていった。

二人きりになってから、薫子がバッグからハンカチを取り出した。それで目元を押さえてから、「あれは訊かなくてもよかったかな」と呟いた。

「どんなことだ」

「昨夜《ゆうべ》、話したじゃない。手術の時……臓器を取り出す手術をする時、瑞穂は痛くないのかなって」

ああ、と和昌は軽く口を開いた。

「今の話を聞いただろ。大脳が機能してないんだから痛みも感じないって」

「でも、外国では麻酔を使うこともあるってネットには出てたでしょ。臓器を取り出そうと身体にメスを入れた瞬間、患者の血圧が上がったとか、患者がもがき始めたとか。だからそういう時には麻酔を使うって」

「あれ、本当の話なのかな。ネットなんて、当てにならないからなあ」

「もし本当だったらどうするの？　痛いのはかわいそうじゃない」

「かわいそうって……」

脳死しているのなら、痛みのことなど心配する必要はない。そう思いつつ、口には出さないでおいた。薫子自身、自分が妙なことをいっているのはわかっているはずなのだ。

「コーディネーターの人に訊けばいいんじゃないか」そう答えておいた。

ドアが開き、進藤が戻ってきた。

「移植コーディネーターと連絡がつきました。あと一時間ほどで到着するはずです」

和昌は腕時計を見た。ちょうど午前十一時だった。

「うちの父や妻の両親たちも来ています。最後に瑞穂に会わせてやりたいのですが」

「もちろん、結構です」そういってから進藤は、少し迷ったような顔をした後、意を決したように和昌たちのほうを見た。「ひとつ、お尋ねしたいことがあるのですが」

「何でしょうか」

「移植について検討してもいいとお考えになった理由についてです。もちろん、答えたくないということであれば、もうお尋ねすることはありません」

和昌は頷き、「話してもいいか？」と薫子に訊いた。うん、と彼女は瞬きした。

彼は進藤に目を戻した。

「瑞穂なら、どのように望むだろうと考えたのです。すると妻が一つのエピソードを教えてくれました」

和昌は四つ葉のクローバーのことを進藤に話した。

「その話を聞き、もし瑞穂の意思を確かめられたなら、自分の残り少ない命と引き替えに、どこかで苦しんでいる誰かを助けてあげたい――そんなふうにいうんじゃないかと思ったんです」

進藤の胸が大きく隆起し、ふうーっと息が吐き出された。彼は和昌と薫子を見た後、頭を下げた。「深く心に留めておきます」

その姿を見て、辛い結果にはなったが、担当がこの医師でよかったと和昌は思った。

家族待合室にいる多津朗たちに声をかけ、皆で瑞穂に会いに行くことにした。

ＩＣＵのベッドでは、瑞穂は昨日と同じようにチューブに繋がれた状態で眠っていた。その穏やかな寝顔を見ていると、どんなに頭では理解していても、この子の魂がもうここにはない、というふうには考えられなかった。

千鶴子と美晴がすすり泣きを始めた。茂彦と多津朗は涙こそ見せないが、無念そうに唇を結んでいる。若葉は母親にしがみつき、何が起きているかあまりよくわかっていない様子の生人は、ただぼんやりと大人たちを眺めていた。

皆が順番に瑞穂の身体に触れることになった。まだ脳死が確定したわけではなかったが、それは別れの儀式にほかならなかった。まずは茂彦と千鶴子が、次に多津朗が、続いて美晴と若葉が、瑞穂の手や顔に触れ、言葉をかけた。ＩＣＵ内は、涙声で溢れた。

最後は和昌たちだ。薫子や生人と共にベッドに近づいた。

瞼を閉じた瑞穂の顔を見つめていると、いくつもの思い出が脳裏を駆け巡った。この一年間はあまり会えなかったが、それでも心のアルバムには無数のシーンが刻み込まれていたことを、和昌は改めて思い知った。家庭を顧みなかった自分でさえそうなのだ。日夜一緒に過ごしていた薫子の心痛はどれほどのものか、想像するだけで目眩《めまい》がしそうになった。

その薫子が瑞穂の頰に唇を寄せた。そして、さようなら、と細い声でいった。「天国では幸せになって……」涙で言葉を詰まらせた。

和昌は瑞穂の左手を取り、自分の手のひらに乗せた。小さくて軽く、柔らかい手だった。そして温かい。今も生き生きと血が巡っていることを感じさせる感触だった。

薫子が手のひらを重ねてきた。娘の手を両親で挟む格好だ。

生人は背伸びし、姉の横顔を眺めている。彼の目には、ただ眠っているだけにしか見えていないだろう。

「オネエチャン」生人が小さな声で呼びかけた。

その時だった。和昌の手の中で、瑞穂の手がぴくりと動いたように感じた。しかしほんのかすかな感覚で、動いた、と確信できるほどのものではなかった。それに彼の手に触れているのは瑞穂の手だけではない。薫子の手が、その上にある。彼女の手の動きが伝わっただけかもしれなかった。

和昌は薫子の顔を見た。すると彼女も、驚いたような表情で彼を見つめていたのだった。

今のは何？——そう尋ねているように思えた。瑞穂の手が動いたように感じたけど、あなたが動かしたの？　瑞穂の手が動くわけがないから、きっとそうよね？

錯覚だ。和昌は、自分にいい聞かせた。生人の呼びかけが唐突だったので、感覚が狂ってしまったのだ。あるいは自分が無意識に動かしたのかもしれない。

瑞穂は死んでいるのだ。死体が動くわけがない。

生人、と和昌は呼んだ。「お姉ちゃんの手を握ってあげなさい」

幼い息子がそばに来た。彼の右手を取り、瑞穂の手を握らせた。

「さよならっていうんだ」

「……サヨナラ」

和昌は生人から薫子に視線を移した。すると彼女はまだ彼を見つめたままだった。何かを問いかける目だった。

その時、ドアが開いて進藤が入ってきた。

「移植コーディネーターの方が到着されました」

進藤に続いて入ってきたのは、温厚な顔立ちをした男性だった。髪に白いものが混じっているが、年老いた雰囲気はない。

男性が和昌たちに歩み寄ってきて、懐から名刺を出した。

「イワムラといいます。このたびは、誠にお気の毒なことでした。臓器提供を検討してもいいと伺いましたので、やって参りました。御不明なことがあれば、何なりとおっしゃってください」

差し出された名刺を受け取ろうと和昌は右手を出した。だが不意に横から薫子の手が伸びてきて、彼の手首を摑んだ。

どうした、と訊こうとし、妻の顔を見て和昌はぎくりとした。大きく見開かれた彼女の目は血走っていた。それは決して泣いたことによる充血ではなかった。

娘は、と薫子はいった。「生きています。死んでなどいません」

「薫子……」

彼女の顔が和昌のほうを向いた。

「あなたもわかったでしょう？　瑞穂は生きてる。たしかに生きてる」

二人は見つめ合った。彼女の目から発せられる光は、思いを共有したいという願いに満ちていた。夫婦でこれほどまでに真摯《しんし》に向き合ったのは何年ぶりだろう。

この強い思いを無視するわけにはいかなかった。妻の思いを受け止められるのは夫だけなのだ。

和昌はイワムラと名乗った人物を見た。

「申し訳ありませんが、お引き取りください。臓器提供は拒否します」

男性は戸惑った表情を見せていたが、それもさほど長い時間ではなかった。よくあることだと得心《とくしん》したように頷くと、進藤のほうを振り返った。進藤も小さく頷いた。

イワムラと名乗った男性は、そのまま黙ってＩＣＵを出ていった。それを見送った後、進藤が和昌たちのほうを見ていった。「治療を続行します」

よろしくお願いいたします、と和昌は頭を下げた。

生人が、オネエチャン、オネエチャン、と呼びかけていた。

瑞穂が返事をしたならまさに奇跡だが、さすがにそれは起きなかった。

7

幼稚園に行くと、ちょうど門が開けられているところだった。すでに多くの保護者が迎えに来ている。親しい母親仲間たちの姿があったので、挨拶を交わした。皆、薫子の娘の身に起きた悲劇を承知している。慎重に言葉を選んでいることは明らかだった。彼女の前では、娘、女の子、お姉ちゃん、あたりはNGワードだと思っているようだ。

別に構わないのにと薫子は思うが、敢えてそう口に出すことはない。却《かえ》って気まずくなるだけだろう。

女性園長が門の脇に立ち、帰路につく園児たちを見送ろうとしていた。薫子は頭を下げて挨拶し、園舎に目をやった。教室から出てきた子供たちが、我先にと下履きに替えているところだった。

生人も姿を現した。靴を履き替える前に顔を向けてくると、薫子に気づいたらしく、にっこりと笑った。少し手間取りながら靴を履いた後、駆け寄ってきた。

「オネエチャンのとこ?」

「そうよ」

生人と手を繋ぎ、改めて園長に挨拶してから門を離れた。

自宅に帰り、あれこれと支度を済ませてから、カーポートに駐《と》めてあったSUVに乗り込み、出発した。生人は後部座席のチャイルドシートに座らせている。

少し走ったところで、エアコンの温度設定が低すぎることに気づいた。いつの間にか日差しが弱まり、空気も秋らしくなっていた。もう少ししたら、生人には長袖を着させたほうがいいかもしれない。

病院には午後二時より少し前に到着した。駐車場に車を入れ、生人の手を引きながら正面玄関から院内に入った。

真っ直ぐエレベーターホールに向かい、エレベーターで三階に上がった。ナースステーションにいる看護師に声をかけた後、廊下を進んだ。奥から二番目の個室が瑞穂の部屋だ。

ドアを開けると、ベッドで安らかに眠る瑞穂の姿が目に入った。様々なチューブが繋がっている様子は、いつ見ても痛々しい。しかしその表情は安らかで、苦しそうには思えないのが救いだ。

こんにちは、と薫子は声をかけた。瑞穂の頬を指先で押し、「起きてくれないかな」と呟く。いつもの挨拶だ。

生人が枕元に近づき、オネエチャン、と呼びかけた。「こんにちは」

最初の頃は、「どうしてオネエチャン、まだねてるの?」と訊いてばかりだったが、最近では彼なりに何かを察したらしく、訊かなくなった。ほっとする反面、寂しかった。

薫子は持ってきた荷物の中から、紙包みを取り出した。中身は新しいパジャマだった。瑞穂が好きだったアニメのキャラクターがプリントされている。

「ちょっとごめん。お着替えさせてね」瑞穂に声をかけ、着ているパジャマを脱がせ始めた。

チューブに繋がれているので、初めの頃はてこずったが、このところは慣れてきた。

ついでに紙オムツを調べると、排尿も排便もしていた。やや軟便だが、悪くない色だ。

下半身を奇麗に拭いてから新しいオムツを穿かせ、パジャマを着せた。どちらかというとおとなしい印象の瑞穂だが、アニメのキャラクターのせいか、活発な女の子が疲れ果てて眠っているように見えた。

布団を直していると、武藤《むとう》さんという看護師が入ってきた。痰を吸引する時間らしい。

「あらー、瑞穂ちゃん、かわいいパジャマに着替えさせてもらったのね」武藤さんは、まずは瑞穂に話しかけた。それから薫子に、「よく似合ってますね」と微笑みかけてきた。

「たまには雰囲気を変えてやろうと思って」

ついでにオムツを交換したことを薫子はいった。

「このところ、ずっと調子が良いようですね」作業を始めながら武藤さんがいった。「脈は安定していますし、SpO_2値も良好ですから」

「私も、そう感じています。顔色、いいですもんね」

SpO_2値とは動脈血酸素飽和度を示したものだ。血液内の酸素とヘモグロビンが正常に結合しているかどうかを調べている。パルスオキシメーターという器具により、血液を採取しなくてもモニターできるのだ。

痰を吸引する看護師の手際を薫子は凝視する。オムツ交換と同様、いずれは自分がやらなければならないと思っているからだ。それだけではない。栄養剤の注入、体位交換、その他諸々、覚えなければならないことはたくさんある。

あの悲劇の日から、一か月あまりが経っていた。何度か危険な状態はあったが、そのたびに瑞穂の身体は持ち直し、今はすっかり安定している。数日前、この個室に移された。

薫子の次なる目標は、瑞穂を広尾の家に連れて帰ることだ。単に泊まらせるだけではなく、そのまま在宅で介護したいと思っている。だからこそ、看護師たちと同様のことができるようになる必要があるのだ。

一連の作業を終え、武藤さんは病室を出ていった。薫子はベッドの横に椅子を置き、瑞穂の顔を眺めながら腰を下ろす。

「ねえイクちゃん、今日は幼稚園でどんなことをしたの？」床で四つん這いになり、ミニカーで遊んでいる生人に声をかけた。

「えーとね、ジャングルした」

「ジャングルジムしたの？　どうだった？」

「うん、イクね、上まで行けた」生人は両手を大きく上げた。

「そう、よかったね。すごいじゃない。――瑞穂、聞いた？　イクちゃんね、ジャングルジム、一番上まで登れるんだって」

生人との会話の合間に瑞穂に話しかけるというのが、ここでの薫子の過ごし方だ。眠っている娘の顔を黙って眺めているだけでも決して退屈ではなかったが、幼い息子をないがしろにするわけにはいかなかった。

あの日、臓器提供を拒否したことについて、薫子は後悔していない。一か月以上が過ぎても未だにこうして瑞穂と接していられることを思うと、よくぞあの決断をしたと自分を褒めてやりたくなるほどだ。

医師の進藤からは気が変わった理由を尋ねられなかった。脳神経外科が専門である彼は、瑞穂の延命措置に殆ど関わらない。それでも何度か顔を合わせる機会があり、その時に薫子のほうから話した。

和昌と共に瑞穂の手を包んだ時、彼女の手が動いたように感じたことだ。それは生人が眠っている姉に声をかけたタイミングと一致していた。

弟の声に瑞穂が反応したのだ、と薫子は思った。そんなことは医学的にはあり得ないのかもしれないが、そう感じてしまったのだから、どうしようもなかった。

話を聞いた進藤は、そうですか、と落ち着いた声で答えた。驚いているようには見えなかった。「あの時、そんなことがあったのですか」

親の単なる錯覚だと思うか、と尋ねた。進藤は首を振った。

「人間の身体について、すべてのことがわかっているわけではありません。脳が機能していなくても、脊髄《せきずい》反射などによって身体が動くことはあります。ラザロ徴候というものを御存じですか」

聞いたこともない言葉だったので、そのように答えた。

「脳死判定の最終テストが人工呼吸器を外すことだというのは、お話ししましたよね。そのテストの最中に患者の腕が動いた、というケースが世界中で報告されています。詳しい原因は判明していません。ラザロというのは新約聖書に登場する人物で、病死したがキリストによって蘇生された、とされています」

驚くべき話だった。その患者たちは、本当に脳死していたのだろうか。それを尋ねると、いずれも脳死と判定された、と進藤は答えた。

「ラザロ徴候を目にすれば、家族としてはとても死んでいるとは思えない。だから最終テストだけは家族には見せないほうがいい、という医師や学者もいます」

人体にはまだまだ謎が多い。瑞穂の手が動いたとしても、少しも不思議ではない、と進藤はいった。

「特に小さな子供の場合、大人では考えられないような現象を見せることもあります」

ただし、と進藤は次のように付け加えた。

「弟さんの呼びかけに反応したとは考えられません。お嬢さんの脳機能は停止している、という私の見解に変更点はありません」

単なる偶然――医師は、そういいたいようだった。

薫子は反論しなかった。わかってくれなくていいと思った。

調べてみると、長期脳死と呼ばれる状態が何年も続いている子供が、日本だけでも何人もいるらしい。彼等の親たちの殆どが、子供と自分たちの間には精神的な何らかの繋がりがあると感じているようだった。それは一方通行ではない。ごく弱いものではあるが、子供のほうからもサインを出していると信じている。

その話を進藤にすると、知っています、と彼は答えた。

「それについて、すべて気のせいだ、と一言で済ませはしません。なぜなら、症状は個々で違うからです。そもそも長期脳死という言葉自体、極めて曖昧です。臓器提供には同意していないのですから、脳死判定も行われなかったはずです。今回のように、様々なデータ面から、おそらく脳死だと判断されただけでしょう。中には特殊なケースもあるのかもしれません」

しかしおたくのお嬢さんの場合、それにはあたらないだろう——口にこそ出さなかったが、進藤の冷静そうな目は語っていた。

この状態から少しでも改善した例はないのか、世界中に一つもないのか。それが薫子の最後の質問だった。

「残念ながら、私は聞いたことがありません」重たい口調でいった後、進藤は薫子の目を見つめてきた。「しかし決めつけは禁物だと思っています。脳神経外科医として打てる手はありませんが、検査は続ける気でいます。お断りしておきますが、お嬢さんの脳機能は停止し、改善の見込みはない、という判断が間違いでなかったことを証明したいわけではありません。むしろ逆です。判断が間違っていたことを示す何かが出てくれば、と祈る気持ちからです。私だって、奇跡が起きてほしいですから」

薫子は黙って頷いた。あの日和昌が、「進藤先生が担当でよかった」といっていたのを思い出した。同感だと思った。

間もなく午後六時になろうかという頃になり、美晴が若葉を連れて病院にやってきた。毎日ではないが、彼女たちも頻繁に見舞いに来てくれる。入ってくるなり若葉は瑞穂の顔を覗き込み、こんにちは、といって髪を撫でた。

瑞穂の体調が安定していることを話すと、美晴も安堵の表情を見せた。

「家には、いつ頃連れて帰れそうなの？」

　妹の問いに、薫子は首を傾げた。

「もう少し様子を見てからっていわれてる。必要な介護が、私たち素人の手に余るレベルだとどうしようもないし」

「そうか……」

「それに気管切開の手術をしなきゃいけないそうなの」薫子は自分の喉を触った。

「気管？」

「人工呼吸器の管、今は口から差し込んでるでしょ？　でもこのままだと、何かの拍子に抜けるかもしれない。そうなったら、お医者さんでないと元には戻せないそうなの。技術的にも難しいし、そもそも資格のない人間がやってはいけないんだって。だから気管を切開して、直接そこに管を繋いじゃったほうがいいらしいの。そうすれば、口元もすっきりするし」

「そうなんだ」美晴はベッドにいる瑞穂を見た。「うーん、そのほうがいいのかな。喉を切るわけでしょ？　何だかかわいそうな気もするけど」

　まあね、と薫子は呟いた。

　長期脳死患者の写真を見ると、例外なく気管切開を行っている。介護のことを考えれば当然だと思うが、それが重大な一歩、何かを諦める覚悟の一つのように思われ、避けられるものなら避けたかった。

　生人を見ると、若葉に遊んでもらっていた。ミニカーと人形を使い、子供同士でないとわからない会話を交わし、笑い合っている。その様子を見て、元気だった頃の瑞穂を思い出さないでいることなど不可能だった。胸の奥が熱くなったが、涙がこぼれるのだけは懸命に堪《こら》えた。

「お姉ちゃん、時間は大丈夫なの？」美晴が訊いてきた。

薫子はスマートフォンで時刻を確かめた。午後六時十分になっていた。

「うん、そろそろ行こうかな。ごめんね、美晴」

「全然大丈夫。久しぶりにゆっくりしてくるといいよ。――イクちゃん、ママに行ってらっしゃいをして」

生人が不思議そうな顔を薫子に向けてきた。「ママ、どこ行くの？」

「お友達と会ってくるの。だからイクちゃん、ミーママと若葉ちゃんのとこで待っててね」

ミーママとは美晴のことだ。そんなふうに呼び始めたのは瑞穂だった。

生人は美晴になついている。若葉とも仲がいいから、預けることに不安はない。今夜は学生時代の友人と会うのだ、と美晴には説明してあった。

こういう場合、以前は実家に子供たちを預けた。今だって、そうしてもいいと思っている。しかし父の茂彦が、まだ無理のようだ、というのだった。

「とても自信がないと母さんはいうんだよ。ちょっと目を離した隙に生人の身に何かあったらと思うと、トイレにも行けないし、家事だってできそうにない。それどころか、生人を預かることを考えただけで動悸が激しくなるんだそうだ」

そんな話を聞いたら、到底預けることなどできなかった。そして千鶴子が未だに自らを責め続けていると思うと、心が痛んだ。

「じゃあママ、ちょっと行ってくるね。また明日、来るから」瑞穂に声をかけた後、よろしく、と美晴にいった。

「行ってらっしゃい」

生人と美晴、そして若葉に見送られて薫子は病室を後にした。

病院を出ると、車を置きに一旦広尾の自宅に帰った。服を着替え、化粧を直してから家を出て、タクシーを拾った。運転手に告げた行き先は銀座だ。

スマートフォンを出し、榎田博貴からのメッセージを開いた。今日の店の名前と場所に続いて、『久しぶりに顔を見られると思うと、楽しみな半面、少し緊張しています。』と記してあった。

薫子はスマートフォンをバッグにしまい、ため息をついた。

美晴には嘘をついた。今夜会う相手は、学生時代の友人などではない。もっとも、勘の鋭い妹が薄々感付いている可能性はある。彼女は姉夫婦の仲が破綻直前の状態だということを知っている。和昌が家を出た直後に薫子が話したからだ。

「別居なんていわず、さっさと離婚すればいいじゃない。慰謝料をがっぽり貰って、養育費もきちんと出してもらう約束をして」美晴はもどかしそうにいった。「お姉ちゃんならすぐに良い相手が見つかると思う」

妹にいわれるまでもなく、薫子自身、そうするしかないだろうと考えていた。自分が執念深い性格だということは、昔からわかっている。陰湿な部分を持っていることも自覚している。表面上は和昌を許したように振る舞いながらも、彼の裏切りを決して忘れることはなく、いつまでも治らぬ傷口のように、じとじとと恨みの膿《うみ》を流し続けるだろうと思うと気が滅入った。

しかし離婚へと踏み込む一歩が出なかった。いくら慰謝料や養育費があるといっても、女手ひとつで二人の子供を育てていくのが容易でないのは明白だ。薫子には通訳という特技があるが、安定した収入を得られる保証はない。

子供たちのことも気がかりだった。突然父親がいなくなったことについては、「パパはお仕事が忙しいから、なかなか帰ってこられないの」と説明していた。たまに顔を合わせた時には、仲の良い両親を演じた。しかし、いつまでもそんなことを続けていられるわけもない。

どうしていいかわからず、苛立ちばかりが募っていった。夜中に不意に涙が溢れ、止まらなくなったこともある。

そんな頃、榎田博貴と出会った。彼は薫子が睡眠薬を処方してもらうために訪ねたクリニックの医師だった。

「薬を出すこと自体は問題ないのですが、根本的な原因を取り除けるのなら、それがベストです。不眠の原因について、何か御自身で気づいておられることはありますか」最初の診察の際、柔らかい口調で榎田はいった。

家庭問題で悩みがある、とだけ薫子は打ち明けた。すると榎田は突っ込んだことは訊かず、「御自分で解決できそうですか」と尋ねてきた。

わからない、と彼女は答えた。榎田は頷いただけだった。

処方してもらった薬が身体に合わなかったので、再びクリニックを訪ねた。榎田は別の薬を提案した後、「その後、家庭問題はどうなりましたか。少しでも良い方向に進みそうですか」と訊いてきた。

薫子は、かぶりを振るしかなかった。医者の前で体裁を繕っても意味がない。

この時も榎田は、それ以上踏み込んだことは訊いてこなかった。穏やかな笑みを浮かべ、「とりあえず、ぐっすりと眠ってください」といっただけだ。

不思議な雰囲気と魅力を備えた人物だった。何事にも動じず、こちらがどれほど乱暴にぶつかっていったとしても、優しく受け止めてくれそうな予感があった。それで三度目に会った時、薫子は夫と別居中であること、離婚を考えていることなどを打ち明けた。

予想通り、榎田は表情の変化を殆ど見せなかった。それは大変でしょうね、と真剣な目で見返してきた。

「申し訳ないのですが、どうするのがあなたにとって一番いいのか、僕には答えられません。それを決められるのはあなた以外にはいないでしょう。ただ一つだけいえるのは、悩み続けることには意味があるし、悩みの形は必ず変わっていくということです」

悩みの形、というものの意味がわからず、薫子は尋ねた。

「毎日毎日、同じことを悩んでいるようでいても、その本質は微妙に変わっていくということです。会社をリストラされた男性がいるとします。彼はなぜ自分がこんな目に遭わねばならないのかと悩み始めますが、いずれは次の仕事をどうするかで悩むでしょう。子供の出来が悪く、進路について悩んでいる親がいるとします。しかし彼等の悩みはいずれ、子供が不良にならないかとか、おかしな異性に引っ掛からないだろうか、といったものに変化していきます」

すべては時が解決するという意味か、と薫子は尋ねた。

「それだけが正解ではありませんが、そういう解釈をする人もいるでしょうね」榎田は慎重な口ぶりで答えた。

会うたびに、薫子は悩みを打ち明けた。その内容はたしかに彼が予言したように、少しずつ形を変えていった。夫の浮気が原因で夫婦仲が悪くなったのは仕方のないことだと思えるようになったし、子供たちについても、自然に任せればいいと割り切れた。驚くべきなのは、榎田からは何らアドバイスらしきものを受けていないことだった。彼はただ彼女の話を聞いていただけなのだ。

結局自分は誰かに悩みを聞いてほしかっただけなのかな、と薫子は思った。それは半分は事実だろう。だが残り半分は違うような気がした。相手が榎田でなければ、こんなふうにはなっていなかったように思えた。

別居から半年ほどが経っていた。薫子は和昌と会い、今後のことを話し合った。彼女の気持ちは固まっていた。瑞穂の受験が一段落したら正式に離婚する、だ。和昌にも異存はないようだった。「仕方ないな」諦めたような顔でいった。

すべてを決めたら、すっきりとした気分になった。すると不思議なもので、薬がなくても眠れるようになった。そのことを榎田に報告すると、それはよかった、と目を輝かせて喜んでくれた。

「心の病は克服した、ということですね。おめでとうございます。お祝いをしなきゃいけませんね」

そして彼は、今度一緒に食事でもどうか、と誘ってきたのだった。

「断っておきますが、女性の患者さん相手に、いつもこんなことをしているわけではありません。あなたが初めてです」

彼から誘ったのは初めてなのかもしれなかった。だが女性患者から誘われることはあったのではないか、と薫子は睨んだ。端整な顔立ち、包容力を感じさせる雰囲気、何より聞き上手というのは、悩みを持つ女性にとっては魅力的だ。

最初の食事は、赤坂のイタリアンレストランでのランチだった。クリニックの外だと、榎田が醸し出す上品な気配が、一層際立つように感じられた。それでもいつもより少しくだけた話し方をするので、親近感は増した。

「次はぜひ、ディナーを」店を出る時に榎田がいった。

ええぜひ、と薫子も微笑み返した。

その約束が果たされるまで、長い時間はかからなかった。それ以後、月に一度か二度のペースで食事をしている。最後に会ったのは先月だ。瑞穂が事故に遭うより少し前で、榎田は初めて自宅に来ないかと誘ってきた。

あの時、彼の部屋に行っていたら、今頃はどうなっていたのだろう——タクシーの窓から夜の銀座を眺めながら薫子は考えた。

待ち合わせをした場所は、カニ料理の専門店だった。ビルの四階にある。エレベータの中で薫子は深呼吸を一つした。右手で頬を軽く叩き、表情が強張っていないことを確かめた。

エレベータの扉が開くと、そこはもう店の入り口だ。和服を着た女性従業員が立っていて、笑顔で挨拶してきた。「いらっしゃいませ」

「榎田の名で予約が入っていると思うんですけど」薫子はいった。

「お待ちしておりました」従業員は頭を下げた。「お連れ様は、もう御到着です」

案内された個室では、スーツ姿の榎田が日本茶を飲みながら待っていた。湯飲み茶碗を置き、爽やかな笑みを薫子に向けてきた。

「ごめんなさい。お待ちになりました？」

「いえ、今来たところです」

女性従業員は一旦立ち去ったが、薫子が席について間もなく、おしぼりを出しに現れた。さらに飲み物の注文を訊いてきた。

「どうしますか」榎田が薫子を見た。

「私は何でも」

「では、久々の再会を祝して、シャンパンというのはいかがですか」

ええ、と薫子は笑みを浮かべて顎を引いた。「いいですね」

従業員がいなくなった後、榎田は改めて薫子の顔を見つめてきた。「元気でしたか」

「まあ、何とか」

「その後、お嬢さんの体調はいかがですか」

「そうですね……」薫子は、おしぼりで手を拭いた。「ええ、すっかりよくなりました。御心配をおかけして申し訳ありません」

「いや、謝る必要なんかないです。そういうことならよかった。今夜は外出しても大丈夫だったんですか」

「はい。妹に見てもらっていますから」

「なるほど、それなら安心だ」榎田に怪しんでいる様子はなかった。

瑞穂の事故について、薫子は彼には何も知らせていない。そういう気持ちになれなかった、というより、事情を説明する余裕などとてもなかった。事故から数日後に彼からメールが来たのだが、娘が体調を崩したのでしばらく会えない、とだけ返した。それに対する返信は、『そういうことなら、こちらから連絡するのは控えます。しっかり看病してあげてください。あなたも身体には気をつけて。このメールに対する返事は不要です。』というものだった。

薫子からメールを出したのは三日前だ。『御無沙汰しています。久しぶりに先生のお話を聞きたくなり、連絡させていただくことにしました。お変わりございませんか。』と書いた。するとすぐに榎田から応答があり、今夜の会食が決まったのだった。

シャンパンが運ばれてきた。榎田が料理を注文した後、グラスを手にして乾杯した。細かい泡が無数に浮かぶ液体を飲み、アルコールを口にしたのは瑞穂が事故に遭った日以来だと思い出した。臓器提供について和昌と話し合った夜だ。

「風邪か何かですか」榎田が訊いてきた。

「えっ？」

「お嬢さんです。体調を崩したとしか伺ってなかったものですから」

「ああ……はい。風邪みたいなものです。ちょっとぐったりして。でも、今はもう元気です」

話しながら、胸の内に重たいものが生じるのを感じた。それは悲しみであり、虚しさでもあった。その不快感に顔をしかめたくなるのを懸命に堪え、薫子は口元を緩めた。

「そうですか。夏風邪はこじらせると厄介ですからね」そういってから榎田は、前に身を乗り出すように薫子の顔を覗き込んできた。「で、あなたはどうなんですか」

「私……ですか？」

「体調のことです。さっきここに入ってこられた時、すぐに思ったんです。お痩せになったんじゃないか、と。違いますか」

薫子は背筋を伸ばし、さあ、と首を傾げた。

「このところ体重を計っていないので、よくわかりません。でもそういっていただけて安心しました。ジムをサボっているので、太ったんじゃないかと気にしていましたから」

「身体を壊したわけではないんですね」

「違います。大丈夫です」

「それを聞いて安心しました」榎田は頷いた。

料理が運ばれてきた。まずはカニの卵やカニ味噌を使った前菜だ。メニューによれば、この後は刺身、毛ガニの甲羅蒸し、ズワイガニのしゃぶしゃぶと続くらしい。

いつもと同じように、榎田は豊富な話題を披露しつつ、薫子からも話を引き出そうとしてきた。その内容は多岐にわたったが、導入はやはり家庭や子育てに関することが多かった。元気な二人の子供を持つ母親、という前提で質問をされると、いちいち嘘をつかねばならず、虚しさで気が重くなった。

そこで薫子のほうからは、家の事情とは無関係な話題を投げかけることにした。

「ところで先生は、最近何か映画を御覧になりました？　お薦めの映画で、ＤＶＤになっているものがあれば、教えていただきたいんですけど」

「映画ですか。そうですね。御家族で観られるものがいいですか」

「いえ、一人で観ます」

それなら、といって榎田はいくつかのタイトルを挙げ、それぞれの良さを解説してくれた。その話も興味深いものだったが、この店を出る頃には自分は半分も覚えていないだろう、と薫子は思った。ただ単に榎田に話をさせたかっただけなのだ。

次々に料理が出てきた。榎田が冷酒を注文したので、それを舐めるように飲みながら、薫子は箸を動かした。どの皿に載っている料理も御馳走だったが、味わっている余裕はなかった。ただ機械的に胃袋に送り込んでいるだけだ。途中で満腹してしまい、最後に出てきた寿司は、殆ど残すこととなった。

「この後、デザートをお持ちしますので」女性従業員の言葉に、薫子は内心うんざりした。まだ出てくるのか――。

「いつもより食が細いようですね」榎田がいった。

「そう……ですね。どうしたんでしょうか。何だか、急にお腹がいっぱいになっちゃって」

「お口に合わなかったのでなければいいんですが」

「とんでもない」薫子は手を横に振った。「おいしかったです、すごく」

榎田は小さく頷き、出されたばかりの湯飲み茶碗を手にした。しかしそれを口元に運ぼうとはしない。

「この部屋であなたを待っている間、ぼんやりといろいろなことを考えていました」茶碗を見つめたまま、話し始めた。「今回のあなたからのメールには、どんな意味が隠されていたんだろう、とかね。もちろん、単に会いたくなっただけだ、ということなら何も問題はないわけですが、どうもそうではないような気がしてならなかったんです。じつは僕のほうには、今夜あなたに提案したいことがありました。それで何度か切りだそうとしたのですが、とうとうそのきっかけがなかった。いや、あなたがチャンスをくれなかったといったほうがいいかもしれない」

薫子は膝の上で両手を握りしめた。「何ですか、提案したいことって」

それは、といって榎田は唇を舐め、薫子のほうを向いた。

「お子さんたちに会わせてもらえないでしょうか、ということです。瑞穂ちゃんと生人君に会ってみたいと思ったんです」

榎田の真剣な表情に、薫子は気圧《けお》された。目をそらさずにはいられなかった。

でも、と彼は続けた。

「今もいいましたように、あなたはそのきっかけをくれなかった。最初は気のせいかと思ったけれど、どうやらそうではなさそうだと途中で気づきました。あなたはお子さんの話題を徹底的に回避していました。そうですよね」

柔らかい口調で語る榎田の言葉が、鋭い刃物のように薫子の胸に突き刺さった。衝撃のあまり、彼女は声を出せなかった。

播磨さん、と彼は呼びかけてきた。彼女がじっとしていると、薫子さん、と名前で呼び直した。ぎくりとし、彼女は思わず顔を上げていた。

「今日でなくても構いません。もし何か打ち明けたいことがあるのなら、いつでも連絡をください。僕でよければ、お話を伺います。といっても、また例によって、僕には何もできないかもしれないのですが」

　薫子の胸をえぐった榎田の声が、次には急速に膨らんできた。温かみを帯びているのが、却って苦しく感じられた。

　悲しみの波が押し寄せてきた。抗うことなどできなかった。辛うじて耐えてきた薫子の心の防波堤は、ついに決壊した。榎田を見つめたまま、彼女は涙を流し始めた。ぼろぼろと溢れ、頬を伝い、床に落ちた。

　榎田は目を見張っていた。彼の驚きがどれほどのものか、薫子にはわからなかった。そんなことを推し量る余裕などなかった。涙をぬぐうことすらできないのだ。

　その時、失礼します、という声が聞こえた。続いて襖が開けられ、女性従業員が姿を見せた。デザートを盛りつけた二つの皿をトレイに載せていた。

　しかし次の瞬間彼女が息を呑み、動きを止めるのを、薫子は目の端で捉えた。女性客の涙に気づいたのだろう。

「デザートは結構です」榎田が落ち着いた声でいった。「会計をお願いします。なるべく早く」

「あ、はい……」女性従業員は、見てはならぬものを見た、といった様子で襖を閉めた。

　行きましょう、と榎田はいった。

「このままお帰りになられますか。それとも、どこか別の場所に移りますか。静かに話せる店なら、いくつか心当たりはありますが」

　ようやく薫子は身体を動かせるようになった。息を整えるとバッグからハンカチを出し、目元を押さえた。「いいえ、お店には行きたくありません」

「そうですか。では、車を呼んでもらいましょう。行き先は広尾でいいですね」

いいえ、と薫子は首を振った。

「できれば先生のお部屋に……。もし、よろしければ、ですけど」

「僕の部屋に？」

「はい。厚かましくてごめんなさい。無理なら結構です」薫子は俯《うつむ》いたままでいった。

考えをまとめるような間が少しあって、わかりました、と榎田がいった。

「では、そうしましょう。幸いというか意図的というか、部屋は片付けてありますので」

精一杯のジョークだとわかったが、薫子には表情を和らげる余裕もなかった。

榎田のマンションは東日本橋にあった。２ＬＤＫで、一人で住むには広すぎるように思えた。リビングとダイニングが一緒になった部屋は、どう見ても二十畳以上ある。そして彼がいったように、奇麗に片付けられていた。センターテーブルに無造作に雑誌が放置されているのが洒落て見えるほどだ。

榎田に促され、薫子はソファに腰を下ろした。

「さて、何をお飲みになりますか。お酒はいろいろとあります。ただ、まずはミネラルウォーターがいいのではないかと思うのですが」

はい、と答えて薫子はミネラルウォーターを所望した。

彼女が水を飲んでいる間、榎田は無言だった。目を合わせようともしない。自分が何も告白しないままでこの部屋を出ていったとしても、きっと何もいわないだろうな、と薫子は思った。

「私の話を聞いていただけますか」グラスを置き、薫子はいった。

はい、といって榎田は真摯な顔を向けてきた。

何といったらいいだろう、どう伝えたらいいだろう――様々な思いが頭の中で交錯した。結局、薫子の口から出たのは、次の言葉だった。

「私の娘は……瑞穂は、もしかしたら死んでいるのかもしれません」

榎田の瞼がぴくぴくと動いた。彼が珍しく見せた動揺の気配だった。

「もしかしたら、とは？」

「溺れたんです。プールで。一時、心臓が止まったそうです。その後、心臓は動いたんですけど、意識は戻りません。おそらく脳死状態だ、と医者からはいわれました」

薫子は、あの悪夢のような出来事を、ゆっくりと語った。突然の悲劇。臓器提供について、夫婦で一晩話し合ったこと。翌日には提供を承諾するつもりで病院に行ったこと。最後の最後になって翻意したこと。そして今は目覚めない我が子を看病する日々であること。自分でも驚くほどに整然と説明できた。

榎田は悲しげな目で何度か首を振り、信じられない、と呟いた。

「お嬢さんの身に起きた不幸もそうですが、何よりあなたの強さが信じられない。そんな大きなものを胸に秘めて、今夜、僕と食事をしてくださったのですか。どうしてそんなことを……」

薫子はバッグから出したハンカチで目頭を押さえた。「最後にしようと思ったんです」

「最後？」

「先生にお会いするのを、です。だから今夜だけは、辛い現実を忘れようと思いました。何もかも以前のままで、何も変わっていなくて、先生と一緒にいる時間を楽しんでいる。そういう自分を演じようと決めていました」

でも無理でした、と続けた。

榎田は眉根を寄せ、薫子の目を見た。

「僕と会うのを最後にしようと思った理由は何ですか」

「だからそれは……主人とは別れないことにしたからです」薫子は持っていたハンカチを握りしめた。「私は、できるかぎりのことを瑞穂にしてやりたいと思っています。誰が何といおうとも、私の中ではあの子は生きているんです。あの子の死を受け入れられる時――そんな日が来るかどうかわからないけれど、それまで看病を続けるつもりです。でもそのためには、たくさんのお金が必要になるでしょう。私は瑞穂の世話をしなければなりませんから、働くわけにはいきません。離婚しても主人は援助してくれると思いますが、やっぱり不安です。そういうことから、離婚問題は白紙にしました。主人とも話し合い、了承を得ました」

榎田は腕組みをした。

「離婚しない以上、外でほかの男と会うのは御法度、というわけですか」

「それもありますけど、自分の心が負けるのが怖いんです」

「負ける、というと?」

「先生と会っていると、きっと私、主人と別れたくなります。離婚したくなります。でも瑞穂がいるから、それはできない。そのうちに気持ちがおかしな方向に行くんじゃないかと思うんです」

「それは、つまり……」榎田は薫子の思いを察したようだが、口には出さなかった。

はい、と彼女はいった。「いっそのこと、早く瑞穂が息を引き取ってくれないか——そんなふうに考えてしまうんじゃないかと」

榎田は首を振った。「あなたは、そんなふうにはならない」

「だといいんですけど……」

「もちろん、そそのかす気はありません。あなたがそう決めたのなら、それでいいと思います。ただ医師としては、あなたの心がどうなっていくのか、それがとても心配です。もし悩むことがあれば、いつでも来てください。外で会うのはまずくても、クリニックなら問題ないでしょう？」

榎田の言葉は、薫子の心に優しく響いた。思わず、身を任せてしまいたくなる。だからこそ、会い続けることは危険なのだ。

彼女は深くため息をついた後、改めて室内を見渡した。「素敵なお部屋ですね」

榎田は意表をつかれた顔で、ありがとうございます、と答えた。なぜ彼女が急に部屋を褒めたのか、わからないのだろう。

「じつは私、今夜もし先生に誘われたら、部屋にお邪魔してもいいかなって考えてたんです。辛いことはすべて忘れて、何もなかったことにして、一人の女に戻れたらいいなって」薫子は榎田に微笑みかけた。「娘があんなことになったのに、悪い母親ですね。悪くて馬鹿な女」

冷静な医師は、肩をすくめた。

「すべてを打ち明けてくださってよかった。あなたとの至福の時を過ごした後で真相を知っていたら、僕は自己嫌悪に陥って、しばらく立ち直れなかったでしょう」

「ごめんなさい……」

「気持ちが落ち着いたならいってください。タクシーを拾えるところまでお送りします」

ありがとうございます、といって薫子はグラスのミネラルウォーターを飲んだ。不思議なことに、今夜口にしたどの料理よりもおいしく感じられた。

第二章　呼吸をさせて

1

和昌は手元の資料から顔を上げた。

この日、三番目に発表されるのは、ブレーン・ロボット・システム――ハリマテクス内での略称BRSに関する研究だった。大型液晶ディスプレイの前に立ったのは、三十歳前後の研究員だ。

「BRSのワイヤレス化に関して、良好な結果が得られましたので報告させていただきます」

男性研究員は、色白の繊細そうな顔に、さらに緊張の色を漂わせていた。

背後の巨大ディスプレイに、一人の男性が映った。年齢は五十代だろうか。やや太っているので、病人には見えない。頭にヘルメットを被り、椅子に座っていた。よく見ると胴体はベルトで固定されているようだ。

男性の前には、机が置かれ、その上では二体のロボットアームが並んでいた。いずれも五本の指を備えていて、人間と同様に左右対称になっている。そして二つのロボットアームの間には、一枚の赤い折り紙が置いてあった。

　スタート、という声がどこからか聞こえた。

　間もなく、画面に向かって左側のアームが動き始めた。男性被験者にとっては右側になる。アームはテーブルに置かれた折り紙を、器用に摘《つま》みあげた。

　会議室内に小さなどよめきが起きた。

　さらに右側のアームも動き、折り紙に指を添えた。そしてそのまま左右のアームは、人間の腕さながらに紙を折り始めた。決してスピーディではないが、二体の動きにぎこちなさはなかった。

「この男性は、交通事故による頸椎損傷で、四肢麻痺となりました」男性研究員が解説を始めた。「自分の意思で動かせるのは、首から上のわずかな部分だけです。しかし脳自体には異状はありません。そこで手を動かそうとした時のニューロンの活動を、微弱な信号をキャッチすることで捉え、それを基にロボットアームを動かせるようにしました。同様の試みは世界中で行われていますが、多くは外科手術によって脳にチップを埋め込む方式であり、このように外科手術を必要としないヘッドセット式で、ここまで繊細な動きができるものはありませんでした」

　二つのロボットアームは、見事に折り鶴を完成させた。男性被験者はカメラに目を向けると、ゆっくりと瞬きを二回した。表情の変化は乏しいが、達成感に浸っている気配は十分に伝わってくる。

　ディスプレイは、複雑な回路図とイラストを組み合わせた画像に切り替わった。研究員が画面上でポインタを移動させながら、従来技術からの改善点や、今後の課題などを述べていく。その口ぶりからは自信が感じられた。

大したものだ、と話を聞きながら和昌は感心する。このＢＭＩ開発会議は月に一度開かれているが、毎回、何らかの進展がある。ただし、ハリマテクスの研究員が優秀だからと考えるのは早計だ。彼等は常に他の研究機関の動向を探り、時には技術を模倣して、成果に結びつけているのだ。つまり開発競争の真っ只中《ただなか》にいるということであり、今日ここで紹介された新技術と同等のものが、明日には他社で開発されたとしてもおかしくはない。

ＢＭＩ――ブレーン・マシン・インターフェース、脳と機械との融合。

何と夢のある話なのか。たとえ重傷を負ったとしても、脳さえ機能していれば、人は人生を放棄せずに済む。生きる歓びを見つけ出せるようになる。

そう、脳さえ機能していれば――。

和昌は部下たちの話に集中せねばと思いながらも、病院のベッドに横たわっている瑞穂の姿が頭に浮かんでくるのを止められなかった。仕事があるので、頻繁には見舞いに行けない。それでもわずかな時間を作っては、様子を見に行くようにしている。無論、行ったところで、何かをしてやれるわけではない。ただ寝顔を眺めているだけだ。

しょっちゅう看護師がやってきて、あれこれと世話をしてくれるのだが、その手順は複雑で、かつデリケートそうで、とても自分の手には負えないと和昌などは思う。ところが薫子は、それを何とかマスターしようと努力しているらしい。在宅介護を実現するには、家族がケアできることが最低条件だからだという。その話を彼女から聞いた時には、密かに瞠目《どうもく》した。

臓器提供を拒否した後も、瑞穂を退院させることなど考えもしなかった。心臓が動いているといっても、やはりそれだけのことで、娘の死を受け入れるしかないと思っていた。近い将来、あの病院で息を引き取るのだろうと覚悟をしていた。いや、その覚悟は今もある。それについては、たぶん薫子も同じだろう。

しかし彼女は諦めていない。どれほど医学的な根拠が希薄であろうとも、万に一つあるかどうかもわからない可能性に賭けようとしている。あるいは、たとえ短い期間であったとしても、それまでは我が子を生きている存在として扱おうとしている。そうでなければ、あの状態の娘を家に連れて帰るなどという考えが生まれるわけがない。

強い女だ、と思う。自分など、到底足元にも及ばない、とも。

生人がオネエチャンと呼びかけた時、瑞穂の手が動いたように感じたのは事実だ。しかしやはり錯覚だったのではないか、という思いのほうが強かった。占いの一種にコックリさんというのがあるが、あれと同じ現象が起きただけではないかと考えている。薫子は動かしていないというし、和昌にも動かした自覚はないが、実際には無意識にどちらか一方が、または双方が動かしたのではないかと思うのだ。

もっとも和昌にしても、殊更そう主張する気はなかった。瑞穂は死んでいないと信じる薫子の気持ちを大切にしてやりたいし、彼自身も奇跡が起きてほしいと願っているのだ。

とはいえ、こうしてBMIの研究成果を聞いていると深い虚しさに襲われるのは、これらの最新技術をもってしても瑞穂を救えない、彼女の脳から取り出すべき信号はたぶん何もない、と諦めているからにほかならなかった。

気づくと部下たちの視線が和昌に集中していた。ＢＲＳの研究員の報告は終わったようだ。指示を待つように不安げな顔で立っている。

和昌は咳払いをし、ああ、と軽く手を挙げた。

「とても順調に進んでいるようだ。外科手術をせずに、ここまでできるのは画期的だと思う。問題は君がいったように、触感をどこまで脳にフィードバックできるか、だろうな。障害を持っている人の中には、健康だった頃の感覚を取り戻せるなら、少々リスクの高い外科手術でも受けてみたい、という人も多いからね」

研究員は緊張の面持ちで、努力してみます、と答えた。

「しかしこの成果には満足している。これからもがんばってくれ」

「ありがとうございます」

「被験者となった男性からは、今回の感想を聞かなかったのか」

「聞きました。じつは、それでお見せしたいものが」

研究員は手元のリモコンを操作した。するとディスプレイに一枚の紙が映し出された。その紙にはサインペンで、『夢のようです。新しい手をプレゼントされたようです。』と丁寧な文字で書いてあった。

「先程の患者さんが書いたものです。あのロボットアームを使って。声が出せないものですから」

「そうか。大したものだ」和昌は研究員に頷きかけた。「声も出せないとは、かなりの重傷だったんだろうな」

「はい。わずかに舌が動くだけで、声帯は動かせません。自発呼吸もできないんです」

「ふうん、そうなのか」そういった直後、和昌の頭に疑問が浮かんだ。「えっ、まさか。そんなわけないだろう」

「……といいますと？」

「自発呼吸してないわけがないといってるんだ」和昌はディスプレイを指差した。「さっきの画像を見せてくれ。被験者の男性だ。静止画でいい」

「あ……はい」研究員は戸惑った様子でリモコンを操作した。ボスは何を騒いでいるのか、とでも思っているのかもしれない。

画像が現れた。男性被験者が座っている。

「ほら見ろ。自発呼吸をしているじゃないか」

「いえ、違います」

「どうして？　人工呼吸器を付けていない」

「あ、そのことですか」研究員は、ようやく得心がいったというように頷いた。「はい、付けておりません。この方の場合、付けなくていいそうなんです」

「付けなくていい？　どういうことだ。自発呼吸ができないのに、なぜ人工呼吸器がいらないんだ」

「そういう治療をされているからです。特殊な手術を受けておられて……」

「どんな手術だ？」

「それは、ええと……」研究員の目が泳ぎ始めた。

あのう、と手を挙げた者がいた。星野祐也だった。「ちょっとよろしいでしょうか」

「何だ」

「それについては、もしかすると私のほうがうまく説明できるかもしれません」

「どうして？　君は別の班じゃないか」

「そうなのですが、この患者さんのことを知った時、社長と同じ疑問を抱いたものですから、独自に調べてみたんです」

和昌は、相変わらず当惑した様子で立ち尽くしている研究員を見た後、星野に視線を戻し、説明してみろ、という代わりに顎をしゃくった。

星野は立ち上がり、和昌のほうを向いてから両手を身体の前で重ねた。

「あの被験者の方は、極めて特殊な横隔膜ペースメーカーを埋め込んでおられるんです」

和昌は眉根を寄せた。「何だって？」

「横隔膜ペースメーカー。一言でいうと、横隔神経に電気刺激を与えることで、人工的に横隔膜を動かす装置です。心臓のペースメーカーと発想は同じです」

「そんなものがあるのか。最新の技術か」

「基本的なものが考案されたのは、かなり前です。一九七〇年代には、すでに成功例があります」

「そんな前に……」和昌は首を振った。「恥ずかしながら、全然知らなかったな」

「御存じないのも当然だと思います。日本では殆ど実施されておりません。器具の入手が困難な上、メンテナンスも複雑で、おまけに費用が高額です。何より、自発呼吸ができない人は多くの場合寝たきりで、気管切開をしての人工呼吸器装着で何ら問題がないからです。安全性の面でも問題が残るペースメーカーは普及しづらい状況です」

「しかしこの男性は、そういう器具の埋め込みに踏み切ったというわけか」和昌はディスプレイに映っている男性を指した。

「いくつか理由はあったようです。一つは男性の症状が、ペースメーカー装着に適していたということ。そしてもう一つは技術革新です。従来のペースメーカーが抱えていた問題を解決する、画期的な製品が開発されたんです」

和昌は身を乗り出していた。「それはどういうものだ。そもそも、従来品にはどういう問題があったんだ」

すると星野は気まずそうに目だけを動かした後、「そのあたりのことを御説明するとなると、大変長くなるのですが」といって両手を擦り合わせた。

それで和昌は我に返り、周りを見た。部下たちが困惑した様子で黙り込んでいた。その目には不安の色があった。社長が、会議とは全く関係のない話題に夢中になっているからだろう。

失礼、と和昌は星野にいった。「雑談に付き合わせて申し訳なかった。座っていい」

ほっとした表情で星野は椅子に腰を下ろした。

「ああ、しかし星野君……すまないが、後で私の部屋まで来てくれ」

若き研究者は気遣うように周りを見た後、わかりました、と答えた。

ノックの音がした。どうぞ、と和昌は返事した。

失礼します、と声が聞こえて、ドアが開いた。ファイルを抱えた星野が入ってきた。

「先程はすまなかった。個人的に興味のある話だったので、つい我を忘れてしまった」和昌は自分の机から離れ、ソファを勧めた。「まあ、座ってくれ」

はい、と星野は遠慮がちに革張りのソファに腰を下ろした。

「君に来てもらったのはほかでもない。話の続きを聞きたかったからだ」和昌は向かい側に座った。「例の、何だったかな。横隔膜……」

「横隔膜ペースメーカーですね。そうだろうと思ったので資料をお持ちしました」星野はファイルをテーブルに置いた。

和昌は頷いた。「君はなぜ、その技術に関心を示したんだ？」

星野は背筋を伸ばし、顎を引いた。

「理由は、ほかでもありません。自分が取り組んでいる研究の参考になるかもしれないと思ったからです」

「君の研究はさっきのブレーン・ロボット・システムと違って、脳の信号を筋肉に送ることで、その人自身の手足を動かせるようにする、というものだったな」

「おっしゃる通りです。脳からの指令が届かずに動かなくなってしまった器官を電気信号で動かす、という発想が同じなので、横隔膜ペースメーカーにも興味を持ったというわけなんです」

「そういうことか。しかし手足の筋肉と横隔膜では、動きの複雑さにおいて比較にはならんだろう。明らかに君の研究内容のほうが難易度が高い。特に参考になるとは思えないんだが」

星野は頷き、ファイルを開いた。

「従来のペースメーカーならそうでした。電気刺激は一方通行で、単に横隔膜を一定リズムで動かすというだけのことでした。でもそれでは、いろいろと問題があったのです」

「さっきもその話が出たね。どんな問題があった？」

「代表的なものは、誤嚥《ごえん》です。食物などの異物が誤って気道に入ってしまうおそれがありました。たとえ栄養補給は別の方法で為《な》されていたとしても、異物が喉に入る危険性はほかにもあります。さらには痰の排出という問題もありました。正常な人の場合、痰が喉にからんだ時にはどうするか？　社長は、もちろんおわかりになりますよね」

「痰？　そりゃあ、もちろん──」和昌は二度咳払いをした。「こうするだろう」

「そうです。咳をします。咳には二種類あり、今の社長のように自発的に行う咳と、反射的にする咳があります。気道に異物が入ると、粘膜表面にあるセンサーが反応し、その情報が脳にある咳中枢に伝わり、横隔膜などの呼吸筋に指令が送られ、咳が起こる──気管や肺などの呼吸器を守るための生体防御反応で、これを咳反射といいます。咳にはまた気道にたまった痰を外に排出する役割もあります。ところがこれまでの横隔膜ペーシング技術では、こうした咳機能を再現することは難しく、形だけ再現したとしても、通常の呼吸との切り替わりがうまくいかない、という問題がありました。そのことは、健康な人間でも、誤ってむせた時など、なかなかふつうの呼吸状態に戻れないことを思い出していただければ、御理解いただけると思います」

星野の口調は滑らかで、説明は理路整然としていてわかりやすかった。ファイルの書類を見ながら話していることもあるだろうが、何よりも彼自身がしっかりと内容を把握しているからに違いなかった。

「最新式の横隔膜ペースメーカーは、それらの問題が解決されているというのか」

「完璧ではありませんが、かなりの部分、クリアしているようです」

「どうやって？」

「端的にいいますと、ペースメーカーに信号を出す制御装置に、脳の機能を備えさせたんです。一方的に信号を出すだけでなく、粘膜表面の受容体から出てくる信号を受け、それに応じて信号の種類を変えるわけです。たとえば異物が入ったという信号をキャッチしたら、咳をするよう横隔膜に信号を出す。問題が解決したら、正常な呼吸に戻す、という仕組みです」

「なるほど。聞いてみたら、可能な気はするな。今までなかったのが不思議なぐらいだ」

だが星野は険しい顔つきでかぶりを振った。

「実現するのは容易ではなかったようです。開発者たちはまず、健常者が咳をする時や、元の呼吸状態に戻る時、どのような信号のやりとりが脳内で行われているのかを解析し、ニューロンネットワークモデルを構築しました。そしてそのモデルに基づいて多チャンネル的に信号を出せる制御装置を開発したそうです。便宜的に横隔膜ペースメーカーといいましたが、実際には横隔膜のほか、腹筋などにも電気刺激を行っています。私もすべてを把握しているわけではありませんが、かなりの苦労を要したことは想像がつきます」

話が途端に難しくなった。しかし、従来の技術とは比較にならないほど複雑で高機能な技術らしい、ということはわかった。

「君の研究に役に立ちそうか」

「大いに参考になります」星野は頷いた。「先程社長もおっしゃったように、私の研究テーマは、障害の残った人たちが自分の手足を動かせるようにする、というものです。しかし現実には、動かせるだけではだめなんです。たとえば熱いものに触れた際、さっと手を引っ込める、といった反射的な行動も取れなくてはなりません。ロボットアームと違い、自分の手だと火傷《やけど》をしてしまいますからね。そうした問題をクリアするのに、ヒントになるような気がします」

若き研究者の目は輝いていた。やはり自分の研究の話になると、気持ちが熱くなるのだろう。

「ありがとう。大変、よくわかった」和昌はいった。「話を戻すが、その最新型の横隔膜ペースメーカーの開発者というのは、どこの誰だ」

「慶明大学医学部呼吸器外科の研究チームです。論文の執筆者に直《じか》に会いに行って、話を聞かせてもらいました」

星野によれば、執筆者は浅岸《あさぎし》という准教授で、ＢＲＳの被験者となった男性の手術にも参加した人物らしい。

「これまで何例ほど手術をしたのだろう」

「六人だと聞いてます。全員、経過は順調だそうです」

和昌は腕組みをし、しばし黙考した後、口を開いた。

「その患者たちは、全員意識があるんだろうね」

「意識……ですか」星野は斜め下に視線を落とした。

「つまり、意識障害で寝たきりとか、そういう患者はいないのかな」

「それは、あの……」星野は和昌とは目を合わせようとはせず、せわしなく瞬きしながら首を傾げた。「確かめてはいませんが、おそらくいないと思います。寝たきりの場合だと、気管切開しての人工呼吸器装着で補えます。ましてや意識がないとなれば、これほど高精度なペースメーカーを使用する意味がありません。患者が日常生活を送りやすくするために開発されたものですから」

「しかし、意識のない人間に装着は不可能、と聞いたわけではないんだな」

「それは……はい」星野は意を決したように、真っ直ぐ和昌のほうを見つめてきた。「その通りです。昏睡状態の人にも使えるかもしれません。私が聞いたかぎりでは、脳からの信号は一切必要ないということでしたから」

　その真剣な眼差しに、和昌は部下の気遣いを悟った。社長の娘が事故に遭い、植物状態もしくはそれより重篤《じゅうとく》かもしれない状態にあるということは、おそらく殆どの社員が知っている。星野にしても、自分が呼ばれた理由を察したからこそ、分厚いファイルを持参してやってきたのだろう。

「ありがとう。いい話を聞かせてもらった」

　いえ、と星野は俯いた。

　和昌はポケットからスマートフォンを取り出し、神崎真紀子に電話をかけた。すぐに、神崎です、と応答があった。

「ちょっと来てくれ」それだけいって電話を切った。

間もなくノックの音がし、ドアが開いて神崎真紀子が入ってきた。グレーのスーツに白いブラウスという出で立ちで、黒い髪を後ろで結んでいる。

「コンタクトを取ってほしい研究機関がある」和昌はいった。「慶明大学医学部呼吸器外科だ。詳細は、星野君から聞いてくれ。――星野君、協力してくれるね?」

もちろんです、と彼は答えた。

ただし、と和昌は神崎真紀子を見上げた。

「これは私の個人的な問題だ。会社の業務に支障が出ないように頼む」

「かしこまりました」女性秘書は丁寧に頭を下げた。

2

「あわてなくていいですよ。ゆっくりと、ゆっくりと。肌が弱くなってますから、擦《こす》らないように気をつけてください」

看護師の武藤さんに指示されながら、千鶴子が瑞穂の身体の向きを変えている。同じ姿勢を続けさせていたら、鬱血するし、床ずれができてしまうからだ。

孫娘の胴体を支える千鶴子の手つきはおぼつかない。その表情には余裕がなく、何かちょっとしたアクシデントでも起きたら、たちまちパニックに陥ってしまいそうだ。

お母さん、と薫子は声をかけた。「左手、注意して」

「えっ、何？」自分の左手を見ている。

「お母さんの手じゃなくて、瑞穂の左手。チューブが付いてることを忘れないで」

「ああ……」千鶴子は途方にくれたように固まった。

見ちゃいられないと思ったが、薫子は苛立ちを口に出すのを堪えた。ここで声を荒らげたりしたら、千鶴子は金輪際、瑞穂の介護に関わろうとはしなくなるかもしれない。それでは困るのだ。

「大丈夫ですよ。落ち着いて、そのままゆっくりと。そうです。それでいいです」武藤さんは柔らかい口調で千鶴子に声をかける。このベテラン看護師は、どんな時でも冷静だ。

どうにかこうにか、千鶴子は仕事をやり終えた。身体の向きを変えることなど、瑞穂の介護の中では最も簡単だ。それにこれほどてこずっているようでは先が思いやられるが、粘り強く付き合っていこう、と薫子は腹を決めていた。

事故から間もなく二か月になる。病院側の驚きをよそに、瑞穂の心臓は動き続けている。各種の数値も安定していて、病院から緊急の連絡が来ることもない。

あとどれだけ保つか、医師たちにも予想はつかないようだ。脳神経外科医の進藤が、最初に語った通りになった。子供の場合、何が起きるかわからないのだ。

となれば、薫子としては考えることは一つしかない。瑞穂がまだまだ生きることを前提に、あれこれと準備を進めていくだけだ。

今の状態が続くのならば在宅介護は難しくないというのが、瑞穂の奇跡的な生命力に根負けした様子の主治医の意見だった。ただし条件がある。現在看護師がしている作業を、最低二人の人間がマスターする、というものだ。常にどちらか一方が瑞穂のそばにいて、異変があったらすぐに対応できなければならないからだ。

問題は、薫子のほかに誰がいるか、ということだった。美晴には頼めない。彼女には彼女の家庭がある。和昌は論外だ。

悩んだ末、千鶴子に頼むことにした。

本来なら、真っ先に名前が上がらねばおかしいのだ。瑞穂を出産した直後には、子育てを手伝うために、一か月ほど広尾の家で暮らしていたほどだ。

躊躇ったのは、千鶴子の精神状態に不安があったからだ。

延命治療を続けると決まった後も、千鶴子はなかなか見舞いに来てくれなかった。茂彦によれば、自分にはそんな資格はないような気がする、といっていたらしい。そんなことはないからどうか顔を見に来てちょうだいと再三にわたって薫子が電話でいい、ようやく病院にやってきたのは、入院から二週間も経ってからだった。

眠ったままの孫娘を見て、千鶴子は改めて泣き崩れた。あの時なぜ気づかなかったのだろう、しっかり見ていたらこんなことにはならなかったのに、代われるものなら代わりたい、命を差し出して何とかなるものなら今すぐにもそうしたい、自分なんかが生きていたって仕方がないのに、と涙ながらに悔やみの言葉を並べた。そして、ごめんねごめんね、あの世からお祖母《ばあ》ちゃんを恨んでちょうだい、お祖母ちゃんなんか早く死んでしまえと呪ってちょうだい、と謝るのだった。結局、病室にいる間、彼女の涙が止まることはなかった。

それからは何日かに一度、見舞いに来るようになったが、薫子はあることに気づいた。千鶴子は決して瑞穂の身体に触れようとしないのだ。それどころか、そばに寄ることさえ避けているように見えた。

　理由を訊くと、怖いからだ、と彼女は答えた。

　瑞穂の身体は様々な機器と繋がっている。おそらく、自分などが想像もつかない高度で複雑な科学技術のおかげで、この小さな命は維持されている。そんな状態の身体に下手に触れて、何か重大な事故でも起きたら大変だ、というのだ。

　生人を預かれないのと同じだ。母は自分という人間を信用できなくなっていた。

　大丈夫だから触ってあげて、頭を撫でてやってと頼んでも、千鶴子は手を出そうとしなかった。無理強いすると細かく震えだしたりするので、あまり強くはいえないのだった。

　そんな状態だから、在宅介護の手伝いなど、とても頼めそうになかった。しかしほかに当てがないと思って茂彦に相談してみたところ、何を迷ってるんだ、と父はいった。

「母さんにやらせたらいい。そのほうがいい。お互いのためにも、それがいいに決まってるんだ。ほかの人が手伝っていると知ったら、自分が役立たずだってことで、母さんはもっと自分を責めるに違いない。薫子、俺から頼むよ。母さんにやらせてくれ」

　いわれてみると、その通りのような気がした。それに瑞穂を介護するのにこの世で最も信頼できるとすれば、やはり実の母以外にいないのだ。

　しかし千鶴子が引き受けてくれるとはかぎらなかった。いや、おそらく無理だろうと薫子は思った。身体に触れることさえできないのだ。話したところで、自分には無理だと即答されるだろうと予想した。

ところが千鶴子の反応は予想とは違った。在宅介護を考えていると話した時には少し驚きの色を見せたが、その後は真剣な顔で薫子の説明を聞き、ついては手伝ってほしいと頼んだ際には特段意外そうな表情も見せず、宙の一点をじっと見つめて考え込み始めたのだ。

そして長い沈黙の後に発した言葉が、「私でいいなら」だった。

「瑞穂ちゃんをあんなふうにしちゃったんだから、私は罰を受けなきゃいけないの。死んで償えるものならと何度も思ったけど、私みたいな者が死んだって何も変わらない。でも生きてても辛いだけでね。どうしていいかわからなかった。だから残りの人生を全部瑞穂ちゃんに捧げられるなら、本望。私でいいなら、何でもやらせてもらう。どんなことでもやらせてもらう」

母の言葉に薫子は胸が締めつけられる思いがした。ほかの人間に頼まなくてよかったと思った。もしそうしていたら、千鶴子は自分の存在意義を見失っていたに違いなかった。

こうして瑞穂の介護における薫子のパートナーは決まった。しかしそこから先は順風満帆とはいかなかった。千鶴子は毎日のように病院に来て、介護の手順を教わっているが、慣れるのにはまだまだ時間がかかりそうだった。瑞穂の身体に触れられるようになったのでさえ、つい最近のことなのだ。

「低体温もそうですけど、低血圧にも気をつけてください。こうした患者さんの場合、本当にちょっとしたことで血圧ががくんと下がっちゃうんです。そのことに気づくのが遅れて重篤な状態になるっていうケースも少なくなくて」

武藤さんが様々な計器の使い方を教えている。メモを取りながら話を聞く千鶴子の顔には悲愴感さえ漂っていた。

後方でドアの開く気配がした。振り返ると、スーツ姿の和昌が顔を覗かせていた。

「あっと……今、いいのかな」千鶴子たちのほうをちらりと見てから、薫子に尋ねてきた。

「大丈夫よ」

千鶴子が頭を下げた。「ああ、どうも」

「お母さんが介護の仕方を習っているところ」薫子はいった。

「そうか。──お疲れ様です」

和昌に声をかけられ、いいえ、と千鶴子は小さく首を振った。

「今日は、このへんにしておきましょう」武藤さんがベッドから離れた。「何かありましたら、呼んでください」

病室を出ていくベテラン看護師に、ありがとうございました、と皆で声をかけた。

和昌がベッドに近づいた。立ったまま、じっと娘を見下ろしている。

「特に変わりなしか？」

うん、と薫子は答えた。「このところ、ずっと安定しているの」

和昌は黙って小さく頷いた。その目は瑞穂の寝顔に向けられたままだ。

夫の横顔を見つめながら、薫子はその内面を探ろうとせずにはいられなかった。この人はどう考えているのだろう。脳死している可能性が高いと宣告された娘を、こうして生かし続けていることについて。口にこそ出さないが、馬鹿げていると思っているのではないか。愚かな行為だと内心では辟易《へきえき》しているのではないか。仕事で最先端の科学技術を扱っている和昌が、魂の存在などを信じているわけがない。

　和昌が薫子のほうに顔を向けた。

「ちょっといいかな。電話でもいったけど、相談したいことがある」

「いいわよ。ここでは話せないの？」

「できれば二人だけで話したい」そういってから瑞穂にちらりと視線を向けた。「瑞穂に聞かせるのは、それからだ」

　彼としては、精一杯気の利いたことをいったつもりかもしれなかった。わかった、と答えてから薫子は千鶴子を見た。「じゃあ、ちょっとお願いね」

　千鶴子は、やや緊張の面持ちで頷いた。「行ってらっしゃい」

　病室を出ると、「お母さん、大丈夫そうか」と和昌が訊いてきた。在宅介護を千鶴子に手伝ってもらうことは、すでに彼にも話してある。

「大丈夫でないと困る」廊下の先を見つめて歩きながら薫子は答えた。

「不安が残るようならいつでもいってくれ。ヘルパーなら何とかする」

「うん、ありがとう」

　在宅介護の話を聞いた瞬間、和昌は人を雇わねばと考えたようだ。薫子一人では無理だということは、彼にもわかったのだろう。しかし彼女は断った。この先、和昌には金銭面でいろいろと頼らねばならない。できるかぎり自力で解決したかった。それに、家に他人が四六時中いるというのは落ち着かない。

　病院の一階にあるカフェに入り、窓際の席についた。飲み物を注文した後、こうして夫婦で向き合ったのはいつ以来だろうと思った。もしかすると最後は、離婚を決める話し合いをした時かもしれない。その離婚を白紙にすることは先々月に決めたが、その際は電話だけでやりとりをしたのだった。

和昌も少々居心地が悪そうな顔をしていたが、グラスの水を飲んでから、じつは、と切りだした。

その内容は薫子が予想もしていないものだった。

「自分で呼吸させる？　それ、どういうこと？」

「コンピュータからの信号で、横隔膜とか腹筋を動かすんだ。気道に埃《ほこり》とかが入ったら咳をさせる。痰も溜まりにくくなる」

「ちょっと待って。そんなことできるの？」

「詳しく診察してもらう必要があるが、理論的には可能らしい。人工知能呼吸コントロールシステム、略してＡＩＢＳという。慶明大学の医学部と工学部が共同開発した技術だ。先日、開発者の一人と会って、話を聞いてきた。手術は必要だが、体内の数箇所に電極を埋め込むだけだ。体外のコントローラとコードで繋がれることになるが、コントローラは大きなものじゃない。人工呼吸器より、はるかに扱いやすい」

どうだろう、と和昌は訊いてきた。

薫子は瞬きし、テーブルに目を落とした。いつの間にか運ばれてきていたティーカップを引き寄せ、紅茶を口に含んだ。

「気管切開は？」

「必要ない。人工呼吸器を付けないんだから当然だ」

「そう……呼吸器を付けなくていいの」

ぴんとこない話だった。事故から二か月、あの装置のおかげで瑞穂は生きてきた。これから先も不可欠の機械だと思っていた。

「でもそんなに便利なものなら、どうしてみんな付けないの？」

「大きな理由は二つある。一つは必要性がないということだ。自発呼吸ができない患者の多くは寝たきりで、人工呼吸器で間に合う。そしてもう一つは金銭面。保険はきかず、費用は高額だ」

「高額って、いくら？」

和昌は首を振った。「君は知らなくていい」

その言い方から、かなりの金額らしい、ということは察せられた。百万や二百万では済まないのかもしれない。

「どうして？」薫子は訊いた。

「何が？」

「どうして、そういう機械を付けようと思ったの？　瑞穂は寝たきりで、人工呼吸器で問題ないのに」

和昌は肩をすくめた。

「慶明大学の人間にもいわれたよ。想定していないケースだってね。意識のない人間に装着することに意味があるのか、よくわからないとも」

「それで、何と答えたの？」

　和昌は少し間を置いてから口を開いた。

「娘に呼吸をさせてやりたいだけです──そう答えた」

「呼吸を……」

「俺は瑞穂に何をしてやれるだろうといつも考えている。自分の時間が自由になるなら介護を手伝うのもいいけど、現実的じゃない。そんな時、ＡＩＢＳのことを知った。話を聞き、思ったんだ。瑞穂に呼吸をさせてやりたいってね。もちろんあの子が自発的にするんじゃなくて、コンピュータにさせられるわけだけど、あの子の肉体を使っての呼吸は、人工呼吸器とは何かが違うような気がするんだ」

　話しながら和昌は、ゆらゆらと頭を動かした。その目には、何もできないことに対する苛立ちが浮かんでいた。最新の科学技術を使って形ばかりの呼吸をさせたところで、自己満足にすぎないことは、彼が一番よくわかっているのだ。

　先程、少し疑ったことを薫子は心で詫びた。和昌も、瑞穂を生かし続けることに躊躇いはないのだ。

「リスクはあるの？」

「手術をするんだからゼロということはない。制御信号に呼吸器官がうまく反応しないと判断された場合は、即座に中止だ。その際には、気管切開しての人工呼吸器装着に切り替えられる」

　ふうん、と薫子は鼻を鳴らした。

「少し考えてもいい？　ここの病院の先生たちにも相談したいし」

「もちろん構わない。もっと詳しい話を聞きたいということなら、今度一緒に慶明大学へ行こう」

「うん、そうさせてもらうかもしれない」

和昌は安堵したような表情を浮かべ、コーヒーカップを持ち上げた。そんなわけのわからない手術を受けさせられない、と一刀両断にされることも覚悟していたのだろう。

腕時計を見るために和昌がスーツの袖を上げた。その時、ワイシャツの袖が少し黒ずんでいるのが見えた。二日以上、着ているのかもしれない。昔から、こういうところには無頓着だ。

ねえ、と薫子はいった。「誰か、いるんでしょ？」

「何の話だ」

「女の人のこと。私たちは離婚する予定だったんだから、あなたに恋人がいたって不思議じゃない。もしそういうことなら、いっておいてもらいたいんだけど」

和昌は顔をしかめた。「そんなのはいないよ」

「本当？　隠す必要なんてないよ。だって私、平気だから。離婚を白紙にしましょうっていったのは私だし、その理由にしたって瑞穂のためだから」

「わかっている」

「瑞穂の世話をするためには、たくさんのお金がいる。私には稼げない。それであなたに頼ることにした。この春には、私のほうから離婚しましょうっていったくせに。ひどい身勝手よね」

「そんなことはない」

「ううん、身勝手。だからあなたを束縛する気なんてない。今はいないかもしれないけど、好きな人ができたらいって。邪魔しないように配慮するから」

和昌は背筋を伸ばし、真っ直ぐに薫子を見つめてきた。しかし発すべき言葉が思いつかないのか、黙って唇を嚙んでいるだけだ。

ごめんなさい、と薫子は呟いて俯いた。「嫌な女ね……」

涙がぽたりと膝に落ちた。何のための涙なのか、自分でもわからなかった。

3

十二月に入って間もなく、慶明大学付属病院でＡＩＢＳの埋め込み手術が実施された。和昌は薫子や千鶴子と共に、待合室で待機した。事前の説明では、三時間ほどかかるということだった。

三人で話すことなど何もなく、ただ黙って待ち続けた。義母の千鶴子は、両手を顔の前で組み、じっと瞼を閉じている。手術が成功することを祈っているのだろう。

しかし、何をもって成功といえるのか。

もちろん、無事にＡＩＢＳが機能してくれれば成功だ。だがそうはならなくても、気管切開をしての人工呼吸器装着は果たされるから、何も問題はない。最近の瑞穂の状態は安定していて、手術に耐えられると判断されたから実施が決まったのだ。大きなアクシデントがないかぎり、瑞穂は生きて手術室から出てくるはずだ。

生きて――。

手術を検討していることを聞くと、主治医をはじめ、誰もが同じ疑問を口にした。曰《いわ》く、何のためにそんなことをするのか、だ。

人工呼吸器で十分なのに。

本人が自発呼吸を取り戻す可能性など万に一つもないのに。

あと何日生きられるかわからないのに。

そのたびに、こう答えた。「親の自己満足です」

すると大抵、相手は何もいわなくなった。あの状態で生かし続けていること自体、親の自己満足だと思っているからだろう。

執刀に当たる慶明大学の研究チームの対応は少し違った。彼等は、この手術によって瑞穂の人生に大きな変化が生まれるとは露ほども考えていないようだったが、自分たちの研究には大いにプラスになると期待している様子だった。打ち合わせの段階から、瑞穂を患者ではなく実験対象と見ているふしがあった。しかも失敗が許される実験だ。和昌と薫子は、手術の影響で瑞穂の身に何があろうとも研究チームの責任を問わない、との誓約書にサインをしている。

播磨さん、と声をかけられ、顔を上げた。青い手術服を着た浅岸が立っていた。研究チームの実質的なリーダーだった。小柄だが、がっちりとした体格の人物だ。

和昌は椅子から立ち上がった。「終わりましたか」

浅岸は頷き、薫子たちのほうを見てから和昌に視線を戻してきた。

「オペは終わり、今は状態を見ているところです」

「どんな具合でしょうか」

「機器は動作しました」

「機器、というと……」

「ＡＩＢＳです」

和昌は、すうっと息を吸い込んでから薫子を振り返り、再び医師の顔を見た。

「成功したんですね」

「現時点では異状はありません。御覧になられますか」

「瑞穂に会えるんですか」

「もちろん。こちらへどうぞ」

足早に歩く浅岸に続き、廊下を歩いた。薫子と千鶴子もついてくる。二人は手を握り合っていた。

案内されて処置室に入っていくと、ベッドに寝かされている瑞穂の姿があった。そばに二人の医師がいて、複雑な計測器を睨んでいる。

「あなた、瑞穂の口元……」薫子が呟いた。

うん、と和昌は応じた。彼女が何をいいたいのかはわかった。

事故以来、瑞穂の口に挿入されたままだったチューブが消えていた。チューブを固定するために貼ってあったテープのせいで肌がかぶれていたが、すっきりとした口元は久しぶりに見るものだった。今は栄養補給用のチューブも鼻から取り除かれているので、元気だった頃の瑞穂の寝顔そのままだ。

よく見ると、小さな胸がかすかに上下していた。瑞穂は呼吸をしているのだ。

計測器を睨んでいる医師たちと何事か囁き合った後、浅岸が和昌たちのところへ来た。

「筋肉の動きは奇麗で、今のところ問題はありません。ただ、自力で呼吸をしてこなかったので、筋力は低下しています。吸い込む力が弱いということです。筋力がつくまで、補助的にフェイスマスクによる酸素療法を行います」

「息苦しくはないんでしょうか」

薫子の質問に、浅岸は不思議そうな顔をした。「何がですか?」

「だから――」

「いいんじゃないか、その点は心配しなくても」和昌は妻の横顔に向かっていった。それからすぐに浅岸のほうを見た。「今後は、どのように?」

「まずは経過を見ます。手術した患部が回復し、呼吸の安定が確認できれば、あちらの病院に戻していただいて問題ないと思います。通常は七日ほどですが、もう少しかかるかもしれませんね」

「わかりました。よろしくお願いいたします」和昌は頭を下げた。

浅岸が出ていった後、三人で改めてベッドに近づいた。

薫子が瑞穂の口元に顔を寄せた。「寝息が聞こえる……」涙で言葉を詰まらせた。

彼女の様子を見て、手術をしてよかったと和昌は思った。たとえ執刀した医師でさえ、この患者には意識がなく、息苦しさなど感じるわけがないと決めつけていたとしても、妻は娘のほんのわずかな生命の気配を感じることで、これほどまでに感激している。それで十分ではないか。

薫子は、まだ瑞穂のそばから離れようとしなかった。いつまでも娘の寝息を聞いていたいのだろう。酸素療法用のフェイスマスクを手にした若い医師が、困惑したように立っている。

薫子、と和昌は声をかけた。「行こう。治療の邪魔だ」

それで彼女も医師に気づいたようだ。すみません、と謝った。

処置室を出て廊下を歩き始めて間もなく、「クリームを買ってこなくちゃ」と薫子がいった。

「クリーム？」

「瑞穂の口元を見たでしょ。テープを貼ってたところがかぶれて、かわいそうだから」

「そうか……」

「ああ、そうだ。それから」薫子は足を止め、胸の前で両手を合わせた。「丸首のお洋服も買わなきゃ」

「丸首？」

「うん。だって今までは呼吸器を外せなかったから、前開きの服しか着せられなかったでしょ。でもこれからは、上から被るタイプの服でも大丈夫。セーターもTシャツもトレーナーも」薫子は目を輝かせた。

和昌は何度か首を縦に動かした。「いろいろと着せてやるといい。あの子は何でも似合うから」

「そうなの。何でも似合うの。明日、早速デパートに行ってこなくちゃ」様々な洋服に着替えさせることを想像しているのか、薫子は視線を宙に彷徨《さまよ》わせた。だがふと何かを思い出したように真顔になると、あなた、といって真摯な目を和昌に向けてきた。「ありがとう。感謝しています」

和昌は首を横に振った。

「礼なんかいらない。よかったな」声が少しかすれた。

4

買い物を済ませ、薫子が自宅への道を生人と歩いていたら、ちらちらと白いものが舞い落ちてきた。

「わあ、雪よ。イクちゃん、雪が降ってきた」薫子は空を見上げた。

「ユキだ、ユキだ」紺色のフード付きダウンジャケットを着た生人が、短い腕を精一杯伸ばしている。落ちてくる雪を掴もうとしているのだ。

季節は、冬真っ只中に入っていた。年明け以降、東京で雪が降るのは二度目だ。ただし前回は、ほんの少し舞っただけで、すぐにやんでしまった。今回はどうだろう。冬を感じられる程度に降るのはいいが、下手に積もったりして交通機関が麻痺でもしたら大変だ。

自宅に着くと、生人は靴を脱ぎ、洗面所に向かった。外から帰ったら、うがいと手洗いをするように教えてあるからだ。

薫子は買い物袋を提げたまま、玄関ホールから一番近いドアを開けた。そこは和昌が自分の書斎として使うつもりで作ったが、彼が出ていったために長年使われていなかった部屋だった。

しかし今は重要な役割を担っている。

窓のそばに置かれたベッドの上を見て、薫子は眉をひそめた。そこで寝ているはずの瑞穂の姿がない。介護に当たっている千鶴子もいない。

買い物袋を床に置き、部屋を出た。廊下を足早に通り抜け、奥にある居間のドアを開けた。先程の部屋に比べ、空気がひんやりしている。

グレーのカーディガンを羽織った千鶴子の後ろ姿が見えた。庭に面したガラス戸のそばにいる。ピンク色のカバーを付けた、ストレッチャー式の車椅子が横に置かれていた。

「ああ、お帰りなさい」千鶴子が振り向いていった。

「何やってるの?」

「何って……雪が降ってきたからね、瑞穂ちゃんに教えてあげようと思って」

薫子は駆け寄り、車椅子の前に回った。リクライニングは起こされているが、瑞穂は目を閉じたままだ。赤いセーターを着ている。その首筋に手を当てた。

「冷えてるじゃない。毛布は?」

「毛布は、ええと……」

「もういい。私が取ってくる。お母さん、部屋の暖房をつけておいて」薫子は早口でそういい放ち、廊下に出た。

　毛布を手に居間に戻ると、瑞穂の身体をくるんだ。その後、すぐに体温計を腋に挟んだ。

「どうして勝手に動かすのっ」薫子は母親を睨みつけた。

「だって、こっちのほうが雪がよく見えるから……」

「こっちに連れてくる時には、部屋を十分に暖めてからっていったでしょ。忘れたの？」

「ごめんなさい。早くしないと雪がやんじゃうかもしれないと思ったものだから」

「だったらせめて、厚着をさせて、すぐに暖房を入れてよ。風邪でもひいたら、どうすんの。瑞穂はふつうの子と違って、簡単には治らないのよ」

「わかってる。ごめんね」

「本当にわかってるの？　この間だって、私がお風呂に入っている間に――」そんなふうに薫子が鋭い口調で、先日母親が犯した些細なミスについて蒸し返そうとした時だった。

　瑞穂の右手が、ぴくぴくと動いた。

　それはまるで、「ママ、それ以上お祖母ちゃんを叱らないで」と訴えているように見えた。千鶴子も気づいたようだ。二人で顔を見合わせた。

　ふっと薫子は口元を緩めた。「瑞穂に免じて、今回は許してあげる。気をつけてよ」

　うん、と頷いてから千鶴子は車椅子の中を覗き込んだ。「ありがとね、瑞穂ちゃん」

　薫子は瑞穂の腋から体温計を抜き取った。三十五度を少し上回ったところだ。最近では低めだが、特に問題はないだろう。

　いつの間にか生人が部屋にいた。ガラス戸の前に立ち、庭を眺めている。茶色く枯れた芝が、雪で少し白くなり始めていた。

「オネエチャン、ユキ」車椅子にいる姉を振り返った。

　薫子は瑞穂の顔を眺めた。ほんの少し表情が和んだように見えたが、それはたぶん気のせいだろう。

　在宅介護を始めて、間もなく一か月になろうとしていた。最初は一人ではとても無理で、二十四時間、千鶴子と二人がかりでケアに当たった。病院でじっくりとトレーニングを積んだつもりだったが、いざ始めてみると想定外のことがいくつも起こった。痰が急に増えたのもその一つだ。空気が汚れているのが原因ではと考え、すぐに高性能の空気清浄機を設置したところ、改善した。栄養補給用のチューブの挿入にも手間取った。指導に訪れた医師から指摘され、病院にいた時とでは瑞穂の姿勢が微妙に違っているせいだと気づいた。

　頻繁に鳴る各種計器のアラーム音には悩まされた。薫子も千鶴子も、ろくに睡眠時間が取れず、いつも頭がぼんやりしていた。こんな生活を果たして続けていけるのだろうかと何度も不安になった。

　いや、不安は今もある。大きなミスをして瑞穂の生命を脅《おびや》かすことになるのではと、いつもびくびくしている。

　しかし瑞穂と一緒に暮らせる歓びは、くじけそうになる心を強く支えてくれた。自分たちがしっかりしないとこの子は生きていけないのだと思うと、泣き言などいっていられなかった。

　幸い、この一か月で介護にもずいぶんと慣れた。千鶴子にしても、留守番を任せられるぐらいまで頼れるようになった。今日のように勝手に車椅子で移動させたのも、余裕の表れだろう。

それに、励まされる大きな変化があった。瑞穂の身体が頻繁に動くようになったのだ。そうしたことは入院中にも何度かあったが、在宅介護を始めてから顕著になったような気がする。千鶴子にいうと、自分もそう思う、とのことだった。

しかも、ただでたらめに動いているだけのようには思えなかった。今のように、会話に割って入ろうとしたり、喜びや怒りの気持ちを表そうとしているように感じられることが多いのだ。気のせいだと自分にいい聞かせるが、どうしてもそうは思えない時もある。何しろ呼びかけに反応することだってあるのだ。

だが脳神経外科の進藤にいってみたところ、彼の反応は鈍かった。在宅介護によって瑞穂と接する時間が増えたので、そうした現象に出会う頻度も高くなったのだろう、というのだった。

そう、医師は「現象」という言葉を使った。それは脊髄反射と呼ばれる単なる現象なのだ、と。少しも不思議なことではない、と。

「退院前にCTで調べてみましたが、残念ながら機能の回復は認められませんでした。瑞穂ちゃんの状態は、あの時のままだということです」

そして、もし本当に反射運動が増えているのだとしたら、ＡＩＢＳの影響だろう、と進藤は述べた。

「呼吸器官を動かすために微弱な電気信号を神経回路に送っているわけですから、その信号が脊髄に何らかの刺激を与え、結果的に手足の反射に繋がっている可能性は大いにあります」

呼びかけに反応したというのは単なる偶然だ、と彼は断じた。

薫子は進藤という医師が嫌いではない。決して軽率なことを口にせず、客観的事実だけを見つめようする姿勢は、たぶん医師として正しいのだろう。しかしこの時ばかりは、彼の言葉は冷たく聞こえた。夢など見るな、と全否定されたような気がした。

眠り続ける我が子を見つめ、自分は決して諦めない、と薫子は改めて思った。世界中の全員が、もうこの子が目を覚ますことはないといったとしても、その日が来るのを信じて待ち続けるのだ。

毛布の中に手を入れ、瑞穂の腕を軽く握った。マシュマロのように柔らかい。そして寝たきりになる前よりも細くなっている。動かさないのだから当然だ。筋肉はどんどん落ちていく。

壁に掛けられた時計を見上げた。午後五時を少し過ぎたところだった。夕食の支度をして、六時過ぎには食べられるようにしようと思った。八時までには食事を終え、片付けも済ませておく予定だ。今夜は大事な「客」がやってくる。

玄関から物音が聞こえてきたのは、間もなく午後九時になろうという頃だった。薫子は瑞穂の部屋で、千鶴子と共に食事を与え終えたところだった。

ノックの音がしてからドアが開き、コートを羽織った和昌が姿を見せた。こんばんは、という挨拶は千鶴子に向けられたものだ。

「ああ、こんばんは」千鶴子が応じる。お帰りなさい、ということはない。

和昌は今も青山のマンションで独り暮らしをしている。千鶴子は娘夫妻が完全別居中だったことを最近になって知ったわけだが、詮索はしてこない。たぶん美晴からおおよその事情を聞いているのだろう。

「取り込み中じゃないか?」

大丈夫よ、と彼女は答えた。

彼はコートを脱ぎ、娘の車椅子に近づいた。食事を終えたばかりなので、瑞穂の身体は少し起こされている。胃の中のものを逆流させないためだ。

「何か変わったことは?」和昌が娘の顔を見つめたままで訊いた。

「特には。とても快調よ」

「そうか」和昌は瑞穂の手をそっと握り、感触を確かめるように指を動かした後、入り口のほうを振り返った。

そこに一人の男性が立っていた。やはりコート姿で、大きな鞄を抱えている。年齢は三十歳前後だろうか。やや痩せ型で、上品な顔立ちをしていた。青年は薫子たちに会釈してきた。

「電話で話した星野君だ。入ってもらっていいな」

和昌の問いに薫子は頷いた。「ええ、もちろん」

入ってくれ、と和昌は星野にいった。お邪魔します、といって青年は部屋に入ってきて、瑞穂の前に立った。その顔は緊張で少し強張っているようだ。

星野は、しばらく瑞穂を見つめた後、薫子に微笑みかけてきた。

「かわいいですね」

その顔を見た瞬間、この人物なら任せられる、と薫子は思った。彼の笑みは作られたものではなかった。心の底から滲み出たものだと感じた。だから、ありがとうございます、という礼の言葉も自然に口から出た。

「生人は？」和昌が訊いた。

「さっき寝たわ」

「星野君が、いろいろと準備をしてくれた。話、聞けるか？」和昌が尋ねてきた。

「ええ。――お母さん、ここは任せて平気よね」

「大丈夫。ゆっくり話を聞かせてもらって」千鶴子がいった。彼女も和昌たちが来た理由を知っている。

和昌や星野と共に居間に移動した。飲み物を出そうとしたが、星野はいらないといった。

「御説明に専念したいので」

真面目な人物なのだなと薫子は思った。きっと仕事もよくできるのだろう。

星野は鞄からノートパソコンを取り出し、センターテーブルの上に置いた。さらにキーボードを操作すると、画面に動画が現れた。

そこに映っているのは一匹のチンパンジーだった。頭にヘッドギアのようなものを被っている。ヘッドギアからは電気コードが出ていて、先端はチンパンジーの背中のあたりに繋がれているようだった。さらにチンパンジーの前にはレバーの付いた箱があり、右手がレバーを握るような形で固定されていた。

「このサルは脊髄を損傷していて、自分の力で手足を動かすことはできません。しかし教育によって、レバーをたくさん動かせば餌を貰えることは理解しています」そういってから星野は動画をスタートさせた。

チンパンジーは箱を見つめ、瞬きしたり、首を動かしたりしている。だがレバーを持つ手は止まったままだ。

「このように手は動きません。ところが——」

星野がいった直後、実験者らしき人物の手元が映った。小さな装置を持っている。その指がスイッチを入れた。

あっと薫子は声を漏らした。チンパンジーの右手が動きだしたからだ。レバーを何度か前後させている。

実験者がスイッチを切った。するとチンパンジーの手は、また動かなくなった。もう一度スイッチを入れる。手は動く——。

星野が動画を停止させた。

「このサルの頭部には電極が埋め込んであり、大脳皮質からの電気信号を拾えるようになっています。その信号を特殊な電子回路を介して、脊髄の損傷部位よりも先に届けてやることで、このように正常に手を動かせるようになったわけです」

「要するに、脳からの指令を直接筋肉に送ったということだ」和昌が横からいい添えた。

薫子は二人の顔を交互に見て、ため息をついた。「すごいことができるのね」

「もちろん実用化には、まだまだ時間がかかります。麻痺した手足を使えるようにするといっても、ただ動かせるだけでなく、感触を得たり、温度を感じたりできなければなりませんからね」

「そうなんですか。でもすごいと思います。ただ――」薫子は画面に目を移した。「このチンパンジー、脳に異状はないんでしょう?」

だったら何の参考にもならないのではないか、といいたかった。

すると彼女の意図を汲み取ったように星野は頷き、パソコンのキーボードを操作した。画面に別の動画が現れた。今度はチンパンジーではなく、人間の男性が映っている。パラシュートで使うようなハーネスを付け、宙に吊されていた。

「この男性は健常者です。手足を自由に動かせます」星野が説明を始めた。「腕からコードが出ているのがわかりますね。腕を動かそうとする時、脳からどのような指令が出されているのかを調べるため、筋肉に流れる電流を観察しているのです。さらにその電流を特殊処理した信号を、腰に取り付けた磁気刺激装置に送れるようになっています」

星野がいうように、男性の腕から伸びたコードはモニター付きの機械に繋がっていた。そしてそこからもう一本コードが出ていて、男性の腰のあたりに付けられている。

「よく見ていてください」星野が動画をスタートさせた。

何かの合図を受けたらしく、男性が動き始めた。吊された状態で腕を前後に振っている。機械のモニターに波形のようなものが現れた。

「モニターの波形は腕の筋電図です。男性には、下半身はリラックスさせておくようにいってあります。だからこのように、足は動かず伸びたままです。でも、電気信号を腰の磁気刺激装置に送るとどうなるか」

実験者の手が何かのスイッチを入れた。すると次の瞬間、驚くべきことが起きた。腕を振り続けていた男性の足が、同じリズムで前後に動き始めたのだ。スイッチを切ると動きは止まり、再び入れると動きだす。先程のチンパンジーと同じだ。

　星野が動画を止めた。

「歩行というのは高度に自動化された運動で、その制御の大部分は脊髄に委ねられていると考えられています。歩くのに、いちいち右足を出して、次に左足を出して、と考えているわけではないということです。大雑把にいえば、脳は、歩け、という単純な信号を出しているだけなんです。その信号を、腕を振れという信号から加工して作り出すことも可能だ、ということを示した実験です。いうまでもなく、脊椎損傷などで歩けなくなった人のために行われている研究です」

「この研究の大きなポイントは二つある」和昌が引き継ぐようにいった。「一つは、脳からの信号を脊髄に送ったわけではない、ということだ。被験者本人に足を動かす気はないのに、足が勝手に動いている。そしてもう一つは、侵襲行為がない、すなわち被験者の身体には一切傷を負わせていない点だ。磁気刺激装置というのは単なるコイルで、腰の後ろに貼り付けてあるだけだ」

「手術の必要はないということですね」薫子は星野に確認した。

　不要です、と若き技術者は答えた。

「そして脊髄に沿って複数個のコイルを並べ、それぞれに信号を送るようにすれば、全身の様々な筋肉を動かすことも可能だと思われます」

「……そうですか。それで、あの、これが私の一番知りたいことなんですけど」唇を舐めてから彼女は続けた。「うちの娘のような身体でも、動くようになるでしょうか」

星野の表情が少し引き締まった。その顔を和昌に向けた。回答していいかどうかを尋ねているように見えた。上司が小さく頷くのを見てから、彼は薫子に顔を戻した。

「動くと思います。脊髄は損傷していないということですから、動かないとおかしいです」

その言葉は福音となって薫子の耳の奥で響いた。彼女は目を閉じ、大きく深呼吸した。

「と、いうことだ」和昌がいった。「技術的には問題ない。あとは、やるかどうかだ。それは君が決めればいいと思う」

「私の心は決まってる。やりたい。やってあげたい。――星野さん、お願いできますか」

「私は指示されれば……はい」

薫子は真っ直ぐに夫を見つめた。

「またお金をいっぱい使わせることになるけど」

「そんなことはいい」和昌は手を振った。「じゃあ星野君、早速明日から作業に入ってもらえるかな。必要なものがあれば、何でもいってくれ」

「わかりました」星野はパソコンを片付け始めた。

薫子は二人を玄関ホールまで送った。社長が自宅を後にすることについて、星野は疑問を口にしない。彼もまた複雑な事情を知らされているのだろう。

「ではまた連絡する」コートを羽織った和昌が薫子のほうに向き直った。

「はい。ああ、あなた」薫子は夫を見上げた。「面倒なことをお願いしてごめんなさい」

「何をいってるんだ」和昌は眉間に皺を寄せた。「じゃあ、おやすみ」

「おやすみなさい」

失礼します、と頭を下げた星野には、ありがとうございました、と薫子は礼を述べた。

瑞穂の部屋に行くと、彼女の身体はベッドに移されていた。

どうだったと千鶴子が尋ねてきたので、星野や和昌とのやりとりを話した。母は安堵したように何度も頷き、それはよかったねえ、といって孫娘を見た。

薫子はベッドの横に置いた椅子に腰を下ろした。すーすーと寝息が聞こえてくる。

二週間前、検診のために病院を訪れた。その時の医師とのやりとりを思い出す。

脳機能の回復は進藤に否定されたが、瑞穂の状態が、ここへきてぐんと良くなっているのは事実だった。顔の血色は明らかに以前よりいいし、血圧、体温、ＳｐＯ$_2$値といった客観的データも、そのことを物語っている。

それについて主治医は、ＡＩＢＳの効果ではないか、といった。コンピュータに制御されているとはいえ、瑞穂は自分の呼吸器官を使っている。当然、エネルギーを消費しているわけで、以前よりも代謝が高まっている可能性がある。

「健常者の場合、運動すれば血圧や体温が上昇しますよね。それと同じです」

ただし、と主治医はいった。

「ふつうあの状態だと、そういうことは起きないはずなんです。体温調節や血圧の維持なんかも脳の役目ですからね。瑞穂さんの場合、そうした機能は一部残存しているのかもしれません」

何気なさそうにいった主治医の言葉に、薫子は食いついた。

「それ、どういうことですか。進藤先生には脳の機能はすべて停止しているといわれました。たぶん脳死だって。それなのに一部残存って、どういう意味ですか」

主治医は、あわてた様子で両手を振った。

「いやその、進藤先生がおっしゃった機能停止とは、判定の際に確認すべき機能がすべて止まっているという意味です」

主治医によれば、脳には視床下部や下垂体前葉といった部分があり、様々な変化に身体が対応できるよう、ホルモンを分泌させたり、体温や血圧の維持を行ったりしているらしい。それについて医師は、身体の統合性という言葉を使った。

そして脳死判定では、意識や頭蓋《ずがい》内神経機能、自発呼吸の有無を調べるが、統合性が失われているかどうかは確認しないのだという。

「入院直後には、瑞穂さんの身体に投与しなければならないホルモンの量が多かったのですが、次第に減らすことができました。今は殆ど必要ありません。私は、その部分は機能しているのだろうと考えています。小さい子供の場合、それは珍しいことではないんです」

だからほんのわずかでも筋肉を動かすことで体調が好転したのだろう、というわけだ。

この話を聞いた瞬間、薫子の胸の内に何かが生じた。それが何なのか、すぐにはわからなかった。

答えを見つけたのは、瑞穂の世話をしている時だった。身体を拭いてやっていたら、足が少し動いた。進藤にいわせれば、ただの反射ということになるのだろうが、薫子にはそうは思えない。

「あら、ちょっとくすぐったい？　もっと動いていいよ」

そう瑞穂に話しかけた時、ふっと頭によぎった。もっと動けば筋肉がつく――。

はっとした。そうだ、もっと筋肉をつけさせればいいのではないか。適度な運動が健康に良いのは、ふつうの人間でも、瑞穂のような身体になった人間でも同じはずだ。

薫子は、その思いつきを頭から振り払おうとした。瑞穂に運動をさせる？　そんなこと、できるわけがない。馬鹿げた妄想に捕らわれてはならない。

しかしいくら忘れようとしても、その考えが頭から離れることはなかった。それどころか、日に日に大きくなるばかりだ。気づけばインターネットを使い、寝たきり、運動、といった言葉で記事を検索していたりする。もちろん、彼女を満足させる情報など一件も見つからなかった。

相談できる人間は一人しかいなかった。馬鹿げた話だと一笑に付されるかもしれないと覚悟しつつ、思いきって和昌に話してみた。

すると彼は妻の話に真剣に耳を傾けてくれた。そして意外なことを語り始めた。

「病院で進藤先生から、瑞穂は脳死している可能性が高いと聞かされた時、君が俺にいった言葉を覚えているか。君はこういった。あなたの会社では脳と機械を繋ぐ研究をしてるんでしょ。だったら、こういうことにも詳しいんじゃないかってね。それに対して俺は、うちの研究は脳が生きてることが大前提で脳死についてなんて考えたこともない、と答えた。でもその時、ふと何かが頭に浮かんだような気がしたんだ。それが何なのか、自分でもわからなかった。今の君の話を聞いていて、ようやくわかった。残念ながら瑞穂は脳に重大な障害を負った。多くの機能が失われたようだ。だったら、それを補ってやればいいんだ。脳から運動する指令が出ないなら、代わりに出してやればいい」

それは可能なのかと薫子が問うと、わからないが可能性はある、と和昌は答えた。

「一人、相談したい技術者がいる。彼に話してみよう」

そして今朝、和昌から、その技術者を家に連れていきたい旨の連絡が入ったのだった。

星野の顔を思い浮かべた。誠実な人物なので安心した。何しろこれから長い間、瑞穂の肉体を任せることになるのだ。人体実験でもする気のようだったら断るつもりだった。

薫子は娘の小さな腕を握った。

今は細くなっているが、運動によって少しでも筋肉がついていくのなら、毎日がきっと楽しくなるだろう。

そして何より——。

ある日奇跡が起きて瑞穂が目を覚ました時、自分の力でしっかりと起き上がり、立ち、歩けるようになっていたら、きっと本人が一番嬉しいに違いない。

その日が来るまで、ママはがんばるからね——娘の寝顔を見つめながら呟いた。

5

自分の席で荷物を鞄に詰めていたら、机に置いたスマートフォンが着信を告げた。表示を見て、真緒《まお》からだとわかった。星野祐也は立ったままで電話に出た。「はい」

「もしもし祐也君？　真緒だけど、今大丈夫？」

「いいよ。どうかした？」いいながら腕時計を見た。午後三時半を過ぎている。

「今度の日曜だけど、何か予定入ってる？」

「日曜か……」星野は鞄を抱え、もう一方の手でスマートフォンを耳に当てたまま、歩きだした。「日曜がどうかしたの」

「うん、じつはミキたちからバーベキューするから来ないって誘われてるの。どう？」

「バーベキューか。うーん……」

「何？　都合が悪いの？」真緒の声が不機嫌そうに尖《とが》った。

「都合というか、仕事の予定が入りそうなんだ」

「えー、先週もそんなこといってたじゃない。おかげで三週間も会ってないんだよ」

「それはわかってるけど、忙しいんだから仕方ないだろ」

「社長から直々に頼まれた仕事っていうやつね。一体、どんなことをやらされてるの？　ほかの人に代わってもらえないわけ？」

「真緒に話してもわからないよ。俺にしかできない仕事だから、わざわざ社長が声をかけてくれたんだ」

　ふうっと息を吐き出す音が聞こえた。

「わかった。そういうことなら諦める。バーベキューには、あたし一人で行く。でもさあ、気をつけてね。休みの日も働いてたんじゃ、身体が保たないよ」

「わかってるよ。ありがとう。そっちこそ、バーベキューで酒を飲みすぎるなよ」

たようだった。
「そんなことするわけないでしょ。じゃあまたね」声を聞いたかぎりでは、真緒は機嫌を直し

電話をポケットにしまい、エレベータホールで待っていると、「出張か」と横から声をかけられた。見ると、ＢＭＩチーム第一ユニットに所属している男だった。星野よりも一年先輩で、視覚障害者のための人工視覚認識システムの開発に携わっている。特殊なゴーグルとヘルメットを装着するだけで障害物のある迷路を歩けるようになる、というのだから驚きだ。

出張かと訊いてきたのは、星野が社内では装着を義務づけられているネームプレートを付けておらず、退社時刻でもないのに鞄を抱えているからだろう。

「出張手当は出ません。社外で仕事をするのはたしかですが」

星野の答えを聞いて先輩は怪訝そうな顔をしたが、すぐに合点したように首をゆっくりと上下させた。

「社長の家か。聞いたよ。脳死したお嬢さんの身体をＡＮＣで動かそうっていうんだろ？　奥さんの発案らしいけど、よく社長も話に乗ったよな」

ＡＮＣは星野が取り組んでいる研究の略称だ。人工神経接続技術というのが日本語での正式名称だ。

「社長は、できるだけ奥さんの要望を叶えてやりたいとお考えになったようです」

それにしてもさ、と先輩がいった時、エレベータの扉が開いた。先に乗っている人間がいればいいと思ったが、生憎《あいにく》無人だった。おかげで、エレベータに乗り込むなり、先輩は話の続きを始めた。

「脳死してるんだろ？　意識はないし、ただ死ぬのを待っているだけなんだろ？　そんな人間の腕や足を動かして、何の意味があるんだよ。費用だって馬鹿にならないだろうし」

「費用は社長が個人的に負担しておられます」

「知ってるよ。でもさ、おまえの人件費はどうなってるんだ？　社長といえど、技術者を私物化していいわけがない」

「たしかにこれから僕が向かう先は社長の家ですけど、私物化されているとは思いません。極めて貴重な研究機会を与えてもらっているという認識です。脳からの運動指令がない患者さんの脊髄に、どんな刺激を与えればどんな反応が出るか、こういうことを調べられるチャンスなんて、きっと二度とないと思いますから」

先輩は肩をすくめ、首を捻った。「俺には無理だな」

「何がですか」

「そういうことに付き合うのが、だよ。俺は障害のある人の助けになりたいと思って、この仕事を続けている。やり甲斐はあるし、プライドだってある。でもさ、相手が脳死患者の場合はどうなんだ？　意識はないんだろ？　もう戻ることもないんだろ？　そんな患者の手足をコンピュータや電気信号で動かすって、どうなんだ？　俺にはフランケンシュタインを作ろうとしているようにしか思えないんだけどね」

星野は先輩の顔を見ず、「フランケンシュタインは意識があるという設定のはずですけどね」といった。

「じゃあ、フランケン以下だ。意識のない人間の身体を使って、自己満足に浸ろうとしている。

首謀者は社長夫人か。悪いことはいわない。さっさと手を引いたほうがいい。おまえのためにいってるんだ。それほど難しいことじゃないだろ？　もっともらしい実験をいくつか試行して、やっぱり無理です、お嬢さんの手足を動かすことなんてできません、といえばいいだけの話だ」

途中でエレベータが止まり、誰かが乗ってきてくれればいいと星野は思ったが、そういうことはなく、ノンストップで一階まで降りた。したがってその間、気まずい沈黙を続けることになった。

「うまくいえないんですけど」エレベータを降りてから星野は先輩にいった。「僕たちは脳から出される信号に関わろうとはしているけれど、心がどこにあるかは知らない。それについては世界中の学者の誰も知らない。だったらその部分には触れず、要求に応えていくことだけを考えてもいいんじゃないでしょうか」

先輩は、しげしげと星野の顔を見つめてきた。「クールだね」

「そうでしょうか」

「法律上は未だに曖昧だが、実質的に脳死は人の死だと認められている。いわばおまえが扱っているのは死体なんだ。死体を使っての実験なんて、俺にはできない。不気味で鳥肌が立つ」

怒りで頰の肉が引きつるのを堪えながら、星野は笑みを浮かべた。

「お嬢さんは脳死判定を受けていません」

「植物状態だとでもいうのか」

「わかりません。それを判断する立場にはないので」

先輩は呆れたような顔でかぶりを振った。

「まあいいよ。そこまでいうなら好きにしたらいい。でもこれだけはいっておく。脳死した人間の手足を動かす研究をいくらやったって、誰の役にも立たない」

「覚えておきます」

「じゃあ、しっかりな」先輩は片手を上げ、玄関とは反対の方向に歩いていった。

その後ろ姿を睨みつけながら、星野は心で呟いた。

誰の役にも立たない？　何をいってるんだ。もうすでに役に立ってるさ——。

広尾の播磨邸に到着したのは、午後四時を少し過ぎた頃だった。門に付いているインターホンのチャイムを鳴らすと、はい、とスピーカーから薫子夫人の声が聞こえてきた。

「星野です」

はい、という返事と共に、かちゃりと門扉のロックが外された。

庭を横目に見ながらアプローチを歩いていくと、玄関ドアが開いて夫人が姿を現した。色白で顎が細い輪郭、一重で切れ長の目は、さぞかし和服が似合うだろうと思わせる。三十六歳ということだから星野より四歳上だが、瑞々しさの残る肌を見ると、とてもそうは思えなかった。

こんにちは、と頭を下げながら挨拶した。

「お疲れ様です。よろしくお願いします」

夫人の丁寧な口調が嬉しかった。星野を夫の部下ではなく、娘の恩人のように思ってくれているように感じられる。

いつもの部屋に入っていくと、瑞穂が車椅子に座っていた。チェック柄のワンピースを着て、足にはタイツを穿いている。

「今日は、お祖母ちゃんはいらっしゃらないんですか」

「はい。息子を連れて、実家に帰っています。夜までは戻らないと思います」

「そうですか」

つまり今日は夫人と二人きりということだ。楽しくなりそうだと思った後、瑞穂の存在に気づき、三人だったなと星野は自分の考えを密かに訂正した。

「コイルは、もう装着してあります」夫人がいった。

「そうですか。——こんにちは、瑞穂ちゃん。ちょっとごめんね」星野は瑞穂の上体を少し起こし、背中に手を当てた。「うん、位置は問題なさそうですね」

「かなりフィットしてきたと思います。これなら瑞穂も痛くないんじゃないかしら」

「だといいですね」

コイルとは、脊髄に信号を送る磁気刺激装置のことだ。瑞穂の背骨の形に合わせたケースの中に、複数のコイルが並べられている。しかしケースの形状がなかなか背骨にぴったり合わず、何度か修正を繰り返したのだった。

車椅子の横に置かれた作業台に、二台の機器が並んでいる。一台は信号制御器で、磁気刺激装置と繋がっており、各コイルからどんな信号を出すかをコントロールするいわば司令塔だ。まだ完成しているわけではなく、星野が訪問するたびに少しずつ改良を加えている。もう一台は筋肉の動きを電気的にモニターする装置だ。

「では今日も、足の運動から行います。電極の装着をお願いできますか」

はい、と答えて夫人は娘の前で腰を下ろし、タイツを脱がせた。星野が差し出したコードの付いた電極を、絆創膏《ばんそうこう》で瑞穂の足に貼り付けていく。その手つきは慣れたものだった。

「では始めます」

星野は信号制御器のキーボードを操作した。運動幅、速度、回数などを調整した後、実行キーを叩いた。

瑞穂の右膝が小さく上がり、すぐに戻った。続いて左膝が同様の動きを見せた。それを交互に三回ずつ繰り返した後、動きは止まった。つまり彼女は車椅子に座った状態で、足踏みをしたのだった。

筋電モニターを見た。左右の筋肉の動きは均等で、過負荷にもなっていない。

「いいですね。とてもいい」

彼の言葉を聞き、夫人は胸の前で手を組み、瑞穂の顔を見た。

「聞いた？　とてもいいんだって。よかったね」

母親の呼びかけに、残念ながら娘は応えない。こんな時、さっと制御器を操作して、すぐさま瑞穂を頷かせられたらどんなにいいだろうと星野は想像するが、まだそこまでの段階には至っていない。すべてが手探り状態なのだ。

「じゃあ、もう少し足を開いた状態で同じ運動をしてもらいましょう」

はい、と答えると、夫人は瑞穂の両膝を摑んで左右に開こうとした。待ってください、と星野がいったが遅かった。モニターが警告音を発した。

「いけない……」夫人はあわてて瑞穂の足を元の位置に戻した。

星野はモニターを操作し、警告音を止めた。

「前回もいいましたが、瑞穂ちゃんの動きが止まっているからといって、筋肉に信号が送られていないわけではありません。同じ姿勢を続ける、という信号が出ている場合があるのです。その状態で強制的に動かすと、信号と身体の位置が違うとコンピュータが判断し、今のように警告音が出ます」

「そうでしたね。ごめんなさい。うっかりしてて……」

「謝らなくていいです。ただ、今ぐらいなら何も問題はないのですが、今後筋肉がついてくると、筋を痛めたりする危険性があるので注意してください」

「わかりました。ごめんなさい」

「だから謝らなくていいです」

星野が笑いながらいうと、夫人も表情を和ませた。

その後、一時間ほどをかけて、瑞穂の足と腕の筋肉を動かした。まだ単純な動作ばかりだが、日に日に動きがスムーズになってきているのがわかる。おそらく関節がほぐれてきているのだろう。

少し休憩しましょうということになり、夫人が紅茶を振る舞ってくれた。

「前に一度、整体の先生の話をしたでしょう？　覚えておられます？」

夫人が明るい表情で話すのを聞き、これは悪い話ではなさそうだ、と星野は思った。

「寝たきりになっている間に瑞穂ちゃんの筋肉がどの程度衰えているのかを確かめてもらった、

という話ですよね。ええ、覚えています」

「あの先生に、昨日また瑞穂の身体を見てもらったんです。そうしたら、少しだけれど筋肉に張りが出てきてるっていわれました。骨が歪みかけていたところも、真っ直ぐに戻りつつあるって」

「本当ですか。それは素晴らしい」

「カレンダーを見たら、まだ一か月なんですけどね。やっぱり、小さい子供の身体ってすごいんですね」夫人は娘のほうを向き、満足そうに目を細めた。

「これからもっと筋肉がつきますよ。ほかの部分にも」

「それがすごく楽しみなんです。星野さんには感謝しています。ありがとうございます」

夫人に真正面から見つめられ、星野はどぎまぎした。

「いえ、そんな……」紅茶のカップに手を伸ばし、小さな動揺をごまかした。

そうか、一か月か――。

早いものだな、と星野は思った。

社長の播磨から、大事な話があるといわれたのは二か月ほど前だ。聞いてみて驚いた。意識がなく寝たきりになっている娘の筋肉を動かせないか、というのだった。

伏線はある。人工知能呼吸コントロールシステムを導入することで、令嬢が自力で呼吸できるようになったという話は聞いていた。その技術の存在を播磨に教えたのは星野だし、彼がANC――人工神経接続技術を研究していることを播磨は知っている。筋肉を動かすことを考えたなら、真っ先に星野の名前が浮かぶだろう。

驚いたが、突拍子もない話だとは思わなかった。むしろ、やってみたいと思った。世界中の誰もやったことがない研究だ。

すぐに着手した。最初は微弱な信号を脊髄の各所に送り、瑞穂の身体がどう反応するかを調べることから始めた。並行して会社では、磁気刺激装置と信号制御器、筋電モニターの製作を行った。すべての装置が完成し、本格的に筋肉トレーニングを始められたのが、今から一か月前だ。それ以来、ほぼ二日に一度のペースでこの家を訪れている。一日おきにしているのは、筋肉の回復を待つためだ。

取り組んでみて、この試みの困難さがよくわかった。信号パターンや刺激部位を少し変えるだけで、身体は全く違う動きをするのだ。腕を動かすつもりなのに全く動かず、代わりに全身が跳ね上がるほどに背中を反らせた、ということもあった。

人間の身体は機械とは違う、と思い知らされる日々だ。完全にコントロールできるまでには、まだ何か月、いや何年もかかるかもしれないと星野は考えていた。

しかしそれでも構わなかった。それだけの価値がある研究だと思っているし、この毎日に充実感を覚えていた。

「ああ、そうだ。星野さんにお見せしたいものがあるんだった」

夫人は両手を合わせて立ち上がり、クロゼットに近づいた。そこから出してきたハンガーには、濃紺の洋服が掛けられていた。

おっ、と星野は声を漏らした。「もしかすると制服ですか」

夫人は微笑んで頷いた。「来週の月曜日、入学式なんです。小学校の」

「そうですか。いよいよ来週ですか。それは楽しみですね」

特別支援学校への入学が認められたという話は聞いていた。ただし通学するわけではなく、週に何度か、教師が家を訪問してくれるらしい。眠り続けている子供にどんな教育を施すのだろうと不思議に思うが、その疑問を口にはできなかった。

「そういうわけで月曜日は、トレーニングを控えさせたいと思うんです。慣れない外出で瑞穂も疲れると思うし」制服をクロゼットに戻しながら夫人はいった。

「そうでしょうね。わかりました」

「でも次回が火曜日となると、少し間が空いてしまうんですよね」夫人が思案顔でいう。今日が木曜日で連日のトレーニングは避けたほうがいいからだ。ちなみにハリマテクスは土日が休みだ。

「じゃあ、土曜日に来ましょうか。休日出勤になりますけど、僕は構わないですよ」

するとと夫人は残念そうに眉尻を下げた。

「そういっていただけるのはありがたいんですけど、土曜日は瑞穂を病院に連れていかなきゃいけないんです」

「そうですか。それなら日曜日はどうですか」

「えっ、でも先週の日曜にも来ていただいたのに……。何か御予定があるんじゃないですか。デートとか」

星野は頬を緩め、首を横に振った。

「大丈夫。そんなこともあろうかと思い、空けてありましたから」

夫人は救われたといった顔で、両手を胸に当てた。

「そうなんですか。助かります。ありがとうございます」

「とんでもない」

星野はティーカップを口元に運んだ。紅茶の香りを楽しみながら、「脳死した人間の手足を動かす研究をいくらやったって、誰の役にも立たない」といった先輩に、今の夫人の言葉を聞かせてやりたいと思った。

第三章　あなたが守る世界の行方

1

その店は月島にあった。ずらりと並んだもんじゃ焼き店の一つだ。真緒が窓越しに店内を覗くと、半袖シャツ姿の星野祐也が壁際の席に座っていた。俯いて何かしているようだ。たぶんスマートフォンをいじっているのだろう。

時計を見れば、午後七時よりも少し前だった。祐也が約束の時刻よりも先に着いていることは珍しくなかった。しかし今夜はそんな当たり前の光景が、なぜか真緒の目には意外に映った。

彼女が戸を開けて店内に入っていくと、祐也は顔を上げ、頷きかけてきた。

「待った？」尋ねながら、向かい側の席についた。

「いや、来たところだよ」

女性店員がおしぼりを持ってきた。飲み物の注文を訊かれたので、生ビール二つと枝豆を頼んだ。

「今日も暑かったね」

真緒の言葉に祐也は頷く。「三十度近くあったらしいね。九月後半だってのに」

「これだけ暑いと、どこか涼しいところへ旅行にでも行きたくならない？」

祐也は薄く笑った。「まあ、時間があるならね」

つまり、今はそんな時間はない、ということらしい。

生ビールが運ばれてきたので、特に祝うこともなかったが乾杯した。それから豚キムチもんじゃを注文する。ベビースターラーメンをトッピングするのが、いつものパターンだ。

二人が会うのは約一か月ぶりだった。お互いのスケジュールが合わなかったのが主な要因だが、真緒の側には融通をきかせる余地はあった。それでもすりあわせられなかったのは、祐也に時間がなかったからにほかならない。

「仕事、相変わらず忙しいみたいだね」

真緒がいうと、祐也は苦笑を浮かべて肩をすくめた。

「仕方ないよ。世界でも前例のない研究だからね。時間がいくらあっても足りない」

「そう思うから、あたしもあまり電話しないし、メッセージとか送らないようにしてる」

「そんな気を遣わなくていいよ。用があるなら、連絡をくれればいい」

うん、と頷きながらも、真緒の胸の内にある不満は消失しない。恋人というのは、用がなくても連絡を取り合いたいものではないのか。

もんじゃ焼きの材料が運ばれてきた。焼くのはいつも祐也の仕事だ。ボウルの中の具材を混ぜて鉄板に載せ、二本の大きなヘラを使って素早く細切《こまぎ》れにしていく。その手つきは慣れたものだ。初めて見た時には驚いた。

学生時代にバイトをしていたからね——そんなふうにいって爽やかな笑顔を見せた。

あの時と同じように、祐也は無駄のない動きで、鮮やかにもんじゃ焼きを作り上げていく。その顔を見ながら、でも違う、と真緒は感じていた。ここにいる祐也は、あの時の祐也じゃない。

「さあ、できた」仕上げのベビースターラーメンをふりかけ、祐也はいった。

真緒はハガシと呼ばれる小さなヘラを使って口に入れ、おいしい、と感想を述べる。

「やっぱり、祐也君の焼いたもんじゃは最高だね」

「そんなお世辞をいわなくたって、いつだって俺が焼くよ」

もんじゃ焼きを食べながらビールを飲み、いろいろな話をした。といっても、話題を振るのは真緒ばかりだ。仕事のこと、友達の悩みについて、最近の流行、芸能界。もちろん、どんな話でも祐也はつまらなそうな表情を見せたりしない。常に真面目に応じてくれる。失敗談を話せば、期待通りに笑ってくれる。

しかし彼のほうから話題が提供されることはなかった。前は違った。いろいろなことを話してくれた。特に、仕事の話をする時には表情が生き生きとしていた。難解すぎて真緒が理解できず、ぽかんと口を開けているだけだとしてもお構いなしだ。余程研究が好きなんだなと感心させられたのは、一度や二度ではない。

初めて会った時もそうだった。

祐也とは共通の知り合いが経営するレストランのプレオープン日に出会った。経営者と親しい人間たちだけが集められた小さなパーティで、真緒はたまたま祐也と同じテーブルになった。

繊細そうな顔立ちで、佇まいには品があった。あまり積極的に会話に加わろうとはしないが、地味だとか暗いとかいう印象は受けなかった。人の話を聞くのが好きなんだろうな、と思った。

話の流れで、真緒が自分の仕事について話す機会が訪れた。動物病院で助手をしている、時には手術に参加することもあるといった時、一番強く食いついてきたのが祐也だった。

「脊髄を損傷した動物の手術に加わったことがありますか」彼が真緒に対して最初に発してきた質問だ。

ありますけどと真緒が答えると、身を乗り出してきて、どんな動物か、損傷の程度は、具体的な手術の内容は、と矢継ぎ早に質問してくるのだった。真緒が当惑したのはいうまでもないが、周りの客たちも呆気にとられている様子だった。それでようやく祐也も気づいたらしく、ごめんなさい、と恥ずかしそうに謝った。そして続けた。

「脊髄を損傷した人の補助器を開発する仕事をしているものですから」

この言葉を聞いた瞬間、真緒は彼に好意を抱いた。

素晴らしい仕事をしているだけでなく、どんな時でもそのことを考え、何か少しでもヒントがないかと常にアンテナを張り巡らせている姿勢に、誠実さを感じ取ったのだ。きっと他人の心の痛みも理解できるに違いないと思った。

真緒は、自分が関わったのは交通事故に遭って脊髄を損傷した犬の手術であること、その犬は後ろ足が動かなくなったが、スケートボードを改造した車椅子を下半身に装着したら前足だけで移動できるようになったことなどを話した。祐也は熱心に彼女の話を聞き、途中からはメモまで取り始めるのだった。その頃には、ほかの者たちは別の輪を作っていたが、真緒はそれでよかった。彼と二人だけで話すのが楽しかった。

また会いたいな、と祐也のほうからいってくれた。それで連絡先を交換した。

「恋人、いるんですよね？」真緒のほうから思い切って尋ねた。

祐也は微笑んで、かぶりを振った。「いないです。川嶋《かわしま》さんは？」

「あたしも今はフリー」

「そうなんだ。だったらよかった」そういって彼は白い歯を見せた。

何度かデートを重ね、自然の流れで男女の関係になった。どちらも忙しいので、会うのは月に二、三度だ。そんなふうにして二年とちょっとが過ぎた。

真緒は間もなく三十歳になる。実家の父はともかく母は、頻繁に連絡してきては、誰かいい人はいないのかと探りを入れてくる。そんな人はいない、と嘘をつき続けてきた。祐也のことを話せば、一度会わせろ、できれば実家に連れてこい、といわれるに決まっているからだ。実家は群馬で、日帰りだって難しくはない。

祐也を親に会わせたくないわけではなかった。むしろ逆で、そういう展開にならないかとずっと期待してきた。しかし自分からいいだすわけにはいかないと思った。彼はこれまで、結婚について一度も口にしていない。親に会ってくれなどというのはプロポーズされてからだと決めていた。それに彼女自身、特に急いで結婚したいとも思わなかった。

ところが最近になり、これからどうなるのだろう、ということが気になり始めた。それは年齢とは関係がない。祐也の態度に変化が現れたように思え、不安になってきたのだ。

その変化に気づいたのは半年ほど前だ。まだ三月だったと思う。メッセージを送っても、なかなか返事が来なくなった。それどころか、全く来ないままのこともあった。遊びに誘っても、なんだかんだと理由をつけて断るのだ。

直接の原因はわかっている。仕事が忙しくなったからだ。しかもその仕事は社長から直々に頼まれたもので、祐也にしかできない内容らしい。期待に応えようと張り切るのはわかる。だから初めの頃は、あまり気にしなかった。無理して身体を壊さなきゃいいなと心配していただけだ。

だが次第に、単に忙しいだけではなく、真緒に対する気持ちが薄らいでいるのではないか、と思うようになった。その根拠の一つが、祐也が自分について殆ど話さなくなったことだ。特に仕事のこと。以前は、尋ねればいくらでも話してくれた。ところが今は違う。

「ねえねえ、例のチンパンジー、その後どんな感じ？」明太餅チーズもんじゃをハガシで食べながら、明るい口調で真緒は訊いた。

「オリバーのこと？」

「そうそう、オリバー君。脊髄を損傷して、手足を動かせなくなった子。でも祐也君が作った機械で、腕は動かせるようになったんだったよね。あれから進展はあるの？」

この話を最初に聞いたのは一年ぐらい前だ。祐也は目を輝かせ、熱く語っていた。

しかし今夜の祐也に、あの時の表情は見られなかった。

「あっちのほうは後輩に任せてるから、よく知らないんだ。でもあまり進展してないみたいだな」冷めた顔つきで首を振った。

「そうなの？　すごい研究だと思ったんだけど」

「ありがとう」

「この前うちの病院に、脳梗塞の影響で下半身がうまく動かせなくなった猫が来たの。そういうのも、あの機械を使えば治るのかなあって考えたんだけど」

「どうかな。脊髄損傷と脳梗塞とでは根本的に違うから」

「そうか。肝心なのは、脳からどんな信号が出てるかってことだもんね。脳梗塞で動けないってことは、信号自体がうまく出てないわけだ」

もんじゃ焼きに手を伸ばしていた祐也の動きが止まった。

「仕事の話はやめよう。せっかくのデートなんだし」

「あっ、ごめん。そうだよね。息抜きになんないよね。でも、前はよく仕事の話をしてくれたから……」上目遣いに彼を見た。

「前とは状況が違うんだ」

「どう違うの？」

「どうって……」祐也はハガシを皿に置くと、背筋を伸ばし、真っ直ぐに真緒を見つめてきた。

「前にいわなかったかな。極めて秘匿性の高い仕事なんだ。詳しいことは、社長以外誰も知らない。だから真緒も理解してほしい」

「それは聞いたけど、少しぐらいはいいのかなと思って」

「家族にも話しちゃいけないといわれてるんだ」

「そう……わかった」真緒は俯く。おまえは家族よりも遠い存在の人間だ、といわれたような気がした。

気持ちは沈んだが、それを顔に出さぬよう努めて明るく振る舞った。相変わらず真緒のほうから話題を出し、会話が弾むように尽力した。しかし頭の片隅で、何かが違うと感じ続けていた。極秘の研究だから話せないのではない。それもあるかもしれないが、もっと別の何かがあるように思えた。祐也にとって守りたい世界とでもいえばいいだろうか。そこに他人が入ってくるのを拒んでいる――そういうふうに感じられた。

店を出る時には午後九時を少し回っていた。真緒は、二時間あまり自分が一人でしゃべっていたような気がした。ずいぶんいろいろと食べたのだが、途中何を頼んだのか、よく覚えていない。

「おなかいっぱい」歩きだしながら真緒はいった。

「うん、こんなに食べたのは久しぶりだ」

「これからどうする？　門仲に行こうか。いつものバー、入れるかな」

門前仲町に、よく行くバーがあるのだった。

ところが祐也は立ち止まって腕時計を見ると、難しい顔で首を捻った。

「いや、今夜はお開きにしよう。明日までにやっておきたいことがあるんだ」

真緒は立ち尽くし、目を見開いた。

「えー、何それ。もしかして仕事？」

「うん……申し訳ないんだけど」

「いったい――」どういう仕事、と訊きそうになり、呑み込んだ。「せっかく、久しぶりに会えたのに」

ショルダーバッグを肩にかけた状態で、祐也は両手を合わせた。

「本当にごめん。この埋め合わせはいつかする。お詫びに送っていくよ」

「いいよ、タクシーに乗ったらすぐだから。それに、全然遅い時間じゃないし」

「じゃあ、タクシーを拾えるところまで一緒に行こう」

そういって再び歩き始めた直後、前方から空車表示のタクシーがやってきた。どうしてこんな時にかぎってすぐに空車が来るのか、と真緒は腹立たしくなった。話したいことは、まだまだあるのに。

祐也は手を挙げて止めた。「真緒、乗っていいよ」

「祐也君が先に乗って。あたし、方向が逆だから、そこの角で拾う」

今、二人が立っている道は、一方通行なのだった。

祐也は遠慮しなかった。そう、とあっさり頷いた。

「わかった。また連絡する。おやすみ」

「おやすみなさい」

祐也が乗り込んだタクシーが走りだすのを見送り、真緒は歩きだした。割り切れない思いが胸の中で燻《くすぶ》っている。

すると次の角に到達するまでに、またタクシーが一台、前から走ってきた。

それに乗ってもやはり方向は逆なのだが、不意に一つの考えが頭に浮かんだ。真緒は後ろを振り向いた。祐也の乗ったタクシーが信号待ちをしている。それを見て、心を決めた。彼女はタクシーに向かって手を挙げた。

タクシーが止まり、後部ドアが開いた。真緒は乗り込むなり、「あのタクシーの跡を追ってほしいんですけど」と前方を指していった。

「跡を追う？　行き先はどこですか」白髪頭の運転手が怪訝そうに訊いた。

「わかりません。だから尾行してほしいんです」

えー、と運転手は気の乗らない声を出した。「そういうのは勘弁してほしいんだけど」

「お願いします。ああ、急がないと見失っちゃう」

祐也のタクシーは、すでに走りだしていた。

参ったな、といいながらも運転手は車を発進させてくれた。

「向こうに気づかれちゃまずいわけでしょ。難しいなあ。見失ったら、ごめんなさいね」

「それはいいです。すみません、無理なことをいって」

「お客さん、警察の人とかではないよね？　あっちに乗ってるのがヤバい人間で、尾行に気づいて難癖をつけてくるなんてことはごめんだよ」

「大丈夫です。ふつうの人です」さらに付け加えた。「彼氏なんです」

「彼氏？　彼氏を尾行？　ははあ……」運転手は何かを察したように小さく頷いた。「もしかして、浮気を疑ってるのかな。これからほかの女のところへ行くんじゃないかって」

「ええ、まあ……そんなところです」

「そうか、やっぱり。悪い彼氏だねえ。だったらまあ、少しがんばっちゃおうかな」運転手はやる気を出したようだ。好奇心を刺激されたらしい。

浮気を疑っている――そういうことになるのか。たしかにそれが一番、真緒の今の気持ちに近いのかもしれない。

いくら仕事があるといっても、こんなに早い時間に帰らねばならないなんてことがあるだろうか。以前にも忙しい時期はあったが、睡眠時間を削ればいいだけだといって、遅くまで一緒にいてくれた。

それで思ったのだ。これからどこか行かなければならないところがあるのでは、と。その場所に、祐也の心を変えてしまった何か、彼が守りたい世界があるのではないか、と。

東京タワーが近づいてきた。それを見て、真緒は自分の勘が当たったことを確信した。祐也のマンションとは、まるで方向が違う。

「どこまで行くのかな。この感じだと恵比寿か目黒か……」運転手が呟いた。

彼の運転は、なかなか巧みだった。適度にほかの車を間に挟みつつ、祐也の乗ったタクシーを追跡し続けている。道路がさほど混んでいないことも幸いした。

「お客さん、彼氏の浮気現場を押さえたらどうするの？」運転手が興味津々といった口調で訊いてきた。「乗り込むわけ？」

「……わかりません」

「どうするかは自由だけど、まずは頭を冷やしたほうがいいよ。変に修羅場になったら、どっちも傷つくからね」

ありがとうございます、と答えながら、どうして礼をいってるのだろうと思った。

場所を見つけたらどうするか。それはまだ考えていない。どうすればいいだろうか。

急に心臓の鼓動が速くなってきた。手のひらにも汗が滲んできた。自分は一体何をしたいのか。彼の秘密を突き止めて、どうしようというのか。

「おや、終点が近いのかな」運転手がそういって、車のスピードを緩めた。

気づくと住宅地に入っていた。道幅はあまり広くない。運転手が速度を落としたのは、近づきすぎるとまずいと思ったからだろう。住居表示に、広尾の文字が入っていた。

「やっぱりそうだ。止まるみたいだね」

前のタクシーがハザードランプを点滅させ始めたのだ。

「とりあえず通り過ぎちゃいますよ。ここで止まったら怪しまれるから」

はい、と答え、真緒はシートに深く身を沈めた。祐也に見つかったりしたら大変だ。

しばらく走ったところでタクシーは止まった。真緒は後ろを振り返った。タクシーから降りた祐也が、一軒の屋敷の前に立っている。こちらには全く気づいていない様子だ。

やがて彼は屋敷の中に入っていった。

「あの家らしいね」運転手がいった。「ちらりと見たけど、ずいぶんと立派なお屋敷だったよ。あんなところにいるのかね、彼氏の浮気相手が」

さあ、と首を捻り、真緒は財布を出した。乗車料金を見て、千円札を数枚出した。

「じゃあ、しっかりね。何度もいうようだけど、頭を冷やしてからね」釣り銭を出しながら運転手はいった。人のよさそうな顔をしたお爺さんだった。

タクシーから降りると、おそるおそる屋敷に近づいていった。もし祐也が出てきたらどうしようと思った。なぜこんなところにいるのか、説明できない。

屋敷の前に辿り着いた。運転手がいったように、立派な邸宅だった。装飾が施された鉄製の門扉の向こうに、長いアプローチが見える。

門の表札に目をやり、真緒は息を呑んだ。播磨、とあったからだ。ハリマテクスの社長の名字だということは知っている。すると祐也がここへ来た理由は、やはり仕事のためだったのか。社長から直々に頼まれた仕事というのは、社長の自宅でするようなことなのか。それとも今夜にかぎり、何か打ち合わせることがあって、社長に会いに来たのだろうか。

アプローチの先にある洋風建築の屋敷は、適度に木に囲まれ、幻想的な雰囲気を醸し出していた。殆どの窓に明かりが灯っていないのがその理由だと気づいた。家族全員が寝静まるには早い時間だ。それに祐也という来客もいる。家の人たちは一体何をしているのだろう。

ふと見ると、一階の窓からかすかに光が漏れていた。玄関に近い部屋だと思われた。

真緒は、その窓を凝視した。その向こうに祐也が守ろうとしている世界がある――そんな気がしたからだった。

2

玄関ホールで靴を脱ぐ前に、星野は改めて夫人に頭を下げた。「遅くなってしまい、本当に申し訳ありません」

夫人が苦笑して、手を振った。

「うちはいいんですよ。それより星野さんはよかったんですか。会社の飲み会だったんでしょう？　もっとゆっくりしてくれればいいのに。トレーニングは明日に回して」

「いや、今日休むとブランクが三日になってしまいますから。それより、酒臭くはないですか。飲みすぎないよう気をつけてはいたんですが」

「大丈夫です。お水をお持ちしましょうか」

「いえ、結構です」

では失礼します、といって星野は靴を脱ぎ、夫人が並べてくれたスリッパに足を入れた。

「今夜、お祖母ちゃんは？」

夫人は微笑み、階段の上を指した。

「息子を寝かしつけた後、自分も眠ったようです。今日は幼稚園の遠足があって、それに付き添ったので疲れたみたい」

「なるほど。それは大変だ」

「ええ、瑞穂の世話のほうがよっぽど楽」そういって夫人は鼻の上に皺を寄せた。

いつものように、すぐそばのドアを夫人が開けてくれた。「どうぞ」

会釈をし、星野は部屋に入った。アロマオイルの香りがかすかにする。この夏からだ。自分がよく眠れるのだ、と夫人はいった。ここは彼女の寝室でもあるのだ。

瑞穂はベッドに横たわっていた。白い体操着に濃紺のジャージ、白い靴下という出で立ちだった。トレーニングをする時にはやっぱりそれらしい服装でないと、と夫人がいいだしたのは五月頃だったか。瑞穂の小学校入学が影響しているのだろう、と星野は勝手に想像している。

「こんな格好でも、あまり体温が下がらなくなってるんです。病院の先生も驚いていています」

夫人が嬉しそうにいうのも当然だ。脳死、つまり脳幹の機能も停止しているなら、ふつうそんなことはあり得ない。医師たちは明言していないようだが、瑞穂の脳幹の一部が機能していることは内心認めているのではないか。

星野は作業台の前に座り、各機器の電源を入れていく。そして持参した鞄からパソコンを取り出し、制御器と繋いで、いくつかのプログラムを入れ替えた。このプログラムの作成にてこずり、夕方にここへ来ることができなかったのだ。完成したのは六時過ぎで、真緒と会う時刻が近づいていた。

一連の作業を終えると夫人のほうを振り返った。「コイルは装着済みですね」

「はい、取り付けてあります」

星野は頷き、瑞穂の身体を眺めた。

これが一年前、ほぼ脳死状態だと宣告された少女だろうか。血色はよく、規則的に呼吸を続ける息づかいは力強い。肌は瑞々しく張り、腕にも足にもほどよく筋肉がついているのが服の上からでもわかる。今にも目を開け、あくびをしながら、大きく伸びをしそうではないか。

聞けば、薬剤の投与も殆ど必要ないらしい。ここ半年、体調に大きな変化らしきものは何もなかったというのだから、驚くばかりだ。

彼女の腕の数箇所にコード付きの電極を貼り付けた。

「では腕押し運動から始めます。まずはフリーで」星野は制御器のキーボードを操作した。

二人が見守る中、体側にある瑞穂の肘がゆっくりと曲がりだした。拳が胸のすぐ横まで来ると、次にその拳を前に出すように腕が真っ直ぐ伸ばされていく。空中に向かって、拳を突き出す形だ。腕が伸びきると、また肘が曲がり、元の位置に戻る。それを五回繰り返した。

星野は頷き、夫人を見た。「完璧ですね」

「動きがしっかりしてきましたよね」

「見違えるようです。では、負荷をかけましょう。お願いできますか」

はい、と答えて夫人は瑞穂の脇に立った。「準備、オーケーです」

始めます、といって星野はキーボードを操作した。瑞穂の腕が動き始めた。まずは肘を曲げ、続いて先程と同じように拳を身体の前に突き出そうとする。

そのタイミングで、夫人が瑞穂の両方の拳に手を添えた。つまり瑞穂が腕を伸ばそうとするのを邪魔するわけだ。星野は筋電モニターに目をやった。瑞穂の上腕三頭筋に大きな負荷がかかっていることがわかる。

同様の運動を八回行ったところでやめた。瑞穂は疲労を訴えられない。筋電モニターで察してやらないと過負荷になり、筋肉を痛めるおそれがある。

「休憩させてあげましょう。ふつうの人が腕立て伏せをしたぐらいの運動ですから」

「じゃあ、お茶でも淹れます」夫人がベッドから離れた。しかしドアに向かいかけたところで足を止め、じっと自分の手を見つめた。

「どうかされましたか」星野は訊いた。

夫人が顔を上げた。その目は赤く充血していた。

「とても力強かったです。軽く添えてるだけだと、簡単に押し上げられてしまいます。瑞穂にこんなことができる日が来るなんて……」声を詰まらせた後、息を整えるように何度か胸を上下させた。「ごめんなさい。お茶を淹れてきますね」そういって今度こそ部屋を出ていった。

星野は瑞穂に視線を戻した。先程よりも少し顔が赤いようだ。運動したことで血流がよくなったのだろう。これもまた、脳の全機能が停止しているのなら、考えられないことだった。

やはり瑞穂の脳はわずかなりとも回復しているのか。それとも、元々この程度には機能が残存していて、それがここへきて覚醒したということか。あるいは、もう一つ考えられることがある。ANCによる刺激で、脊髄が活性化した可能性だ。身体の統合性については不明なことが多い。脊髄が正常ならば、統合性は残るという説もある。

だが祐也にとって、それはあまり重要ではなかった。大切なことは、自分の技術によって、仮に見かけ上だけであったとしても瑞穂が健康体になりつつあり、それを夫人が涙を流すほどに喜んでくれているという事実だ。

今や、この部屋での時間が、星野の生活の中心になりつつあった。これが正式な業務であることは、社長の播磨からお墨付きをもらっている。星野としても、脊髄への磁気刺激だけでどこまで肉体を自在に動かせるか、という実験にはかぎりない魅力を感じていた。

しかし、時間の許すかぎりこの部屋にいたいと思う理由は、それだけではなかった。

瑞穂が新しい動きを見せたり、今まで動かなかったところが動いたりするたび、夫人は嬉し涙を浮かべ、星野に感謝の言葉を述べる。その際の彼女の口調は熱く、まるで彼を娘の救世主だと信じているかのようだ。

その思いに応えるべく、星野は次なる課題に取り組む。もっともっと夫人を感激させたい、感涙にむせばせたいと思う。彼女が喜ぶ姿こそが、彼の活力源となっていた。

もちろんこれが恋愛感情の一種であることに星野は気づいていた。じつのところ、初めてこの家で紹介された時から彼女に惹かれていたのだ。その気持ちは漠然としたものだったが、ここへ通ううちに、次第にはっきりとした形を成していった。

それを表明するわけにいかないことはわかっている。相手には夫がいる。しかもそれは星野の上司であり、現在のこの状況を与えてくれた人物だ。裏切れば、すべてを失うことになるだろう。夫妻は別居しているようだが、だからといって許してくれるとは思えない。

だが星野は今のままで十分に満足だった。夫人とどうにかなろうとは考えていない。彼女と一緒に瑞穂を育て、共に喜びを分かち合えれば、それでよかった。

不意にスマートフォンがメッセージの受信を告げた。確かめてみると、思った通り、真緒からだった。迷ったが、内容を読んでみる。『お仕事、がんばってる？　忙しいのに会ってくれてありがとう。あまり無理しないでね。じゃあ、おやすみなさい。』とあった。

星野は少し考えてからメッセージを返した。『心配してくれてありがとう。おやすみなさい。』というものだ。

スマートフォンの電源を切り、吐息を漏らした。

川嶋真緒と交際を始めて二年になる。これまでに付き合ってきた女性の中では最も気が合うといっていい。性格はいいし、頭も悪くない。動物病院の助手という仕事にまつわるエピソードは、聞いていて楽しい。

そう、真緒には何の非もない。素敵な女性だ。彼女と結婚できる男は幸せになれるに違いない。

少し前まで、それはおそらく自分だろう、と星野は思っていた。入社以来ずっと、仕事第一の生活ではあったが、家庭を持たなくていいなどとは考えていなかった。時期が来ればいずれ結婚し、子供を持つことになるだろうと想像していた。そして真緒はその相手としてふさわしいのではないか、という思いはあった。

そのことを真緒の前で口にしなかったのは、きっかけがなかったから、としかいいようがない。星野の側にあわてて結婚をする理由はなかったし、真緒が焦っているようにも見えなかった。いずれどちらかにそれを切りだす必要性が生じるだろうから、その時に考えればいいと軽く考えていた。

ところが事態は思わぬ方向に転がった。播磨夫人や瑞穂との出会いは、星野がぼんやりと考えていた将来図をものの見事に白紙にした。

真緒のことは今でも嫌いではない。彼女の魅力ならいくらでも挙げられる。しかし彼女と家庭を築いていく自分の姿は想像できなくなった。

なぜなら今の星野にとって最優先しなければならないのは、この部屋での時間だからだ。結婚したり、家庭を持ったりしたら、それが不可能になる。

そして何より、この世で一番愛している女性が真緒ではなくなった。

申し訳ないと思う。勝手な話だ。だが自分の心に嘘はつけなかった。

だから本当なら、一刻も早く真緒に別れを切りだすべきなのだ。今夜も、そうしようと何度か思った。しかし結局、いえなかった。勇気が出なかったこともあるが、理由を訊かれた時、うまく説明できる自信がなかった。この家でのことは、なるべく話したくないのだ。瑞穂についても、夫人についても。なぜなのか、自分でもよくわからなかった。

ほかに好きな女性ができたとでもいえばいいのかもしれないが、どこのどういう女性なのかと問い詰められたりしたら、たちまちしどろもどろになってしまいそうだ。生憎、その手の嘘をつくのは苦手だった。

近頃では、真緒のほうから別れ話を持ちかけてくれないかと思ったりもする。頭のいい彼女のことだ。星野の様子がおかしいことに気づいていないはずがないのだ。

そんなことを考えていたら、ドアをノックする音が聞こえた。「ちょっと開けていただけます？」

星野は立ち上がり、ドアを開けた。両手でトレイを持った夫人が入ってきた。トレイには二客のティーカップと、クッキーを盛った皿が載せられていた。

「あっ、それ、また焼かれたんですか」

星野の問いに、夫人は笑顔で頷いた。

「先日、星野さんがおいしいといってくださったでしょう？　だから昨日、母が瑞穂を看てくれている間に焼いたんです」

「そうですか。いただきます」星野はクッキーを囓った。程よい甘さと共に、かすかなレモンの香りが口の中に広がった。

「いかがですか」

「おいしいです。いくらでも食べられそうです」

「よかった。まだたくさんありますから、どうぞ遠慮なく。星野さんのために焼いたんですから」そういって夫人はティーカップを口元に運んだ。

「ありがとうございます」

星野も紅茶を啜りながら、そっと夫人の横顔を見た。彼女の目は瑞穂に注がれている。

この女性への思いを告白することはないだろう。しかしもしかすると、それは一方通行ではないのでは、と最近になって星野は感じ始めていた。何もいわなくても、自分たちの心は強い絆で結ばれつつあるのでは、と——。

3

マンションの地下駐車場に車を駐め、後部スライドドアを開けた。車は軽のワゴンだ。真緒が勤める動物病院のものだが、運転するのは殆ど彼女だけなので、キーを一つ常時バッグに入れている。

後部座席から下ろしたピンク色のケージの中では、白いチンチラペルシャが丸くなっていた。名前はトムという。十三歳で雄。首にエリザベスカラーを付けているのは、先日、肛門腺除去の手術を受けたばかりだからだ。まだ予後の観察が必要だが、一昨日飼い主から連絡があり、夫婦で二日ほど東京を離れねばならなくなってしまった、一匹にしておくのはまだ心配だから病院で預かってもらえないだろうか、と相談があった。ふだんはそうした依頼は断るのだが、飼い主は院長の古くからの知り合いだ。今回は特別に、ということで引き受けることになった。ところが迎えに来るはずだった今日になり、夜まで家を空けられないのでそれまで預かっていてもらいたい、と連絡があった。しかも何時頃になるかはわからないという。そこで仕方なく、真緒が送り届けることになったのだった。

玄関でオートロックを解除してもらい、ケージを提げて部屋に向かった。部屋のインターホンを鳴らすと、すぐに鍵の外れる音がしてドアが開いた。

トムちゃんママ——飼い主の奥さんが現れた。五十代半ばの、品の良い女性だ。

「ああ、川嶋さん。どうもありがとう。ごめんなさいね、無理いっちゃって」奥さんは申し訳なさそうに眉を八の字にした。

「大丈夫です。トムちゃん、ずっと元気でしたよ」ケージを差し出した。

「そう？　だったら、よかった。——トム、いい子にしてた？　ごめんね、パパもママも留守にしちゃって」奥さんはケージを受け取り、中にいる愛猫に話しかけた。

「体重を計りましたけど、手術直後より少し落ちていますね。でも想定の範囲内なので心配いらないと思います。ストレスが溜まらないようにしてやってください」

「わかりました。ああ、そうだ。今回の料金は？」

「いえ、お金は結構です」

「えっ、いいの？　何だか申し訳ないわあ」

「お気になさらず。ではお大事に」真緒は頭を下げ、部屋を後にした。

駐車場に戻り、ワゴンに乗り込んだ。発進し、マンションの外に出る。だが少し走ったところでブレーキを踏んだ。カーナビを見つめる。

ここは西麻布だ。広尾は、すぐ近くだ。広尾には、あの家がある。

祐也と二人でもんじゃ焼きを食べたのは、先々週の木曜日だ。早いもので、あれから二週間近くになる。あの日は暑かったが、近頃はすっかり秋めいている。その間、メッセージのやりとりはあったが、会ってはいない。そのメッセージにしても、内容などないに等しい。印刷された年賀状よりも空しい代物で、読み返す気にもなれない。

気がつくと車を走らせていた。しかし病院に戻る道ではない。広尾に向かっている。頭の中は空白なのに、手足だけが勝手に動いているような感じだった。

やがて目的地が近づいてきた。そして真緒の背中を押すように、おあつらえ向きの場所にコインパーキングがあった。

躊躇いつつブレーキに足を乗せた。ギアを切り替え、ハンドルを操作した。ワゴンをバックで駐車スペースに入れた。

車のエンジンを切る前に、カーナビで位置を確認した。あの家の場所は大体わかっている。現在地との位置関係を頭に入れた後、エンジンを止めた。車から降り、ドアをロックして歩きだす。

あたしは何をする気なのだ。あの家に行って、何をしたいのか――。

もしかすると、今日も祐也はあそこにいるのかもしれない。それが彼の仕事ならば、不思議ではない。それを確認したいのか。そんなことにどんな意味があるのか。いやそもそも、どうやって確認するのか。

自問し、何ひとつ答えを出せないにもかかわらず、足は止まらなかった。見覚えのある角を曲がり、さらに歩いていく。

昼間なので印象は違うが、あの夜タクシーで通った道に間違いなかった。真緒の歩みは少し遅くなった。胸の内に気後れする部分があるのはたしかだ。

そして——。

あの屋敷が左手に見えてきた。樹木に囲まれた洋風の邸宅だ。その壁の色は、記憶の中では真っ黒に近かったが、実際には明るい茶色だった。そして屋根は赤色だ。

ベージュ色の塀に沿って歩き、門の前で立ち止まった。色合いが記憶と違うので、もしかすると別の家かと思ったが、そうではなかった。門扉に施された装飾は、あの夜に見たものだった。そして何より、表札に『播磨』とある。

屋敷の中に目を向けた。長いアプローチの先に玄関ドアが見えた。あの夜明かりが漏れていた窓は、カーテンが閉じられている。

今日も祐也はいるのだろうか。この家に来て、何かを守っているのだろうか。

門柱にインターホンが取り付けられていた。チャイムを鳴らしてみたらどうなるか。どなたですかと問われ、何と答えればいいだろう。星野祐也と付き合っている者です、彼は今日ここに来ていますか、とでもいうのか。

頭を振った。そんなこと、できるわけがない。まるでストーカーだ。祐也に知られたら、気味悪がられるだけだろう。嫌われてしまうかもしれない。

帰ろう、と思った。なぜこんなところに来てしまったのか。どうかしていた。

門の前から離れようとした時だった。「うちに御用ですか」背後から声をかけられた。

心臓が止まるかと思うほど驚いた。振り返ると瓜実顔《うりざね》の女性が訝《いぶか》しげな表情で立っていた。グレーのワンピースの上から、薄いピンクのカーディガンを羽織っている。上品そうで落ち着いた雰囲気は、この屋敷の住人としてふさわしかった。

「あ、いえ、特に用があったわけではないんですけど、知り合いからこちらのことを聞いていて……」口に出しながら後悔した。前を通りかかって、素敵なお宅だからちょっと覗いていただけだ、とでもいえばよかったのだ。しかしもう遅い。

「お知り合いというのは？」案の定、女性は訊いてくる。

ごまかしようがなかった。おかしな嘘をつけば、さらに苦しくなるだろう。

「あの……星野という人です」小声で答えた。

かすかにひそめられていた女性の眉が緩んだ。ああ、と頷いた。

「そうなんですか。あなたもハリマテクスの方？」

「いえ、そうじゃなくて……」何といっていいかわからない。目が泳いでしまう。

すると相手の女性は何かを察した顔になった。「もしかすると、星野さんの恋人？」

ずばりいい当てられ、真緒はどぎまぎした。前髪をかきあげ、「まあ、そんなようなものです」と小声で答えた。

女性の瞳の奥が、きらりと光ったように見えた。次に彼女が示した笑みは、妖艶とでも表現したくなるものだった。

「そうだったんですか。星野さん、恋人がいるなんてこと一言もおっしゃらないから、そういう人はいないのかなと思っていました。でもあれだけ素敵な人だから、いないほうがおかしいですよね」

素敵な人、という表現が気になった。どういう意味だろうか。

「あの……彼はよくこちらにお邪魔しているのでしょうか」

「ええ。二、三日に一度。今日はいらっしゃらない予定ですけど」

「そんなに……」

「うちでどんなことをしているか、星野さんから詳しいことはお聞きになっていないの？」

真緒は首を横に振った。「彼は何ひとつ教えてくれません」

そう、と呟いて女性は少し考える顔になった。それから改めて真緒に微笑みかけてきた。

「もしよかったら、うちでお茶でもいかがですか。星野さんがどんなことをしているのか、お話ししたいし」

「いいんですか。でも彼は極秘だっていうんですけど」

「極秘ね……。たしかに誰にでも話せる内容ではありません。でもあなたなら大丈夫」女性は門扉を開け、どうぞ、といった。

失礼します、といって真緒は敷地内に足を踏み入れた。

「まだお名前を伺ってなかったわね」門扉を閉めながら女性がいった。

「あ……川嶋といいます。川嶋真緒です」

「マオさん。いいお名前ね。どういう字を書くの？」

真実の真に一緒の緒、と答えた。それを聞き、いいお名前、と女性は繰り返した。

「あの……播磨社長の奥様ですか」思い切って真緒からも尋ねた。

はい、と女性は頷いた。そして薫子という名前を教えてくれた。

「奥様も、いいお名前ですね」

ありがとう、といって社長夫人は石を敷いたアプローチを歩きだした。その背中に向かって、あのう、と真緒は声をかけた。夫人は足を止め、振り返った。

「彼からこの家のことを聞いたというのは嘘です。じつは彼が何をしているのか気になって、跡をつけました。だから、あたしがここに来たこと、彼には知られたくないんです。そういう面倒な話には付き合えないということなら、そうおっしゃってください。あたし、このまま帰ります。ただ、このことは彼にはいわないでもらいたいんですけど」真緒は直立不動の姿勢でいった。

夫人は当惑したように表情のない顔で聞いていたが、すぐににっこりと笑った。

「わかりました。では星野さんには内緒にしておきましょう。面倒な話だとは思いません。よくあることです」そういって再び玄関に向かって歩き始めた。

夫人はドアを開けると、促すように真緒に頷きかけてきた。お邪魔します、といって彼女は屋内に入った。

玄関ホールは広かった。近くに階段があり、吹き抜けになっているので天井が高い。かすかに香料の匂いがする。アロマオイルだろうか。

すぐそばの部屋のドアが開いた。出てきたのは、幼稚園児らしき男の子だった。大きくて丸い目が印象的だ。男の子は母親が帰ってきたと思って出てきたのだろうが、見知らぬ女が立っていたので驚いた様子だ。

「ただいま。いい子にしてた?」

夫人が訊いたが、男の子の表情は硬いままだ。警戒するような目を向けてくる。真緒のほうから、こんにちは、といってみたが返事はなかった。

するとと部屋からもう一人出てきた。今度は白髪の小柄な老婦人だった。彼女もまた真緒に気づき、戸惑った表情を見せた。

真緒は頭を下げた。

「お客さんよ」夫人がいった。「後で説明するから、お母さん、イクトを連れてリビングに行っててくれない？」

「ああ、はいはい」どうやら夫人の母親と思われる老婦人は、男の子の手を握った。「さあイクちゃん、お祖母ちゃんとあっちでゲームしようか」

「ぼく、ブロックがいい」

「ブロックね。うん、そうしようそうしよう」

老婦人は男の子の手を引き、廊下の奥へと消えていった。

「どうぞ、お上がりになって」夫人がいった。

失礼します、と真緒は靴を脱ぎ、上がり込んだ。しかしどちらに向かえばいいのかわからず、そのまま立ち尽くした。

すると夫人は、先程男の子たちが出てきたドアに近づいた。

「星野さんは、いつもこの部屋に入られます。いわば、ここがあの方の仕事場です」

真緒は唾を呑み込んだ。やっぱり、と思った。あの夜、明かりが点っていた窓は、おそらくこの部屋のものだ。あの時、彼はここにいたのだ。

川嶋さん、と夫人が真緒の顔を見つめてきた。

「この部屋に、あなたに会わせたい者がおります。会っていただけますか」

その目に宿る光の真剣さに、真緒はたじろいだ。胸騒ぎがし、気持ちが臆した。だがこの段階で逃げだすわけにはいかない。はい、と顎を引いた。

「では、どうぞ」夫人はドアを開けた。

真緒は、おそるおそる部屋に近づいた。アロマオイルの香りは、ここから漂ってくるようだ。そこは広い洋室だった。最初に目についたのは、窓際に置かれた大きなテディベアだ。続いて、その手前にある小さなベッド。花柄のカバーに包まれている。

ピンク色の椅子に気づいたのは、その後だった。決して小さなものではなく、むしろ椅子にしては大仰な代物だったが、なぜかすぐには真緒の視界に入らなかったのだった。

そしてそこに女の子が座っていた。小学校の低学年ぐらいだろう。前髪を切りそろえた髪型がよく似合う、かわいい子だった。眠っていて目を閉じているので、睫の長さが際立っている。

「うちの娘です」夫人がいった。「もう少し、そばに寄ってあげてください」

真緒はゆっくりと近寄った。すぐに察したことがあった。椅子だと思ったものは、ストレッチャータイプの特殊な車椅子だ。さらに女の子の鼻から、透明なチューブが出ている。栄養チューブだとわかった。

「水の事故が原因で、娘は一年以上眠り続けています。もう目覚めることはないだろうといわれました」

はっとして真緒は夫人のほうを振り返った。「それって、もしかして……」口にしかけた言葉を呑み込んだ。

　ええ、と夫人は口元に笑みを浮かべて頷いた。

「植物状態といえば、わかりやすいかもしれませんね。でもお医者様によれば、そういう状態ですらない可能性が高いってことなんです」

　真緒の頭に脳死という言葉が浮かんだが、それもまた口には出さなかった。車椅子の少女に目を向ける。「とてもそんなふうには……」

　お世辞ではなかった。顔色も肌つやも健康な子供のものだった。さらには体格が劣っていないことは服を着ていてもわかる。

「いろいろな方の努力、奇跡、何よりこの子の生命力のおかげで、今の状態が保たれています。中でも星野さんのお力は、この子にとって必要不可欠なものです」

「彼は何を？」

　真緒が訊くと夫人は少し迷うような顔で首を傾げた後、そうね、と呟いた。

「見てもらったほうがいいかもしれない。川嶋さん、申し訳ないんですけど、外で待っていてもらえますか」

「えっ、外に出るんですか」

「はい。少しの間だけ」

　わけがわからなかったが、真緒はいわれた通りにした。部屋の外で立っていると、どうぞ、とすぐに呼ぶ声が聞こえた。

　再び部屋に入った。夫人は椅子に座っていた。彼女の前にある机には、何やら複雑そうな機器が並んでいる。先程までは、それらには布がかけられていた。

真緒は車椅子の少女に視線を移した。何も変わっていないように見えたが、少しだけ違っている。背中のあたりから電気コードのようなものが出ていて、机の機器に繋がっているのだ。少女は目を閉じたまま、真緒のほうを向いていた。両腕は肘置きに乗っている。

「御挨拶させますね」そういって夫人が機器のどこかを触った。

次の瞬間、思いがけないことが起きた。肘置きに乗った少女の右手がゆっくりと上がり、そして元の位置に戻ったのだ。真緒は声をあげそうになるのを辛うじて堪えた。

「危険だから自分がいない時には使わないでくれ、と星野さんからはいわれてるんですけど、これぐらいならいいでしょう」夫人は真緒を見上げた。「やっぱり、かなり驚かれたみたいね」

真緒は自分の胸を押さえ、息を整えた。「どういうことですか?」

「御覧になった通りよ。娘の腕を動かしたんです。星野さんが開発した最新技術を使って。星野さんのおかげで娘は多くの筋肉を動かせるようになりました。おかげで健康を取り戻すこともできたんです。今や骨密度だって、ほぼ正常値です」夫人は誇らしげにいい、さらに続けた。「星野さんは私たちの恩人です。娘にとって、神様です。第二の父親です」

真緒は発すべき言葉が思いつかなかった。目を閉じたままの少女を見つめ、茫然としていた。

夫人が立ち上がった。「ごめんなさい。私ったら、お茶に誘っておきながら、何もお出ししてなかった」そういって部屋から出ていった。

真緒は、まだ動けなかった。頭が混乱している。

植物状態、いや脳死か。そんな人間が動けるのか。動かした、と夫人は表現した。それが星野の仕事だという。二日か三日に一度、彼はこの部屋にやってきて、少女の肉体を動かす。

神として、第二の父親として——。

一体、どういう仕掛けなのだろう。そう思って一歩近づいた時だ。

少女の右手が、さっきと同じように上がった。そしてまた戻った。

真緒の背中を冷たいものが走った。ひいっと小さく悲鳴をあげていた。

踵を返し、部屋を出た。靴脱ぎに降りてスニーカーを履くと、そのまま玄関から外に飛び出した。門に向かって駆けながら、恋人の顔を思い浮かべた。

祐也君、あれがあなたの守りたい世界なの？　その世界の先には何があるの？

4

「エコー現象でしょうね」

星野の言葉に、瑞穂を白いトレーニング・ウェアからチェック柄のパジャマに着替えさせていた薫子は手を止め、振り返った。「エコー？　そういう現象があるんですか」

「まだはっきりとしたことは解明できていないのですが」星野はテーブルからティーカップを持ち上げた。「磁気刺激で神経に微小電流を生じさせて筋肉を動かしているわけですから、その直後は運動神経が活性化しています。するとほんのわずかな刺激で反射が起き、同じ運動を繰り返す可能性があります。それがエコー現象です」

「防ぐことはできないんですか」

「いや、プログラムを修正すれば抑えることは可能だと思います。しかしエコー現象が起きることで何か不都合がありますか」

「いいえ、特にありません。不思議だなと思っただけです」

ふふ、と星野は口元を綻《ほころ》ばせた。

「制御器を操作していないにもかかわらず、不意に瑞穂さんが同じ動きをしたら、少しびっくりするかもしれませんね」

「ほんの少し。一瞬、瑞穂が自分の意思で動かしてるんじゃないかと思ったぐらいです。でも、そんなわけはないと思い直して……」薫子は瑞穂をベッドに寝かせ、姿勢を整えさせてからテーブルに戻った。

「そういう可能性があることを、お話ししておけばよかったですね。どうしますか。プログラムの修正は、さほど難しくはないと思うのですが」

星野の言葉に、薫子は首を振った。

「その必要はありません。もう勝手に機械に触ったりはしませんから」

「ええ、そのほうがいいです。それはお願いします」星野は目を細め、紅茶を啜った。

薫子もカップに手を伸ばした。ロイヤルコペンハーゲンのティーカップは、和昌との結婚祝いとして知人から貰ったものだ。以前はカップボードに飾っていたが、今ではすっかり普段使いにしている。

でも、と星野が口を開いた。「どうしてですか」

「何がですか」

「だから、どうして一人で機械を操作しようと思われたのかなと。瑞穂さんのトレーニングは僕が一緒にいる時でないと危険だ、と申し上げたはずです」

　ごめんなさい、と薫子は座ったままで頭を下げた。

「瑞穂と向き合っていたら、不意に動かしてやりたくなって……。ちょっと手を上げ下げする程度なら構わないかなって。もうやりません」

　星野は頷いた。

「データが揃って、プログラムが完成したら、奥様お一人でも操作できるようになるはずです。それまで、もう少し御辛抱願います」

　はい、と答え、薫子はベッドの瑞穂に目を向けた。

　二日前の出来事が脳裏に蘇る。川嶋真緒の勝ち気そうな顔が浮かんだ。

　彼女のために淹れた紅茶を運んで戻ってみたら、部屋には瑞穂しかいなかった。玄関を見ると、スニーカーは消えていた。何もいわずに帰るわけはないだろうと思ったので、そのまましばらく待っていたが、再び彼女が現れることはなかった。

　わけがわからなかった。なぜ無断で消えたのか。急用ができたとしても、一言声をかけてもよさそうなものだ。星野が付き合っているぐらいなのだから、その程度の常識はあるはずだ。

　瑞穂の部屋に戻り、機械を取り外すことにした。だがその前に、もう一度だけ動かしてみたくなった。川嶋真緒に披露したのと同じ動き、右手を上げ、そして下ろす。瑞穂は上手にこなした。

「うまくなったね。とってもいい動きよ」

　瑞穂に言葉をかけ、装置の電源を切った。埃を防止するため、というより電子機器の無粋な雰囲気を消すため、布製のカバーをかける。さらに瑞穂の身体からコイル――磁気刺激装置を外そうとした時だ。

瑞穂の右手が、すっと上がり、元の位置に戻った。薫子は息を呑み、カバーをかけた装置に目をやった。電源を切り忘れたのかと思ったのだ。しかし電源は間違いなく切られていた。

目を閉じたままの娘を見つめた。まさかそんなことが――奇跡が起きたのではという思いが一瞬だけ胸をかすめ、間もなく消え去った。残念ながら、それは考えないほうがいい。この装置を使う前から、瑞穂の身体が突然動くことはあった。進藤医師が、単なる反射です、と冷徹な口調でいう現象だ。

そして今の星野による説明で得心がいった。エコー現象。覚えておいたほうがいいだろう。今度また同じようなことが起きて、知らない人間を驚かすようなことがあってはいけない。

そう、おそらく川嶋真緒は見たのだ。薫子が紅茶を淹れている間に、エコー現象で瑞穂の右手が動くのを。それで驚き、逃げだしたに違いない。

失礼な女だ。生きている娘の手が動いて、何を怖がることがある。

しかし、もう無闇に人前で瑞穂の身体を動かすのはやめよう、と薫子は決めていた。先日、和昌が久しぶりに彼の父親である多津朗を連れてきたので、目の前で瑞穂の両手を上げさせてみた。すると義父はぎょっとした顔でしばらく凍りついたように動かなかった。そして、こういうのは感心しないな、と和昌にいったのだった。

なぜかと和昌が問うと、多津朗は浮かない顔で孫娘を見つめていった。

「人の身体を電気仕掛けにしてしまうなんて、神を冒瀆しとるような気がする」

その言葉で薫子の心に火がついた。彼女は大きく息を吸った後、口を開いた。

「電気仕掛け？　どうしてですか。寝たきりになった子供たちの手足を動かしてあげたり、体勢を変えたりしてやるのは、当たり前の介護です。それを瑞穂自身の身体でやらせようとしているだけです。それがどうして神への冒瀆になるんですか。そもそもこの技術は、和昌さんの会社、かつてお義父さんが社長をしていらっしゃった会社が開発したものなんです。それなのに、なぜそんな言い方をするんですか」

あまりの剣幕に多津朗はたじろぎ、いやいや冒瀆はいいすぎた、あまりにすごいことだから驚いているだけだ、と弁解した。和昌も間に入り、自分が先に親父にきちんと説明しておかなかったのが悪かった、と謝罪した。

その後、薫子や和昌の話を聞いたことで、多津朗もこの装置によるトレーニングが、いかに瑞穂の健康維持に役立っているかを理解したようだ。帰る頃には、優しい眼差しを孫娘に向け、「トレーニング、しっかりがんばるんだよ、瑞穂ちゃん」と声をかけていた。

しかし誰もが多津朗のように柔軟な考え方ができるとはかぎらない。いや義父にしても、息子や嫁の手前、受け入れたように振る舞っただけだという可能性がある。ましてや川嶋真緒のような赤の他人の場合だと、薄気味悪く思ったとしても不思議ではない。

紅茶を飲み干した星野が、ティーカップをソーサーに置いた。腕時計に目を落とした後、「では、今日はそろそろ」といった。

薫子も壁の時計を見た。午後七時を少し過ぎていた。彼がここへ来てから、約二時間が経っている。

「よかったら、うちで夕食をいかがですか。といっても、今夜は大した料理じゃないんですけど」

食事に誘うのは初めてだ。薫子の言葉に、星野は虚を衝《つ》かれたように瞬きした。

「いやそんな……申し訳ないです」そういって小さく手を振ったが、その顔に歓びの色が浮かんでいるのを薫子は見逃さなかった。

「遠慮なさらないで。それとも、何か御予定でも？　デートとか」

いえいえ、と星野は首を横に振った。「そんなんじゃありません」

「本当ですか。星野さん、休日も返上して、うちに来てくださってるでしょ？　デートする時間もないんじゃないかって心配しているんですけど」

「デートなんて、そんな……」星野は視線を彷徨わせた後、薫子をちらりと見た。「そんな相手、いませんから」

「えっ、まさか」

「本当です」星野は真剣な表情で頷いた。「いません」

「だったらよかった。大切な恋人との時間を奪ってたら申し訳ないと思っていたから」

「そんな心配は無用です」星野は俯き、呟いた。

「それなら夕食を是非。母にいって準備させます」薫子は腰を上げた。

「いや、あの、それが」星野も立ち上がった。「大変ありがたいのですが、じつは会社に戻ってやらなければならないことがあるんです。作業を中断して、こちらに来てしまったものですから」

薫子は眉根を寄せ、小さく頭を振った。

「そうだったんですか。ごめんなさい、瑞穂のためにわざわざ」

「とんでもない。これが僕の仕事ですから。どうかお気になさらないでください」

ありがとうございます、といってから薫子はクロゼットを開けた。ハンガーに掛けてあった星野の上着を取り、はい、と彼が着やすいように広げた。

「あっ、どうも……」星野は恐縮した顔で背中を向け、上着の袖に腕を通した。

いつものように玄関まで送った。靴べらを使って革靴を履いた星野は、右手に鞄を提げ、丁寧に頭を下げた。「では失礼いたします。次は明後日ということで」

「お疲れ様でした。気をつけてお帰りになってください」

「ありがとうございます」

星野は踵を返してドアノブに手をかけた。だがドアを押し開く前に、振り返った。

「何か？」薫子は首を傾げた。

「いえ、あの……」彼は唇を舐めた。「この次は是非、夕食を御一緒させていただきたいと思いまして。厚かましいようですが」

薫子は目を見張り、すうっと息を吸った。

「何かリクエストはありますか？　お好きな食べ物は何かしら」

「リクエストだなんてそんな」星野は顔を少し紅潮させていた。「何でも結構です。好き嫌いはありませんし」

「だったら、何かとびきりのメニューを考えておかないと。ああでも、こんなことをいったら期待させちゃいますよね。大変」

「いえ、ほんとに何でも結構ですから。お気遣いなく。ではこれで失礼いたします」星野はもう一度頭を下げると、ドアを開けて出ていった。

薫子は玄関を施錠してから瑞穂の部屋に戻った。娘の寝顔を眺めた後、窓の外に視線を移した。スーツ姿の星野が門に向かって歩いていくのが見える。

あの若き貢献者を――。

手放すわけにはいかない、と思った。瑞穂のためにやってもらわねばならないことが、まだまだたくさんある。彼の生活にはほかに優先することなど何ひとつない、というのが望ましい。

川嶋真緒はどうするだろう。尾行したことを隠さねばならないから、ここへ来たことも星野には話せないはずだ。しかし彼女は知ってしまった。自分の恋人が何をしているかを。ここでは神のように敬われていることを。

そしておそらく自分が足を踏み入れてはならない世界だということも痛感したに違いない。

自分には恋人はいないと星野はいった。近い将来、それが嘘でなくなることを薫子は期待し、ほんの少しだけ後ろめたさを感じた。

第四章　本を読みに来る人

1

チャイムが鳴ったのは、瑞穂の長い髪をポニーテールにまとめあげた直後だった。薫子は、娘にこの髪型をしてやるのが好きだ。一番似合うと思っている。しかしベッドで仰向けになりにくいので、ふだんはなかなかできない。今日のように、一定時間上半身を起こした状態で人と会うことが確実な時ぐらいは、少々手間をかけてでもかわいい髪型に仕上げてやりたかった。

薫子はドアの脇に取り付けてあるインターホンの受話器を取り上げた。「はい」

「こんにちは。新章《しんしょう》でございます」相変わらず抑揚のない声がいった。

どうぞ、といって薫子は門扉の解錠スイッチを押した。振り返り、瑞穂の姿を眺める。チェックの半袖シャツにミニスカートという出で立ちだ。目は閉じているが、背筋はしゃんと伸び、首もしっかり立っている。そのような姿勢を保てるよう、車椅子に補助がなされているからだ。もちろん、瑞穂の筋肉や骨が健全だからこそ可能な工夫だった。

薫子は部屋を出て、玄関ホールでサンダルを履いた。鍵を外し、ドアを開けた。

新章房子《ふさこ》が立っていた。白いブラウスに濃紺のスカート、大きめのショルダーバッグは黒色だった。薫子に向かって、頭を下げてきた。黒い髪はひっつめにしている。

「お待ちしておりました。いつもありがとうございます」

薫子の言葉に新章房子は、いいえ、と短く答えた。口の動きは殆どない。眼鏡の奥の目が動くこともなかった。「瑞穂ちゃんのお加減はいかがですか」

「おかげさまで何も変わりはありません。先週と同じです。いいえ、少し調子が良いぐらいかもしれません」

「それはよかったですね。安心しました」そういった時、ようやく笑みらしきものが口元に浮かんだが、すぐに表情の乏しい顔に戻った。四十歳という年齢のわりに、そしてさほど濃い化粧をしているわけでもなさそうなのに皺が少ないのは、感情をあまり表に出さないせいかもしれない。

どうぞ、と薫子はいった。お邪魔いたします、といって新章房子は入ってきた。

瑞穂がどこにいるかを知っている新章房子は、すぐそばの部屋のドアをノックした。無論、返事はない。返事がないことをわかった上でノックするのだ。いつもそうだ。

「瑞穂ちゃん、入りますね」そういってから彼女はドアを開け、部屋に入っていった。薫子も後に続いた。

車椅子に座っている瑞穂と向き合うと、こんにちは、と新章房子は声をかけた。

「お母さんがおっしゃってた通りね。とても元気そうに見えるわよ」起伏のない口調でいい、そばの椅子を引き寄せて腰を下ろした。「今日はね、瑞穂ちゃんが好きそうな本を持ってきたの。魔法と動物が出てくるお話よ」

新章房子はショルダーバッグを肩から下ろし、中から絵本を出してきた。その表紙を瑞穂に向けた。

「瑞穂ちゃん、瞼を閉じているから見えないかもしれないわね。表紙には紫色のお花と茶色い子狐が描かれています。お花の名前はカゼフキグサといいます。魔法を使える不思議なお花なんです。これはそんなカゼフキグサと子狐のお話です」絵本を瑞穂のほうに向けたまま、表紙をめくった。「あるところに、おなかをすかせた子狐がいました。もう何日も食べていないので、ふらふらして歩くのも大変です。するとまあかわいい子狐、と誰かが声をかけてくれました。それは人間の女の子でした。女の子は子狐がおなかをすかせていることに気づいたらしく、ポケットからビスケットを出して、くれました。食べてみると、とてもおいしいではありませんか。子狐は、あっという間に平らげてしまいました。すると、もりもりと元気も出てきました。それを見て女の子は、よかったね、といって去っていきました」

薫子は物音をたてぬよう気をつけてドアを開け、部屋を出た。そしてまた静かにドアを閉めた。しかしすぐに居間に向かわず、その場で耳を澄ませた。

新章房子の声が漏れ聞こえてくる。

「子狐は、もう一度女の子に会いたくて仕方がありませんでした。そんな時、お城でパーティが開かれるという貼り紙を見ました。そこに描かれている王女様の顔を見て、びっくり。ビスケットをくれた、あの女の子だったからです。パーティに行けば、あの子に会える。でも狐だと中には入れてもらえない。どうしよう、どうしよう。困った子狐は、仲良しのカゼフキグサに相談しました。するとカゼフキグサは、心配しないで子狐さん、それなら私があなたを人間にしてあげるといって、ぱっと魔法をかけてくれたのです。するとどうでしょう。子狐は――」

薫子は足音を殺し、そっとその場を離れた。

今日は大丈夫、二人きりになっても朗読を続けてくれるようだ。

それとも、部屋を出た母親が聞き耳を立てていることに気づいたのだろうか。

何ともいえない。後でまた確認しよう――。

キッチンに入ると、ポットで湯を沸かした。調理台にティーカップを並べ、棚からダージリンの葉を出す。

二か月前、瑞穂は特別支援学校の二年生になった。入学したのは去年の四月だから、当たり前のことだ。だが瑞穂にとっては、当たり前のことが当たり前にはならなかった。

一年目の担当は米川《よねかわ》先生といった。三十代半ばの、優しい雰囲気を備えた女性だった。学校に通い、ほかの子供たちと同じような授業を受けるということができない瑞穂には、訪問学級と呼ばれる方法が取られることになった。先生が家に訪ねてきて、その子供に合った授業をしてくれるわけだ。そのため入学前に何度か、学校側と話し合った。米川先生ともその際に顔を合わせたのだが、瑞穂の状態を聞いても、彼女は戸惑った様子を見せなかった。過去に何度かそういう子供を担当したことがある、というのだった。

「いろいろやってみて、瑞穂ちゃんが好きなことを見つけていきましょう。きっと、何か見つかるはずです」米川先生の顔には自信が漲《みなぎ》っていた。

家で初めて瑞穂と会った時の彼女の感想は、とても障害があるようには見えない、というものだった。

「健康なお子さんが、ふつうに眠っているだけのように見えます。驚きました」

彼女の言葉に薫子は誇らしい気持ちになった。それはそうだろう、と思った。そのように介護し、訓練してきたのだ。瑞穂はふつうに眠っている。ただ目覚めないだけだ。

訪問学級は週に一度だった。米川先生は瑞穂に対して様々なアプローチを試みた。話しかけたり、身体を触ったり、楽器の音を聞かせたり、音楽を流したりした。通常、瑞穂の身体にはバイタルサインを示す機器がいくつか取り付けられている。それらのうち、血圧と脈拍数、呼吸頻度に彼女は注意を払っていた。瑞穂の身体が何に反応するか、何とか探り当てたいと考えているようだった。

「意識障害の状態でも、無意識の意識というものがあると思うんです」米川先生は薫子にいった。「植物状態になった男の子の耳元に、元気になったらお寿司を食べさせてあげる、と毎日のように話しかけた女の子がいたそうです。それからしばらくして奇跡的に意識を取り戻した男の子が最初に口にした言葉は何だったと思います？　お寿司が食べたい、だったんです。でも本人は話しかけられていた記憶なんか全然ないそうです。これってすごい話だと思いませんか」

だから仮に今は瑞穂ちゃんの意識がなくても、その無意識の意識に呼びかけることが大切なのだ、と米川先生はいった。

薫子は感心した。彼女の言葉には、取って付けたようなわざとらしさは微塵もなく、信念に基づいて発せられた気配があった。だが感心であって感激にまで至らなかったのは、彼女のことを心の底から信じていたわけではなかったからだ。内心では面倒な子供を担当することになったと思っているのではないか、と疑う気持ちがあった。無意識の意識に呼びかけることが大切——そこまでいうならお手並み拝見だ、という意地悪な思いさえ芽生えさせていた。

だがその後の米川先生の奮闘ぶりを思い返すと、あんなふうに疑ったのは申し訳なかったと密かに詫びるしかなかった。それほど彼女はよくやってくれた。瑞穂に目立った反応は殆どないにもかかわらず、決して諦めようとはしなかった。単なる反射の結果としか思えない徴候に食いついて、「これは瑞穂ちゃんのお気に入りかもしれない」といって、ずっと玩具の太鼓を叩いていたこともあった。

とても良い先生に恵まれた、というのが薫子の率直な感想だ。それだけに、二年生から担当が代わると聞いた時には落胆した。聞けば、米川先生は体調を崩し、しばらく現場に復帰できなくなったということだった。

そして代わりにやってきたのが新章房子だった。その第一印象は、地味で静かな人だな、というものだ。表情の変化が乏しく、口数もあまり多くない。米川先生のように、自分の方針や信念を語ることもなかった。それらについて薫子のほうから尋ねると、「どういった教育を希望されますか」と逆に質問してきた。

お任せします、といってから薫子は続けた。「米川先生は、大変よくしてくださいました。

できましたら、同じ方針を継続していただけたらと思います」

新章房子は無表情のままで小さく頷いてから、考えておきます、とだけいった。わかりました、といわないことが気になった。

しかし最初の頃は、米川先生がやったように、瑞穂の身体に触れたり、様々な音を聞かせたりしていた。そのたびにバイタルサインを注視するのも同じだ。ところがある時期から、ただひたすら瑞穂に本を読み聞かせるようになった。大抵は幼児向けの絵本だが、少し込み入った物語の時もある。

「朗読が瑞穂に向いているとお考えになったのですか」薫子は訊いてみた。

新章房子は首を傾げ、「向いているかどうかはわかりません」といった。「でも、これが一番ふさわしいのではないかと思ったんです。お気に召さないのでしたら、ほかのことを考えますが」

「いえそんなことは……。よろしくお願いいたします」薫子は頭を下げながら、向いているとふさわしいとではどう違うのだろう、と考えていた。

だがそれからしばらく経ってからのことだ。今日のように、紅茶を淹れるため薫子は一旦席を外した。トレイにティーカップを載せて部屋の前まで戻ったところ、出る時にきちんと閉めていなかったらしく、ドアが半開きになっていた。トレイを片手で支え、もう一方の手をドアノブに伸ばしかけて止めた。隙間から中の様子が見えたからだ。

新章房子は朗読をしていなかった。本を膝の上に置き、瑞穂のほうを向いたままで黙り込んでいる。後ろからなので表情はわからない。しかしその背中には虚しさが漂っているように薫子には見えた。

こんなことをしても無駄なのに——。

本を読んでやったところで、この娘にはどうせ聞こえていない、意識などなく、それが戻る見込みもないのに——。

そんなふうに考えているのではないか、と薫子は思った。

トレイを抱え、静かに廊下を居間の前まで戻った。ドアを開け、わざと大きな音をたてて閉めた。床を踏み鳴らしながらゆっくりと部屋に向かうと、新章房子の本を読む声が聞こえてきた。

新しい教師に疑念を抱くようになったのは、それがきっかけだった。

この女性は、本気で瑞穂の教育に取り組む気があるのだろうか。そんな気はないが、仕事だから仕方なく来ているだけではないか。内心ではやめたいと思っているのではないか。脳死した娘の前で本を読むなど、馬鹿げたことだと思っているのではないか。

新章房子の内面を知りたいと思った。彼女はどんな思いで朗読を続けているのか。

ダージリンの香りが立ち上るティーカップをトレイに載せ、薫子はキッチンを出た。居間のドアは開け放ったままにしてある。足音をたてぬよう気をつけて廊下を進むと、瑞穂の部屋から新章房子の声が聞こえてきた。

「どうすれば王女様の命を救えますか、とコーンはお医者様に尋ねました。お医者様の答えは、この病気を治すにはカゼフキグサの花が必要だ、でもとても珍しいものなので見つけるのは難しい、というものでした。それを聞き、コーンはお城を飛び出しました。山を越え、川を渡り、カゼフキグサが生えている場所に着きました。カゼフキグサは彼を見て、あっ子狐さん、どうしたのと訊きました。でもコーンには、その声が聞こえていません。カゼフキグサを摑むと、いきなり地面から抜いてしまいました」

薫子はドアを開け、部屋に足を踏み入れた。しかし新章房子の朗読は途切れることがなかった。

「その途端、コーンの身体はしゅるしゅると煙に包まれ、気づいた時には元の子狐に戻っていました。魔法が解けてしまったのです。子狐はあわててカゼフキグサを地面に戻しましたが、もう手遅れでした。花はしおれたままです。ごめんなさい、ごめんなさい、カゼフキグサさん、子狐は泣いて詫びました。いつまでも泣いていました。その夜、王女様の部屋の窓を叩く音がしました。家来が窓を開けましたが、そこには誰もいません。その代わり、カゼフキグサの花が置いてありました。その花のおかげで王女様の命は助かりましたが、誰が花を持ってきたのかは、わからないままでした」

おしまい、といって新章房子は本を閉じた。

「切ないけれど素敵なお話ですね」薫子はティーカップを置いた。

「内容、おわかりになりました？」

「大体のところは。魔法で人間にしてもらった子狐は、王女様に会えたみたいですね」

「はい、一緒に遊ぶほど親しくなりました。ところがその王女様が病に倒れた、というわけです」

「あまりのショックで、子狐は魔法のことを忘れてしまったんですね。それで結局、愚かなことをしてしまう。仲良しのカゼフキグサを失い、王女様とも会えなくなってしまった、ということですね」

「まあそうなのですが、果たして愚かだったでしょうか」

「といいますと？」

「もし子狐が何もしなかったなら、王女様は死んでしまいます。そしてカゼフキグサは所詮植物ですから、いつかは枯れます。同時に魔法の効果も消えるでしょう。いずれにせよ子狐は双方を失うわけですが、王女様の命が救われたという点で、彼の選択は正しかったとはいえないでしょうか」

新章房子の意図を薫子は察知した。つまり、と彼女は後を続けた。

「そのままにしておけばどうせ消えていく命なら、まだ価値があるうちに助かる可能性のある者に譲ってあげたほうがいい、ということですね」

「そういう解釈もできると思います。まあでも、この本の作者がそこまで考えていたかどうかはわかりませんが」新章房子は本を鞄にしまってから、テーブルに目を向けた。「いい香りですね」

「冷めないうちにどうぞ」

「いただきます」テーブルのほうを向いてから、でも、と新章房子はいった。「こういうお気遣いは、次回からは不要です。今までいいそびれておりました。申し訳ございません」

「お茶ぐらいはいいじゃありませんか」

「いえ、それより、お母様も一緒にお話を聞いてくださったほうがいいと思うのです。どんな本の読み聞かせをしたか、わかっておいていただきたいので」

カゼフキグサと子狐の話の途中で、薫子が席を外したのが気に入らなかったのかもしれない。あの話は、脳死同然の児童にではなく、その母親に聞かせるためのものだったか。

「わかりました。では次回からはそのようにさせていただきます」薫子は笑顔を作り、答えた。

2

ぽつり、と冷たいものが鼻に落ちたのを感じ、門脇五郎《かどわきごろう》は吐息を漏らした。まあ仕方がない、覚悟していたことだと諦め、傍らに置いてあったバッグから透明のレインコートを取り出した。

ほかのメンバーたちも、やっぱり降ってきちゃったわねえ、などと話している。

今年の五月は蒸し暑くて、このまま夏になってしまうのではないかと思っていた。ところが六月に入ったら途端に気温が上がらなくなった。これは助かる、街頭に立つのが辛くないと思ったのも束の間、早々に梅雨入りしてしまった。雨は募金活動の天敵だ。今日にしても、中止にするかどうかを直前まで迷ったが、インターネットを見て降水量は大したことがないと判断し、実施に踏み切ったのだった。活動に参加したメンバーは十名ちょうど。正午過ぎから駅前の歩道橋のそばに立ち、沿道に向かって声をあげた時には曇り空だったが、三十分もしないうちにぽつぽつと降り出してきたというわけだ。

メンバー全員が、お揃いのTシャツの上から透明のレインコートを羽織った。江藤雪乃《えとうゆきの》の笑っている写真がプリントされたTシャツだ。同じ写真が貼られた募金箱にもビニールカバーをかけ、活動再開となった。門脇は、『ユキノちゃんを救う会』と書かれたノボリを左手に持ち、右手にはチラシの入った箱を抱えた。

「さあて、がんばるぞ」

門脇の声に、はあい、とほかの九人が応じた。彼以外は全員が女性だ。平日の昼間となれば、ふつうの男性に応援を頼むのは難しい。

空模様が悪くなると、途端に募金をしてくれる人の数が減ってきた。通りかかる人が少なくなっただけではない。原因の一つは傘だ。傘をさしているので、片手がふさがる。そういう状態では財布から小銭を出すのも面倒だ。募金をする気はあったとしても、それはまた別の日に、となってしまいがちなのだ。傘のせいで視界が妨げられ、街頭募金に立っている人間たちが見えていない、ということもある。

こういう時は大声でアピールするしかないと思い、門脇が深く息を吸い込んだ時、すぐ隣で松本敬子《まつもとけいこ》が、「御協力をお願いしますっ」と、よく通る声で通行人たちに呼びかけた。「川口市に住む江藤雪乃ちゃんが、重い心臓病で苦しんでいます。雪乃ちゃんのために力を貸してください。海外で心臓移植手術を受けられるよう、ほんの少しでも構いませんから、募金に御協力ください」

その声が早速効果をもたらした。通り過ぎかけていたOL風の女性二人のうち、一人が足を止め、財布を出しながら近づいてきてくれたのだ。そうなればもう一人の女性も無視しにくかったらしく、あまり乗り気ではなさそうながらも、友人に付き合って募金してくれた。

ありがとうございます、といって門脇は彼女たちにチラシを差し出した。そこにも江藤雪乃の写真が印刷され、彼女の病状やこれまでの経緯などが記されている。だが二人の女性は小さく手を振っただけで、チラシは受け取らずに立ち去った。募金に協力したのは、活動の詳しい内容には興味がないが、黙って通り過ぎるのは後味が悪いと思ったからかもしれない。募金活動を始めた当初は、こうした反応に戸惑いを覚えた。まるで自分たちが、人の弱みにつけこんでいるような気がした。

しかし活動を始めて一週間が経つ頃には、そんなことは考えなくなっていた。そんな悠長なことはいっていられないと気づいたからだ。集まる金額は、予想よりもずっと少なかった。この際、募金してくれる人たちの気持ちについては忖度《そんたく》しないでおこう、と仲間たちと話し合った。とにかく金を集めるしかないのだ。

もちろん、多くの人々は純粋に善意から募金をしてくれている。がんばってくださいね、と声をかけられることもしばしばだ。食べ物や飲み物を差し入れされることもある。そんな時には、その後の呼びかけ声にも力がこもった。

門脇さん、と松本敬子が小声で呼びかけてきた。「あそこにいる人、ちょっと気になると思わない?」

「えっ、どこ?」

「あそこ。ほら、道路の反対側に本屋さんがあるでしょ?　その軒先あたりにいる人。ああ、だめよ。あんまりじっと見ちゃ。その人、こっちを見てるから」

門脇は何気なさそうに周囲を見回すふりをしながら、松本敬子がいった方向に視線を流した。

たしかに本屋のそばに女性が一人立っていた。眼鏡をかけている。さっと見ただけなので、顔立ちなどはわからないが、雰囲気から察すると四十歳前後というところか。

「紺色のカーディガンを着てる女性？」

「そうそう」

「気になるって、何が？」

「何だか気味が悪いのよ。さっきから、じっとこっちを見たままなの。もうかれこれ十五分以上になると思う」

「誰かと待ち合わせをしてて、たまたまこっちを眺めてるだけじゃないのか。ていうか、顔がこっちを向いてるだけなのかもしれない。あの人が実際に見てるのは歩道橋の階段を通る人だとか」

「絶対違う」松本敬子は首を振った後、「あっ……ありがとうございます」と、それまでとは打って変わった明るい声を出した。どこかの老婦人が募金してくれたのだ。

ありがとうございます、といって門脇はチラシを差し出した。その老婦人は笑顔で受け取ってくれた。それだけでなく、「大変ですね、雨の日に」と労《ねぎら》いの言葉をかけてくれた。

「いえ、平気です」門脇はいった。

「皆さん、身体を壊さないようにね」そういって老婦人は離れていった。その後ろ姿を見送る際、本屋に目が向いた。例の女性は、まだ立っている。

まだいるな、と門脇は呟いていた。

「でしょう？　門脇さん、気がつかなかったかもしれないけど、あの人、募金したのよ」

「えっ、そうなのか。いつ？」

「だから十五分以上前よ。募金した後、山田さんからチラシを受け取ってた。そうしてあそこに移動して、それからずっとああしてるの。変だと思わない？」

「そうだったのか。でも、そういうことなら特に気にすることはないだろう。いい人じゃないか。もしかすると今のおばあさんみたいに、雨に濡れながら活動している俺たちのことを心配してくれているのかもしれない」

「甘いなあ、門脇さんは。世の中、いい人ばっかりじゃないよ。あたしたちがしていることに批判的な人も少なくないってことは、門脇さんだって知ってるはずでしょ」

「それはね。でも募金してくれたんだろ」

「箱に何かを入れたのはたしか。でもお金だったとはかぎらない」

「金でなきゃ何なんだ」

「わからない。変なものかもしれない。ゴキブリとか」

「ゴキブリ？　どこからそういう発想が出てくるんだ」

「たとえばよ。後で募金箱を開ける時、気をつけなきゃ」松本敬子は冗談でいっているわけではなさそうだった。

もう一度横目で女性のほうを窺った。すると、いつの間にかいなくなっている。そのことを松本敬子に教えると、「どこへ行ったのかな。いなくなったらなったで、気になってくるのよね」といって周りをきょろきょろと見回していた。

この日の活動は、結局二時間足らずで切り上げることになった。雨脚が強くなってきそうだからだ。後片付けを済ませ、ほかのメンバーたちと共に門脇も引き上げようとした時、誰かが近くに寄ってくる気配を感じた。あのう、と声をかけてくる。顔を見て、少し驚いた。例の女性だった。

「ちょっとよろしいでしょうか」彼女は遠慮がちにいった。

松本敬子が気づいたらしく、足を止め、怪訝そうな顔を向けてきた。

「何か？」門脇は訊いた。

「今日ここで募金を集めておられたのは、全員お知り合いの方なのでしょうか」

門脇は首を傾げた。「と、いいますと？」

「だからつまり……やっぱり皆さん、移植を希望している女の子や親御さんたちと何らかの関係がある人たちなのかな、と思いまして」

ああ、と門脇は頷いた。ようやく女性の尋ねたいことがわかった。

「そういう者もおります。現に私がそうです。でも、雪乃ちゃんや江藤夫妻とは直接の繋がりのない者もたくさんいますよ。友人や知り合いが声をかけて、募金活動に協力してくれる人を集めたんです」

「そうなんですか。素晴らしいですね」女性は抑揚のない口調でいった。

「ありがとうございます。で、それが何か？」

「いえ、あの、全然関係のない人間でも活動に参加できるのかなと思ったものですから」

「それはもちろん大歓迎です。メンバーは多ければ多いほどいいですから」そういった直後、門脇は彼女の顔を凝視していた。「えっ、もしかすると手伝ってくださるんですか。あなたが」

「手伝うというか、何かお力になれたらと……」

「なんだ。それならそうと早くいってくれればいいのに」門脇は、まだ立ち止まったままでいる松本敬子のほうを向いた。「この方は入会希望者だ。事務局に戻って、集計を始めてくれ。俺は後から行く」

彼の言葉に、松本敬子は意外そうに目を大きく開いた。少し警戒を解いた顔で女性を見た後、じゃあ後で、といって皆の跡を追っていった。

門脇は女性に視線を戻した。「時間はありますか。もしよければ少し御説明を」

「大丈夫です」

「では、落ち着いて話のできるところを探しましょう」

門脇は場所を物色しながら移動を始めた。しかしカフェなどに入る気はなかった。結局彼が選んだのは、バス停のそばにあるベンチだった。屋根が付いているから、雨には濡れずに済む。

「こんなものを着ていますからね、コーヒーショップとかには入れないんですよ」着ているTシャツを指先で摘んだ。「目立つでしょ、これ。こんなのを着て飲食店とかに入ったら、すぐにネットに書かれるんです。なんだあいつら、募金で集めた金で飲み食いしてるんじゃないかとか、外食する金があるんならそれを募金に回せよ、とかね。だから募金活動が終わったら、さっさと着替える人もいます。でも僕は、なるべく着ているようにしているんです。はっきりいってかなり恥ずかしいですけど、我慢です。一人でも多くの人に雪乃ちゃんのことを知ってほしいですから」

「やっぱり大変なんですね」

「こんな苦労、どうってことないですよ。雪乃ちゃんや江藤たちに比べれば」そういってから門脇は女性のほうを見た。「我々の会のことは以前から御存じでしたか」

彼女は頷いた。

「新聞で知りました。その後、公式サイトを読んで、今日の募金活動についても知ったんです」

「そうですか。それなら大体のことはおわかりですね」

「はい、雪乃ちゃんという女の子、心臓移植を受けなければ生きていけないんですよね。病名はたしか……」

「拡張型心筋症。発症したのは二歳の時だそうです。その後、薬を飲んだりして、ふつうの生活を送れていたらしいんですが、昨年、急に悪化して、心臓移植しか助かる見込みはないといわれたわけです」

「そのようですね。でも子供の場合、国内ではドナーが見つかる可能性が低いので、海外での移植に踏み切ったとか。ところがすごくお金がかかるんですよね。私、その金額を見て驚きました」

「誰だって驚きます。二億数千万円ですからね」

初めて聞いた時には門脇も腰を抜かした。

「そんな大金、集められるんでしょうか」

「何としてでも集めなきゃいけません。今はＳＮＳとかもあるし、昔よりはるかに活動しやすくなっています。ネットで調べたらわかると思いますが、同じような金額を短時間で集められた団体が、いくつかあるんです。大丈夫。やれると思っています」

　ああそうだ、といって門脇は名刺を差し出した。本業で使うものではなく、『ユキノちゃんを救う会』の代表としての名刺だ。そこに事務局の連絡先なども記してある。

「あなたのお名前を伺ってなかったですね。もし入会していただけるということであれば、担当の者から連絡させますが」

　女性は彼の名刺を手にし、しばらく黙り込んだ。

「お手伝いしたいという気持ちはあるんです。あんなに小さな子供が苦しんでいるんですから、何とかしてあげたいと思います。ただ、仕事があるので、日曜日ぐらいしか動けないんですけど、それでも構いませんか」

「もちろんです。というか、多くの会員がそうです。みんな、それぞれの生活がありますから。やれる時だけで結構。それでも十分に助かります」

「そうですか」

　彼女は少し躊躇いを見せた後、細い声で名乗った。新章房子というらしい。メールアドレスと電話番号を教えてくれた。

「お仕事は何を?」門脇は何気なく訊いた。

　新章房子は少し間を置いてから、教師です、と答えた。

「ははあ……小学校の?」

「はい」

「なるほど」

元々子供が好きなのだな、と門脇は勝手に解釈した。そうでなければ、知り合いから誘われたわけでもないのに、自分から進んでこんなボランティア活動に加わろうとはしないだろう。

「では新章さん、これからよろしくお願いいたします」門脇は頭を下げ、腰を上げた。

あの、といって新章房子も立ち上がった。「ひとつ、お尋ねしたいことが」

「何でしょうか」

「雪乃ちゃんが海外で移植手術を受けなければならないのは、日本国内ではドナーが見つからないからですよね。でも二〇〇九年に臓器移植法が改正されて、日本でも小さい子供からの臓器提供が可能になっています。法的には認められているのに、臓器の提供がない現状を、門脇さんはどのようにお考えになりますか」新章房子はやや俯いた姿勢で、視線も少し落としたまま、相変わらず抑揚のない口調で訊いてきた。

意表をついた質問に、門脇は当惑した。何となく気圧されている感じがした。

「いや、その、僕は」しどろもどろになった。「そのへんの難しいことは考えないようにしています。考えたって仕方がないからね。日本ではドナーが見つからない。アメリカなら見つかる。だからアメリカで手術を受ける。そのためのお金を集める。それだけです。それだけじゃまずいかな」

「いえ、そんなことは……ごめんなさい、変なことを訊いて」

「いや、変ではないです。きっと大事な問題だ。ただ、今は考えなくてもいいと思うだけで」

「そうですね。失礼しました。では御連絡をお待ちしています」

失礼しますといって新章房子は踵を返し、歩いていった。

その後ろ姿を見ながら、ちょっと変わった人だな、と門脇は思った。教師だから、問題意識が高いのかもしれないが――。

臓器移植法が改正されたことなど、今まで殆ど意識していなかった。自分には関係ないと思っていたからだ。その言葉を聞いたのは、つい三か月ほど前だ。口にしたのは、江藤哲弘《てつひろ》だ。江藤雪乃の父親であり、門脇の友人であり、かつての恋敵だ。

その日のことが思い出された。

3

江藤とは都内の居酒屋で会った。五年ぶりだった。前日に門脇のほうから電話をかけ、話がある、といって呼び出したのだ。席につくなり門脇は、「どういうことだっ」と強い口調で江藤にいい、テーブルを叩いた。注文を取りにきた女性店員が、驚いて身を引くほどの剣幕だった。

「久しぶりに会うなりそれか」江藤は彫りの深い顔に薄い笑みを浮かべた。頬がこけ、顎が尖っている。明らかに五年前より痩せていた。いや、そういう表現さえ不適当だ。憔悴《しょうすい》しきっているというのが妥当だろう。

「結婚式に招待してもらえなかったことには納得している。五年間、何の連絡もなかったことについても。だけど、これはないだろう。一緒にバッテリーを組んだ八年間は何だったんだ。中谷《なかたに》から話を聞いて、俺は情けなくなったぞ。一歳下の控え投手だった男には相談できても、身体を張ってフォークボールを止めていた女房役には話せないってわけか」

門脇の言葉に、江藤は苦しげに顔を歪めた。

「本当は、野球部の連中には知らせないつもりだったんだ。そんなことをしたら、おまえの耳に入るに違いないからな。どうせみんな、何かと忙しいに決まっている。協力できないことで後ろめたい思いをさせるのも気がひけた。でも中谷は今でも何かと連絡してきて、娘のことなんかも尋ねるんだ。嘘をつくのも辛くて、つい事情を話してしまったというわけだ」そして、すまん、と短く詫びた。

門脇は舌打ちし、頭を振った。江藤が置かれている状況を思うと、これ以上は責められなかった。むしろ、この五年間、自分のほうから連絡をしなかったことを悔いた。

かつて二人は、企業の野球部員だった。エースとレギュラー捕手という関係だ。都市対抗野球大会に出場したこともある。江藤にはプロのスカウトが注目していた時期もあった。速球とフォークが武器だった。

野球を引退した後、江藤は営業部に配属された。門脇は会社を辞めた。祖父の代から続いている食品会社を継ぐことにしたのだ。元々、いずれは継ぐと父親と約束をしていた。だから野球の練習をしつつ、経営についての勉強も怠らなかった。

それぞれの立場が変わると、部員同士の付き合いも徐々に疎遠になっていった。特に門脇と江藤は、ある事情があってお互いに距離を置くようになった。その事情とは、門脇が長年好きだった女性と江藤が結婚した、という単純なものだ。二人が密かに付き合っていたことを門脇は全く知らなかった。知らずに女性への思いを江藤に漏らしたことがあった。江藤はどんな気持ちで聞いていたのだろうと思うと、顔を合わせられなくなった。

　それから五年が経った。もはや門脇のほうにわだかまりはない。だが改めて連絡を取る理由もきっかけもなく、ここまできてしまったのだ。

　そんな時、野球部で一年後輩だった中谷という男から連絡があった。彼が伝えてきた話は、予想外のものだった。江藤が娘にアメリカで心臓移植を受けさせようとしている、あまりに高額な金が必要なために募金活動を考えているが、頼れる人間がいなくて困っている、ということだった。

　門脇の心に、熱い思いが込み上げてきた。躊躇う気持ちなどなかった。中谷と別れたすぐ後で、彼から聞いておいた江藤の携帯番号にかけた。そして挨拶もそこそこに、話があるから明日にでも会いたい、といったのだった。

「由香里《ゆかり》さんは元気か？」生ビールで久しぶりの再会を祝った後、門脇は訊いた。由香里というのが、門脇がかつて愛した女性の名前だ。

「まあ、何とか。娘のことがあるから元気潑剌《はつらつ》というわけにはいかないが」江藤は沈んだ声で答えた。

「四歳になるらしいな。名前は？」

　江藤は焼き鳥の串を手にすると、先にタレをつけて皿に『雪乃』と書いた。「ユキノと読む」

「いい名前だ。誰が考えた？」

「うちのやつだ。肌の白い子に育ってほしいからだってさ。単純な発想だ」

由香里のことをごく自然に「うちのやつだ」と江藤が口にするのを聞いても、門脇は何とも思わなくなっていた。

「写真、見せてくれよ。どうせスマホにたくさん入ってるんだろ？」

江藤は上着の内側に手を入れ、スマートフォンを出してきた。片手でいくつか操作してから、門脇の前に置いた。そこに映っているのは、ピンクのTシャツを着た女の子だった。ホースを持って、にこやかに笑っている。由香里に似ているようであり、江藤の特徴を備えているようでもあった。

「かわいいな。肌の色も健康的だ。日焼けしてなきゃ色白なのかもしれんが」スマートフォンを江藤に返しながらいった。

「これを撮った頃は、毎日のように外で遊んでいたからな」江藤はスマートフォンを内ポケットに戻した。「今の肌の色は、白というより灰色に近いかな」

門脇は枝豆を口に放り込んだ。「心臓が悪いんだって？」

江藤はビールを飲み、頷いた。

「拡張型心筋症。心筋ってわかるか？　そいつの機能が低下する病気だ。要するに血を送り出すポンプとしての力が弱くなるわけだ。原因はよくわかっていないが、遺伝の可能性もあるらしい。それでうちでは二人目を作るのを諦めた」

「生まれつきということか……」

「だけど初めの頃は、さほど深刻じゃなかった。薬を飲んで、運動制限をしていれば、みんなと同じように幼稚園に通えてた。ところが去年の暮れになって、急に体調が悪くなったんだ。ぐったりして、ろくに食べることもできなくなった。入院させて、いろいろと治療はしてもらったんだが、一向に回復する兆しがなくてな。で、ついに宣告されたわけだ。助けるには心臓移植しかないってな」

門脇は低く唸った。「そういうことか……」

「ところが一口に心臓移植といっても、そう簡単にはいかない。大人だと国内でもドナー、つまり臓器の提供者が現れる可能性があるが、子供の場合はまず期待できない。臓器移植法が改正されて、親の同意があれば子供からの臓器提供も可能になったんだけど、現実には殆ど実施されていない」

「それでアメリカ……か」

「臓器移植法の改正前は、十五歳未満の臓器提供が禁じられていたから、日本の子供が臓器移植を受けようと思ったら、海外に行くしかなかった。おかげで、それを実現する手順自体は確立されている。それで我々もその手順に沿ってことを進めようとしたわけだが、費用を知り、目の前が真っ暗になった」江藤は両肘をテーブルに乗せてため息をつき、ゆらゆらと頭を振った。

門脇は身を乗り出した。ここからが本題だと思ったからだ。

「そのことだけど、どうしてそんな大金が必要なんだ。中谷からは二億円以上だと聞いた。本当なのか」

「ああ、本当だ。正確には二億六千万円が必要だといわれた」

「何でまたそんなに……。騙されてるんじゃないのか」

江藤は生ビールのジョッキに伸ばしかけていた手を止め、苦笑した。「誰にだよ」

「だけど……」

江藤は傍らに置いた鞄から手帳を出し、開いた。

「家族三人でエコノミークラスでアメリカに渡って、手術を受けて戻ってくる、という簡単な話じゃない。渡航にはチャーター機が必要だ。そいつに医療機器、備品、薬剤、電源、酸素ボンベといったものを積み込む。当然、素人の我々には扱えないから、専門のスタッフを連れていかなきゃならない。スタッフには医者や看護師も含まれる。無論、現地での彼等の滞在費もこちらが負担しなきゃならない。スタッフはいずれ帰国するが、ドナーが見つかるまで我々の待機生活は続く。住宅費だけでなく、日々の生活費もそれなりにかかる。それ以上にかかるのが、娘の入院費だ。いつドナーが現れるかわからないから、外来待機はできない。そういう状態が何か月も続く。平均して二、三か月といわれているが、それで済むという保証はない」江藤は手帳から顔を上げ、力のない笑みを浮かべた。「聞いているだけで気が遠くなるだろ?」

同感だったが門脇は頷かなかった。「それにしたって二億円以上というのは……」

「それだけじゃないんだ。というより、今挙げたものをすべて足しても、全体の半分以下でしかない」

「どういうことだ」

「アメリカの病院は外国人の臓器移植手術を受け入れているけれど、先にまとまった額の医療費をデポジットとして支払わなきゃならない。それがいくらになるかは病院による。今回うちが請求されたのは、日本円にして一億五千万円ほどだ」

「そんなに……」息が止まりそうになった。

「それでも安いほうらしい。病状にもよるんだろうが、四億円を請求された例もあると聞いた。命の値段だから高いとか安いとかいっちゃいけないんだろうが、それにしてもっていう話だよな」

「そんな大金、庶民には到底払えないな」

「だから募金だ。今もいったように、海外で臓器移植を受けるための手順は確立されている。その費用の捻出方法についてもな。世間に頭を下げて、助けてもらうしかない。皆、そうしてきたんだ。情けない話だが、俺たちもその方法を取ることにした。意地とかプライドとかいってる場合じゃない。娘の命がかかっているからな」江藤の目には悲壮な決意を感じさせる光が宿っていた。

　門脇は事情を呑み込んだ。中谷から聞いた時には半信半疑だったが、どうやら事態は想像以上に切迫しているらしい。

　わかった、と彼はいった。

「俺に一肌脱がせてくれ。中谷から聞いたが、仕切る人間がいなくて困ってるんだろ？　おまえや由香里さんに時間がないのはわかる。だから俺がやる。二億六千万、集めてやろうじゃないか」

「いやしかし、おまえにはおまえの仕事があるじゃないか」

「もちろんそうだ。だけど時間のやりくりはできる。小さい会社だが、こう見えても経営者だからな。顔の広さにもいささか自信がある」

門脇、といって江藤は言葉を詰まらせた。唇を固く結んでいる。その目が充血を始めているのを見て、門脇の胸の奥も熱くなった。

「俺はずっと、後悔してたんだ」門脇はいった。「あの時どうして、おめでとうっていえなかったんだろうってな。由香里さんのこと絶対に幸せにしろよって、なんでいえなかったのか。今でも自分に腹が立って仕方がない。おまえたちが結婚式を身内だけで済ませたのは、派手にやるとなったら、元野球部の仲間、つまり俺を招待しないわけにはいかないと思ったからだろ。そういうことがわかってたから、俺はおまえに対して申し訳ない気持ちでいっぱいだったんだ。だから、挽回させてくれ。苦しんでいるピッチャーを助けられるのはキャッチャーだけだ」

眉間に皺を寄せて門脇の言葉を聞いていた江藤は、右手の親指と人差し指で両目頭を押さえた。それから顔を上げ、ふっと口元を緩めた。

「募金活動について考えた時、真っ先に頭に浮かんだのはおまえのことだ。正直、相談したかった。でも、それはできないと思った。おまえにだけは甘えられなかった。今でも、そういう気持ちはある。甘えるわけにはいかないと思う」

「ちょっと待て。俺は——」

聞いてくれ、と門脇を制するように江藤は右手を出した。

「甘えるわけにはいかないと思うが、では誰なら甘えられるかとなると、誰の名前も思いつかない。そして誰かに甘えないかぎり、雪乃が助かる見込みはない。となれば、俺に選べる道は一つしかない」

「じゃあ……」

江藤は真っ直ぐに門脇を見ると、背筋をぴんと伸ばした。そして両手を膝の上に置き、深々と頭を下げた。「ありがとう。よろしく頼む」

門脇の胸の奥で燃え始めた炎が、全身に回っていくようだった。発すべき言葉が見つからず、困った。やむなく、黙ったまま右手を差し出した。

頭を下げていた江藤が、それに気づいたらしく顔を上げた。目が合ったので、門脇は差し出した右手を小さく上下させた。

江藤がその手を握ってきた。かつて快速球を投げていた手は、ずいぶんと柔らかくなっていた。門脇は友人の目を見つめ、力を込めて握り返した。

4

大きなショッピングモールでの募金活動は効率がいい。ただ単に人が集まるだけではない。買い物を目的に訪れる場所なので、歩いているのは多少金銭的に余裕のある人たちということになるからだ。その余裕のコンマ何パーセントかだけでも、募金箱に回してもらえればいいのだ。

今日は江藤が住む地元の小学校から、ボランティアで小学生三十人余りが参加してくれている。ずらりと並んだ彼等から、「お願いします」「一円でも結構です」「僕たちの後輩になる江藤雪乃ちゃんを助けてやってください」と声をかけられれば、ふつうの神経の持ち主の場合、なかなか素通りはしにくい。仕方がないなと諦め顔で財布を出す人たちを見ると、圧力をかけているようで申し訳ない気もするが、そんな甘いことはいっていられない、と門脇は自分にいい聞かせる。デポジットを支払う期限は、すぐそこまで迫っているのだ。

腕時計を見ると午後三時が近づいていた。門脇は移動し、子供たちを引率してきた男性教諭に歩み寄った。「ありがとうございます。そろそろ時間です」

「あっ、そうですか」

男性教諭は自分でも時刻を確認した後、一歩前に歩み出て、並んでいる子供たちのほうを向いた。

「はい、みんな、御苦労様。よくがんばったな。今日はここまでだ。募金箱をスタッフの人たちに渡してくれ」

はい、と元気よく答えた後、子供たちは募金箱をスタッフたちに手渡し始めた。その動作を見るかぎり、いずれの箱も重そうに感じられる。総額で五十万はいってるんじゃないか、と門脇は頭の中で計算する。最近では、箱を開ける前に大体の金額を推定できるようになった。

子供たちが男性教諭のもとに集められたので、門脇は彼等のほうを向いた。

「皆さん、今日は本当にありがとうございました。一生懸命集めてくださった大切な募金は、責任を持って『ユキノちゃんを救う会』の口座に収めさせていただきます。おかげさまで、これでまた目標額に近づけることができました。雪乃ちゃんの御両親に代わって、お礼申し上げます」深々と頭を下げた。

男性教諭に促され、一人の男の子が門脇の前にやってきた。彼は封筒を差し出した。

「これは僕たちからの募金です。どうか役立ててください」

思いがけないことだったので、門脇は驚いて男の子の顔を見返した。彼は照れ臭そうにしている。男性教諭が満足そうに頷いていた。

ありがとうっ、と門脇は声に力を込めていった。

「本当にありがとう。このことは雪乃ちゃんや御両親にも伝えておくよ」

子供たちは男性教諭に付き添われ、去っていった。後ろを振り返り、手を振っている子もいた。

門脇がスタッフたちのところに戻ると、松本敬子たちが引き上げる準備をしていた。彼は子供たちから受け取った封筒を彼女に渡した。ありがたい話ねえ、と彼女も感慨深そうな声を出した。

「あれ、募金箱が一つ足りないな」並べられた箱を見て門脇はいった。

えっ、と松本敬子が顔を上げた時、「御協力くださいっ」という声が後ろから聞こえてきた。振り返ると、新章房子が一人で道行く人たちに声をかけていた。

「お願いします。募金に御協力ください。江藤雪乃ちゃんに心臓移植を受けさせてあげてください」

門脇は腕時計で時刻を確認してから、彼女に近づいていった。新章さん、と声をかけたが、耳に入っていないらしく反応がない。後ろから肩を叩くと、ようやく振り向いた。

「今日はもうここまでにしましょう」

「いえ、でももう少しだけ」

門脇は腕時計を指差した。

「間もなく午後三時です。三時までには撤収するという約束で、ショッピングモールから許可を得ているんです。時間厳守は募金活動の鉄則です。ほかのお店に迷惑をかけるわけにはいきません」

新章房子は何かに気づいたように目を見張り、次に表情を沈ませた。

「そうですね。すみません、そんなことにさえ気づかなくて……」

門脇は彼女に笑いかけた。

「謝る必要はないです。あなたが熱心なことはわかっています」

それでも彼女は、すみません、と小声で繰り返した。

二人でスタッフたちのところに戻った。殆どのボランティアはここで解散となるが、門脇は松本敬子たちと共に事務局に行かねばならない。募金額を集計する必要があるからだ。

あの、と新章房子がいった。「私も御一緒させてもらえないでしょうか」

「事務局に、ですか」

「はい。もしお邪魔でなければ、ですけど」

門脇は松本敬子と顔を見合わせてから、新章房子に頷きかけた。

「来る者拒まず……どころか大歓迎です。お金の管理がきちんとなされているところを、ボランティアの方にも確かめていただきたいですからね」

「いえ、決してそういうことを疑っているわけでは……」

「わかっています。単にこちらの気持ちの問題です」

門脇の言葉に、新章房子は乏しい表情のまま、眼鏡の奥で何度か瞬きした。

彼女が初めて募金活動に参加したのは、二週間前の日曜日だった。場所はフリーマーケットが開かれた公園だ。最初は大きな声を出すことにも抵抗がある様子だったが、次第に慣れてきたのか、終わり頃には皆に負けないほどに声を響かせていた。

先週の日曜日に行われたチャリティコンサート会場での活動にもやってきた。だから今日で三回目ということになる。自分から手伝いたいと申し出てきただけに、やはり熱意はあるようだ。

彼女が何者なのか、門脇は気になっていた。教師ということ以外、自分については何ひとつ語らないからだ。活動の趣旨に賛同したから参加している、ということだが、本当にそれだけだろうかと思ってしまう。

同様の思いは松本敬子も抱いているらしく、「熱心なのはいいけど、何となく不気味だよね」などといっていた。

新章房子を事務局に連れていけば、彼女についても何か知れるかもしれない、と門脇は思った。

事務局は西新井に借りたアパートの一室だ。事務機器や資料を入れた段ボール箱でいっぱいで、役員である主要メンバー全員が入ると、座るのにも苦労する。今日は新章房子を入れても五人なので、椅子の配置に困ることもない。

会議机の上で募金箱が開けられ、松本敬子の指示の下で集計が始まった。彼女は門脇の高校の同級生で、野球部の元マネージャーでもある。彼女の夫も同じ野球部の二年先輩だ。簿記の資格を持っているので数字には強い。『救う会』で金の管理を誰に頼むかを考えた時、真っ先に浮かんだのが松本敬子の名前だった。

集計は何度か行われた。確定した金額は、門脇の予想よりもかなり多かった。

事務局には金庫が置いてある。皆が見る中、集められた募金は一旦そこへ収められた。すぐに『救う会』の口座に入金できればいいのだが、今日は日曜日なのでそういうわけにはいかない。ＡＴＭで入金するには、硬貨が多すぎるのだ。

本日の募金額については、即座にホームページで公表することになっている。こうした活動では、金の流れや使い途が明瞭になっていることが不可欠なのだ。

次の活動予定などを確認し、解散となった。事務局には門脇と松本敬子、そして新章房子だけが残った。集計中も、その後の打ち合わせの間も、新章房子は全く発言しなかった。邪魔をしてはいけないと思っていたのかもしれない。

「いかがですか」コーヒーメーカーをセットしながら、門脇は新章房子に訊いた。「わりときちんとやっているでしょう?」

「わりとだなんて、そんな……。すごく厳格に処理されていると感じました。皆さん、すごいですね。お仕事とか家のこととか、それぞれ抱えていらっしゃるでしょうに、一切手抜きをしないなんて」新章房子は静かな口調でいった。

「お金を扱う以上、手抜きなんかをしたら、何といわれるかわかりませんからね。少しでも油断したら、中傷されます。今はネットがあるから、悪い噂は瞬く間に拡散します」

「中傷って、どんなふうにですか。想像がつかないんですけれど。だって、こんなに素晴らしい活動なのに」

門脇はパソコンに向かっている松本敬子と顔を見合わせ、苦笑してから新章房子に視線を戻した。

「いろいろありますがね、まずは邪推です。詐欺とまではいわないけれど、募金活動で集められたお金が本当に移植を含めた治療だけに使われるのか、と疑う人はいます。患者の家族や『救う会』の幹部が、贅沢や遊興費に使ってるんじゃないかってね。募金をする前に、まずは全財産を両親に出させろ、家を売らせろ、という意見も多いです。だからホームページで、江藤家による自己負担額や、家にはローンが多く残っていることなどを説明する必要がありました」

「それは読みました。ここまで明かさなくてもいいのでは、と思ったのですけど……」

門脇は首を振った。

「世の中にはいろいろな人がいます。二億数千万円という大金を募金で手に入れようという発想自体に抵抗を示す人も少なくありません。特に誤解されやすいのは、お金を募っているのは誰かという点です。それは、『ユキノちゃんを救う会』という支援グループであり、江藤家とは無関係です。当然、銀行口座なども全く別です。『救う会』から江藤家にお金が渡されることは一切ありません。治療に関するお金が必要になった時、『救う会』は江藤家に代わって、各方面へ各種料金を直接支払います。まず必要なのはアメリカの病院に支払うデポジットですが、それも『救う会』の口座から、先方の口座へ振り込まれることになります。そういうことなんかも、事細かく説明していかないことには、中傷というのはなくならないんです。江藤は車を持っていますが、そのことを突き止めた何者かがネット上で指摘して、なぜさっさと売らないのか、ガソリン代はどこから出ているのか、なんてことを書かれたこともあります。古いから売ったって二束三文だし、ガソリン代が募金から出ているわけないのに」

新章房子は眉をひそめた。「お金が絡むから、やっぱり大変なんですね」

門脇はコーヒーメーカーのサーバーを外し、三つ並べたカップにコーヒーを注いだ。コーヒーメーカーもカップも新しく買ったわけではなく、皆が持ち寄ったのだ。コーヒーの粉は門脇のポケットマネー。強いていえば水道代と電気代は『救う会』の資金から出ていることになるが、不正使用にあたるだろうか。

「金額が大きいので、印象もよくありません。どうしても、金で命を買うっていうイメージが強くなる」

「命を買う……ですか」新章房子は考え込む顔になった。

「変な話よねえ」今まで黙っていた松本敬子がいった。「病気になったら治療を受ける。そのための代金を支払う。そんなの、誰もがやっていることでしょ。それに、本来助からない子供の命を買えるなら、どこの親だって買おうとするわよ。そのことの何がいけないのか、ちっともわからない」

「だから問題は金額なんだって」門脇はコーヒーカップの一つを新章房子の前に、もう一つを松本敬子の横に置いた。「これが二億六千万じゃなくて二十六万円で、全部本人たちが負担するということなら、誰も何もいわない。命を買うなんて言い方もしない。少しお金がかかったみたいだけど、よくなってよかったねってことになる」

「あたしもそう思う。だから文句をいうなら、アメリカの病院にいってよっていいたくなる。足元を見て、法外な値段をふっかけてきてるのはあっちなんだから」そういって松本敬子はコーヒーをブラックで啜った。

新章房子もカップに手を伸ばした。しかし途中でその手を置き、でも、と口を開いた。

「アメリカの病院を責めるのも筋違いではないでしょうか」

「というと？」門脇は訊く。

新章房子が彼のほうに顔を巡らせてきた。眼鏡のレンズが光ったように見えた。

「イスタンブール宣言を御存じですか」

「イスタンブール？　いや、聞いたことないです。――知ってるか？」門脇は松本敬子に確かめたが、彼女も黙ってかぶりを振った。

「国際移植学会が二〇〇八年に発表しました。内容は、渡航移植の規制強化と臓器提供の自給自足などを求めるものです。日本も、その宣言を支持しました。といっても倫理的な指針にすぎず、拘束力や罰則規定はありません。でも、この宣言を受けてオーストラリアやドイツなど、それまで日本人を受け入れていた国も、日本人の移植を基本的に引き受けないと決めたのです」

新章房子の説明を聞き、門脇は首を縦に振った。

「多くの国で渡航移植が禁じられつつあるという話なら、江藤から聞きましたよ。だから今はアメリカに頼るしかないって」

「アメリカは日本人の渡航移植を受け入れてくれる数少ない国の一つです。でも無制限ではありません」

「それも聞きました。五パーセント・ルールでしょ。一年間に移植する数の五パーセントまでは、外国人患者を受け入れるというやつだ」

「それを利用して、以前はアラブ諸国の富豪なんかも渡米していたそうです。でも、近年は日本人が五パーセント枠の殆どを占めています。しかも日本人患者が移植のために渡航した場合、待機患者リストのかなり上位に登録されます。なぜだか、わかりますか」

門脇は口元を歪め、肩をすくめた。

「大金を支払うからだといいたいんでしょ？　それについても散々叩かれていますよ。金の力で順番を早めてもらっているってね。でも僕が聞いたかぎりでは、そんなことはないという話です。移植の順番を左右するのは患者の病気の程度だと聞きました」

「ええ、私もそう聞いております。日本人患者の順番が早くなるのは、病状が重症化していて切迫度が高いからだって。考えてみれば当然で、深刻で移植しか助かる見込みがないからこそ、渡航してでも手術を受けようとするわけですものね。でもその分、切迫度の高くないアメリカの患者が後回しにされるのも事実です。そのことが批判の対象になるのも無理ないと思います。だから病院側が高額なデポジットを要求する理由の一つには、日本人の渡航移植を制限するため、ということもあるようです。待機しているアメリカの患者たちに、日本人は大金を払っているから、と納得させる意味も。つまり結果的に、お金の力で割り込んでいるのは事実なんです」

表情を殆ど変えることなく淡々と話す新章房子の顔を見て、門脇は松本敬子が不気味と表現したのもわかると思った。事務局に行きたいといいだした時には、活動内容について知りたいのだろうと勝手に解釈したが、どうやらそれが目的ではないようだ。いつの間にか門脇たちのほうが話の聞き役に回っている。

「だから、何なんですか?」松本敬子が不快感を露骨に声に含ませた。「渡航移植はすべきじゃない、こうした募金活動にも抵抗があるとでも?」

新章房子は一旦目を伏せて少し黙り込んだ後、ええ、と発した。「そうですね。やっぱり、おかしなことだと思います」

「だったら抜ければいいじゃないですか。自分から手伝いたいといってきて、活動にケチをつけるって、どういうこと?」松本敬子の口調は尖り、目尻が吊り上がってきた。

まあまあ、と門脇はなだめるしぐさをしてから、新章房子のほうを向いた。

「渡航移植に賛否両論あることは承知しています。でも我々は政治家じゃないし、役人でもない。親友の子供を助ける方法がそれしかなくて、とりあえず違法でないのなら、たとえ人からおかしなことだといわれても、その道を突き進むしかないんです」

すると新章房子は珍しく口元に笑みを浮かべた。

「私がおかしなことだといったのは、あなた方の活動に対してではありません。あなた方がそうせざるをえない状況に対して、おかしなことだと申し上げたのです」

彼女の真意がわからず、門脇は首を傾げてみせた。

「さっきもいいましたように、イスタンブール宣言には日本も同意しています。その流れで、移植臓器は自給自足、つまり国内で調達するという方針に舵《かじ》が切られました。二〇〇九年の臓器移植法改正が、それです。改正によって、脳死した患者自身が臓器提供について明確な意思を示していなかった場合、家族が同意すれば臓器を提供できるようになりました。また、それまでは認められなかった十五歳未満の子供からの臓器提供も、両親の同意があれば可能になりました。でも、改正以後も、子供からの臓器提供は殆どありません。決して脳死した子供がいないわけではないんです。両親が提供を拒んでいるのです。その結果、雪乃ちゃんのような子供は、国内では移植を受けられず、アメリカに行くしかない。国内で手術を受けるなら、保険適用などで数十万円の出費で済むはずのところが、二億円以上のお金がかかる。そんな状況がおかしい、と私はいっているんです」

淀みなく話す新章房子の顔を見て、このことを主張したくて活動に参加したのか、と門脇は合点した。日本の臓器移植の実態を問題視しているらしい。

門脇は吐息を漏らし、小さく手を振った。

「おかしいのかもしれませんね、たしかに。だけど、子供の臓器提供を拒む親の気持ちも、わからんではないです。僕は結婚してないし子供もいないけど、身体を切り刻んで内臓を取り出すなんて、かわいそうな気がする」

「切り刻まれることはありません。臓器を摘出した後は、奇麗に縫合されて遺体は家族のもとに返されます」

「うーん、そういう問題なのかな」門脇は腕組みをし、唸った。

「うちには十歳の息子がいるけど」松本敬子がいった。「その時にならないと何ともいえないな。もう絶対に助からないってことなら、どっちでもよくなるかも。心臓をあげたら助かる子供がいるといわれれば、はいどうぞってなるような気もする」

「そんな簡単にいくか？」門脇は意外な思いで女友達の顔を見返した。

「だから、その時にならないとわかんないよ。交通事故に遭って、顔とか頭とかがぐちゃぐちゃで、もう助かりませんといわれたら、臓器移植でも何でも勝手にしてって感じになるんじゃないの？」

「その状態ですと」新章房子が冷静な口調で続けた。「病院に運ばれた時、心臓が動いている可能性は低いと思います」

「じゃあ、どういう状況を想像したらいいんですか」松本敬子は口を尖らせた。

たとえば、と新章房子はいった。「水の事故なんかはいかがでしょう」

「水の事故？」

「日本初の心臓移植でドナーとなった青年は、溺水《できすい》事故に遭ったのです。同様に、松本さんの息子さんが溺れて、意識不明になったとします。身体には人工呼吸器をはじめ、様々な生命維持装置が繋がれています。でも目立った外傷はありません。目を閉じ、眠っているような状態です。医師からは、おそらく脳死している、臓器提供に同意するならば脳死判定を行う、といわれたとします。そういう状況ならばいかがですか」まるで見てきたかのように、新章房子はすらすらと述べた。

松本敬子はパソコンの前で頬杖をついた。

「どうかな……。脳死判定をしなければ、どうなるんですか」

「そのままです。脳死しているなら、いずれ心臓が止まって、通常の死を迎えます」

「判定しても、脳死じゃないってこともありうるんですよね」

「もちろんです。そのための判定です。途中で脳死ではないとわかったら、その時点で判定は中止されます。判定は二度行われ、二度目に脳死が確認されたら、死亡という扱いになります。仮にそれから臓器提供を撤回したとしても、それは変わりません。死亡しているので、延命治療は行われません」

松本敬子は首を大きく傾けた。その目は虚空を見つめている。自分の息子がそういう状態になった時のことを想像しているのかもしれない。

難しいな、と彼女は呟いた。「助かる見込みが少しでもあるなら、そんなことは考えられないと思うし」

「助かる見込みがあるのなら、医師はそんなことはいいません。脳死判定をいいだすのは、助ける手立てが何もなく、ただ死ぬのを待っているだけの状態だからです」新章房子の声には、珍しく苛立ちの響きが含まれていた。

「でも見た目にひどい傷とかがなくて、ただ眠っているような感じだと、息を引き取るのを最後まで見届けたいって思うんじゃないでしょうか。それが親心だと思いますけど」

横で聞いていて、門脇も頷いた。彼女の気持ちはよくわかった。

では、と新章房子が口を開いた。その顔を見て、門脇はどきりとした。これまでにない冷たい気配が加わったように感じられたからだ。無表情という仮面を取ったら、もっと感情を殺した素顔が出てきたようだ。

彼女は続けた。「仮に、すぐには息を引き取らなかったらどうしますか」

「すぐにはって?」松本敬子が訊く。

「先程、脳死しているならいずれ通常の死を迎えるといいましたが、それがいつかは誰にもわかりません。子供の場合、長期化することもあります。何か月、いえ何年も生き続けているケースもあります」そういってから新章房子は小さく首を振った。「生かされ続けている、といったほうがいいかもしれませんね。本人に意識はありませんから。お子さんがそんなふうになったら、どうしますか」

松本敬子は当惑した顔を門脇に向けてきた。この女性は、なぜこんな議論をふっかけてきているのだろう、といいたそうだった。

「そうなったら、そうなったで……まあ、それなりの対応をするしかないんじゃないですか」

彼女は苦しげに答えた。

新章房子は見据えるような目つきをした。

「意識がなく、当然意思の疎通を図ることもできず、生命維持装置の力でただ生かされているだけの子供の世話を、ずっと続けていくんですか。ものすごくお金がかかり、御自分が大変なだけでなく、いろいろな人に迷惑をかけることになります。それで一体誰が幸せになるというんですか。親の自己満足だとは思いませんか」

松本敬子は顔をしかめて目を閉じ、右手で頭を掻きむしるしぐさをした。しばらく黙り込んだ後、ごめんなさい、といった。

「悪いけど、そんな深いところまで考えたことない。息子がそんなふうになるなんてことも想像したくないし。だからやっぱり、その時になってみないとわからないとしかいえません。新章さんにしてみれば、頭が悪い女の答えなのかもしれないけど」

「頭が悪いだなんて、そんな……」新章房子は目を泳がせ、そわそわした。初めて見せる狼狽といってよかった。「すみません。私のほうこそ、きつい言い方になってしまって」

新章さん、と門脇は呼びかけた。

「もしかするとあなたは、臓器移植について何か提言したくて、我々の活動に加わることにしたのですか。もしそうなら、正直にいってくれませんか。たとえどんなに素晴らしいものだったとしても、政治的な思想は極力排除するというのが、『救う会』の方針なので」

新章房子は、政治的な思想、と口の中で繰り返した後、首を横に振った。

「違います。そんなんじゃありません。私はただ、お二人の意見を聞きたかっただけです。だって変だと思いませんか。子供の死を受け入れたくなくて、親が臓器提供を躊躇う気持ちは理解できます。でもほかの国では、脳死と判明した時点で延命治療は打ち切られるのです。そこで親たちは、子供の魂を別の形で生かすという方向に考えを改めます。どこかで苦しんでいる子供たち、健康な臓器を待ち望んでいる子供たちのために、自分たちの子供の身体を役立てようとするのです。そのようにしてようやく、貴重な臓器提供者が生まれます。ところがそんな移植臓器を、日本からやってきた患者が大金を払って奪っていく。それによって日本人の子供一人の命は救われるかもしれません。でもその代わりに、現地の子供が救われる機会が一つ失われるのです。外国から非難されて当然です。日本も……日本人の親たちも、考えを改めるべきだとは思いませんか。現在の基準で脳死と判定された患者が意識を取り戻すまでに回復した例は、世界でひとつもありません。長期脳死などはナンセンスです。ものすごいお金と手間をかけて、ただ生かしておくだけなんて……。親の、そして日本人のエゴです。皆がそのことに気づけば、たとえば雪乃ちゃんのような気の毒なケースも減っていくはずなんです」

熱い口調に気圧され、門脇はコーヒーを飲むのも忘れ、新章房子の口元を見つめていた。よくまあこれだけ滑らかに言葉が出てくるものだと感心する一方、自分たちの活動の背景を改めて思い知らされたようでショックでもあった。問題の根源には日本人のエゴがあるのか――。

すみません、と彼女は俯いた。

「一人でべらべらしゃべっちゃって……。お二人には、どうでもいいことかもしれませんね。雪乃ちゃんが助かればいいという問題じゃなくて、ほかの移植を待ってる子供たちが、海外に行かなくても済むようにしていかなきゃいけないんだってことをいいたいだけなんですけど」

門脇は大きくため息をつき、頭を掻いた。

「たしかに我々の活動は、本質からは、ずれているんでしょうね。本来なら、国内での臓器提供が増えるように運動すべきなのかもしれない」

「でもそんな悠長なことをいってたら、雪乃ちゃんは助からない」そういって松本敬子は新章房子を見た。「自分たちの知り合いの子供だけが大事なのかっていわれたら、返す言葉がないんですけど」

新章房子は下を向いたまま、ゆっくりとかぶりを振った。

「あなた方のお気持ちはよくわかっています。私も同じ立場なら、そうしたと思います。だから
お手伝いさせていただきたいと思ったんです」

空気が少し沈んだ。三人が同時にコーヒーを啜った。

新章さん、と松本敬子がいった。

「もしかして、お知り合いに臓器移植を待っていた人がいたんじゃないですか。でも結局ドナーが現れなくて、残念な結果に終わってしまったとか……」

新章房子はカップを置き、口元を緩めた。

「そういうわけではないんですけど、本当にお気の毒だと思って……それぞれの親御さんたちの気持ちを考えると胸が痛くなります」

その様子に、たぶん嘘だ、と門脇は感じた。明らかに彼女は何らかの苦悩を抱えている。それが常に心を揺さぶり続けているのだ。

ふと思いついたことがあった。

「新章さん、見舞いに行く気はありませんか」門脇の言葉に、新章房子の瞼がぴくりと動いた。それを見て彼は続けた。「雪乃ちゃんの見舞いです。じつは募金額が間もなく、アメリカの病院に払うデポジットに到達しそうなんです。そのことを伝えるついでに雪乃ちゃんの様子も見に行きたいと思っていましてね。いかがですか、御一緒に」

「私なんかが行ってもいいのですか。部外者なのに」

「あなたは部外者じゃない」門脇はいった。「あなたの話を聞いて、少し恥ずかしくなりました。自分たちは問題意識が低かったなと。だからあなたの話を、江藤夫妻にも聞かせたいと思ったんです」

新章房子は目を伏せ、じっと考え込んでいた。彼女の頭でどんな考えが巡らされているのか門脇には想像もつかなかったが、真摯な思いで検討しているのは疑いようがなかった。

やがて彼女は顔を上げた。

「私でよければ、是非、お見舞いに伺いたいと思います」

「日程を決めましょう」門脇はスマートフォンを取り出した。

5

新章房子が『救う会』の事務局に来た次の土曜日、門脇は彼女を伴い、江藤雪乃が入院している病院を訪れた。途中で彼女は、「こういうものを買ってきたのですけど、大丈夫だったでしょうか」といって提げていた紙袋からケーキの箱を出してきた。中身はシュークリームだという。

「雪乃ちゃんには見せないほうが無難かもしれません」門脇はいった。「水分や塩分などの食事制限が厳しいらしいです。味のないものばかりを食べさせられて、本人はかなり苛立っているとか」

「そうなんですか。かわいそうに……。じゃあ、目の毒ですね」

「帰り際、本人の目が届かないところでお母さんに渡せばいいと思います」

「そうします。こんなもの買ってくるんじゃなかった」新章房子は心の底から悔いているようだった。「でも、これはいいですよね」ケーキの箱を紙袋に戻し、代わりに出してきたのは、ウサギのぬいぐるみだった。

「それは問題ないでしょう」門脇は目を細めた。「でも、どうしてウサギなんですか」

「『救う会』のサイトに、雪乃ちゃんの近況を報告するページがありますよね。雪乃ちゃんの絵が何枚か紹介されていて、ウサギが描かれていることが多いので、好きなんじゃないかと」

「ああ、なるほど」

さすがに教師だけあって目のつけどころが違う、と門脇は感心した。

江藤雪乃が入院しているのは二人部屋だ。しかし先週、もう一方の患者が退院したとかで、今は部屋を広く使えているという話だった。

ドアをノックすると、どうぞ、と女性の声が聞こえた。門脇はドアを開いた。子供用のベッドの脇に、ポロシャツ姿の江藤が立っていた。反対側ではTシャツにジーンズという服装の由香里が座っていた。

やあどうも、と二人に声をかけてから、ベッドの上の雪乃に目を移した。「こんにちは」

雪乃はブルーのパジャマを着て、大きなクッションにもたれるようにして座っていた。顎の細い口元が少し動き、小さな声が漏れた。挨拶を返してくれたのだろう。

「どんな具合だ?」門脇は江藤に訊いた。

「まあ、ぼちぼちといったところかな。先日、ちょっと風邪をひいたらしいが」そういって江藤は妻のほうを見た。

「風邪？　そいつはよくないな。もう大丈夫なんですか」由香里に訊いた。

彼女は笑顔で頷いた。

「少し熱が出て、心配しましたけど、今はもう平気です。ありがとうございます」

「それならよかった。みんなが応援してるんだから、気をつけなきゃな」これは雪乃への言葉だ。しかし四歳の少女は、あまりよく知らないおじさんから親しげに話しかけられ、少し緊張している様子だった。

門脇は後ろを振り返った。

「電話で江藤にいいましたが、今日は紹介したい人がいるので、連れてきました。募金活動に参加してくれている新章さんです」

新章房子が歩み出て、頭を下げた。「新章です。よろしくお願いいたします」

由香里も立ち上がり、頭を下げ返した。「御協力ありがとうございます」

「おかけになっていいてください。看病でお疲れでしょうから」

「いえ、そんな……」由香里は手を振っている。

じつは、といって新章房子は紙袋から先程のウサギを出した。「雪乃ちゃんにお土産を持ってきたんですけど」

由香里が顔を輝かせ、胸の前で両手を合わせた。

「わあ、ウサギさんよ。よかったわねえ、雪乃ちゃん」

新章房子はベッドに近づき、雪乃の前にウサギを差し出した。雪乃は躊躇いと戸惑いの混じった顔を母親に向けている。受け取っていいかどうか迷っているのだろう。

「もらっておきなさい。もらったら、何ていうの?」

雪乃の口が、また少し動いた。今度は、ありがとう、という声がかすかだが聞き取れた。彼女はウサギを手にすると、ぎゅっと抱きしめた。白い顔に笑みが浮かんだ。

雪乃はポシェットのようなものを身体に付けている。小児用補助人工心臓のポンプだ。ポンプはベッドの傍らに置かれた駆動装置とチューブで繋がっている。

人工心臓にはポンプを体内に植え込むタイプと体外設置型がある。しかし子供用の補助人工心臓は体外設置型しかない。身体が小さいので、植え込むスペースがないからだ。

ただ日本では、小児用補助人工心臓の使用が認められたこと自体、ごく最近だ。それまでは大人用のポンプを出力を抑えて使っていたのだが、血栓ができやすく危険だと問題になり、ようやく認可されたのだった。

だが小児用の人工心臓でも血栓が生じる可能性はゼロではなく、あくまでも移植するまでの繋ぎで、使用が長引けば脳梗塞を引き起こすおそれがあるという話だった。

もう後戻りはできないんだよな、と雪乃の小さなポンプを見ながら門脇は思った。

新章さんは、と彼は江藤にいった。「日本の心臓移植の現状について、意見を持っておられるんだ」

へえ、と江藤が見直すような目を彼女に向けた。

「意見だなんて、そんな」新章房子は一度視線を落としてから改めて顔を上げた。「でも、欧米などに比べて遅れているとは感じています。だから江藤さんたちも苦労なさっていて、とても気の毒だと思います」

「ドナーの数が少ないことですか」

　由香里の問いに新章房子は頷いた。

「そうです。臓器移植法が改正されても、事態は一向に改善されません。国も積極的な方策を取ろうとしません。今のままでは、これからも雪乃ちゃんのような子供が出てくる一方です。何とかしなければならないのではないでしょうか」

「それは我々も痛切に感じたことです」江藤がいった。「雪乃を助けるには移植しかないと先生からいわれた時はショックでした。でももっと落胆したのは、この国で待っているかぎり、移植を受けられる可能性はかぎりなくゼロに近いといわれた時でしたから」

「そうだろうと思います。だからこの国は遅れているというのです」

　でも、と由香里が呟いた。

「子供の臓器を提供したくないという親御さんの気持ちもわかるんです。もし雪乃がこんな病気じゃなくて、何かの事故で脳死した時、臓器提供に同意できるかって訊かれたら、やっぱり迷ってしまうかもしれません」

　同じ気持ちらしく、江藤も神妙な顔つきで首を縦に動かした。

「それは法律がいけないんです」新章房子は断定的にいった。「今、脳死した時っておっしゃいましたよね。でも厳密には、臓器提供に同意しないかぎり、脳死したかどうかはわかりません。判定を行いませんから。判定しないから、医者は、おそらく、という言い方をします。おそらく脳死だ、というふうに。でもこの言い方では、親は踏ん切りがつきません。心臓が動いていて、血色もいいんです。我が子の死を認めたくないというのは、親なら当然です。だから法律を改めるべきなんです。医者が脳死の可能性が高いと判断したなら、さっさと判定すればいいんです。それで脳死だと断定できれば、その時点で死亡として、すべての治療を打ち切る、もし臓器提供の意思があるならばそのためだけに延命措置を取る——そう決めればいいんです。それなら親は諦めがつきます。臓器の提供者も増えるはずです」

淡々とした口調でいった後、「そうお思いになりませんか」と彼女は江藤夫妻に尋ねた。

由香里は夫と顔を見合わせた後、首を傾げた。

「難しい問題です。今おっしゃったようにすればいいのかもしれませんけど、法律がそうなっていないのは何か理由があるからだと思いますし……」

「政治家や役人たちは、責任を取りたくないいんです。脳死を人の死とするかどうかってことに決着をつける勇気がなくて、お茶を濁した結果が今の法律です。そのせいでどれだけの人が苦しんでいるかを考えもせずに」新章房子は視線を斜め下にそらした後、すっと息を吸った。

「長期脳死の子供がいることは御存じですか」

江藤夫妻は当惑したように黙っている。聞き慣れない言葉だからかもしれない。

「医者からは、たぶんお子さんは脳死しているといわれながら、それを認めたくない親が、延々と看病を続けているのです。回復する見込みなどないのに。それについて、どう思われますか。無駄なことだとは思いませんか」

由香里は眉間に皺を寄せ、「気持ちは……わかります」と苦しげに答えた。

「でもその子の臓器を提供していれば、誰かの命が救われたかもしれないんですよ」

「それでもやっぱり――」

　新章さん、と江藤がいった。

「誤解のないようにいっておきますが、我々はどこかの子供が早く脳死すればいいなんてこと、少しも考えておりません。妻とも話し合ったんです。お金が集まって、渡航移植が決まったとしても、ドナーが現れるのを心待ちにするのだけはやめようと。少なくとも、決して口にはしないでおこうって。ドナーが現れたということは、どこかで子供が亡くなったわけで、悲しんでいる人がたくさんいるに違いないですから。移植手術は善意という施しを受けることであり、要求したり期待したりするものではないと考えています。同様に、脳死を受け入れられず、看病を続ける人たちのことをとやかくいう気はありません。だって、その親御さんにとっては、その子は生きているわけでしょう？　だったら、それもまた大切な一つの命じゃないですか。私は、そう思います」

　本心では移植を待ち望んでいるに違いない父親の言葉が、新章房子の中でどのように響いたかは不明だった。しかし眼鏡の向こうで不安定に揺れた彼女の黒目は、その内心を示しているようではあった。

　わかりました、と彼女はいった。「大変、参考になりました。お嬢様が一刻も早く回復されることを心より祈っております」丁寧に頭を下げた。

　ありがとうございます、と江藤は応じた。

　新章房子を見送った後、門脇は江藤と飲みに行くことになった。久しぶりに息抜きしてきたら、と由香里が江藤にいったからだ。

行きつけにしている定食屋でテーブルを挟んだ。まずは募金が順調に集まっていることを祝し、ビールで乾杯した。

「あの人、ちょっと変わってるな」口についた泡を手の甲でぬぐい、江藤はいった。

「新章さんのことか」

「うん。いきなりあんなことを訊かれたんで戸惑った」

「紹介しなきゃよかったかな」

江藤は苦笑し、首を振った。

「そんなことはない。ああいう人がいないと世の中は変わっていかないからな。こちらは当事者だけに、目の前の問題を解決することだけで精一杯で、法律がどうこうなんて考える余裕がない」

「たしかに、あの人の意識の高さは相当なものだ。俺も圧倒された」

「一体、何者なんだ」

「教師らしい。臓器移植に関して何らかの運動をしてるんじゃないかと俺は睨んでるんだが、詳しいことは知らん。でも我々にとって貴重な戦力であることは確実だ。日曜だけの参加だが、じつに熱心にやってくれている」

「ありがたい話だ。そういう人たちのおかげで、とても叶わないと思っていた夢が叶おうとしている。二億六千万、最初に聞いた時は天文学的な数字だと思ったが……」

「今の調子なら何とかなりそうだ。もう一踏ん張り、がんばるつもりだ」

江藤はビールのグラスを置き、真面目な顔つきで両手をテーブルについた。

「何もかも、おまえのおかげだ。おまえが『救う会』の代表になってくれなかったら、今の状況はなかった。心から感謝する」

門脇は顔をしかめ、テーブルを叩いた。

「よせ。こんなところで頭なんか下げるな。それに、まだ何も終わってないんだからな。始まってもいない。雪乃ちゃんが無事に手術を受けられて、元気に帰国できたなら、改めて感謝してくれ。その時にはこんな安い店じゃなく、高級料亭がいい」

江藤は表情を和ませてビール瓶を手にし、「ああ、是非そうさせてもらう」と門脇のグラスに注いだ。

その後は久しぶりに野球について語り合ったりした。心が幾分解放されたのか、江藤は珍しく饒舌《じょうぜつ》になっていた。早く結婚しろ、と門脇にしつこくいってくる。結婚して息子を作り、その子に野球をやらせろ、というのだった。

「うちは二人目を作る気はないからな。おまえだけが頼りだ」そういいながら、指先に摘んだししゃもを門脇に向けてきた。

「なんだ、おまえの楽しみのために結婚するのか」

「そうだ。もしその子が野球選手になれたら、雪乃を嫁にやってもいいぞ」

「おっ、それは悪くない話だな」

「だろ？　だから早く結婚しろ。そもそも、その歳になって独身というのは――」話の途中で江藤が真顔になった。ズボンのポケットからスマートフォンを取り出した。着信があったらしい。

ちょっとすまん、と門脇にいい、江藤はスマートフォンを耳に当てながら立ち上がった。周囲の音がうるさいからだろう。店を出ていった。

門脇は思い出したことがあり、上着の内ポケットから封筒を出した。新章房子から去り際に渡されたのだ。その際、彼女はいった。

「私の周囲の者にも『救う会』のことを話したら、皆、募金に協力してくれました。私もいくらか足して、きりのよい金額にしてから銀行で両替してもらいました。どうか受け取ってください」

封筒には、ずしりとした重みがあった。江藤たちの目があったので、その場で中身を確かめるのは控えたが、かなりの金額だと思われた。

門脇は封筒の中を覗き、目を剝いた。入っていたのは一万円の札束だった。新券で帯が付いている。つまり百万円だ。どれだけの人間から集めたら、これだけの金額になるだろうか。

先程の江藤と同じ疑問が浮かんだ。彼女は一体何者なのか――。

江藤が戻ってきた。封筒を懐に戻しながら彼を見て、門脇は嫌な予感がした。友人の顔面は蒼白で頰が強張り、先程までの余裕は全く消え去っていたからだ。

どうした、と門脇は訊いた。

江藤は財布から一万円札を出し、テーブルに置いた。

「すまんが、勘定をしておいてくれ。すぐに病院に行かなきゃいけない」

「何があった？」

「……雪乃が突然頭が痛いといいだして、その後、ひきつけを起こしたらしい。集中治療室に運び込まれたそうだ」暗く深刻な声でいった。

門脇はテーブルに置かれた一万円札を摑み、江藤の胸元に押しつけた。

「金のことなんかいい。早く行ってやれ」

江藤は一万円札を受け取ると、すまん、といって踵を返した。その背中を見送ってから、門脇は伝票を取り上げた。

6

『ユキノちゃんを救う会』の解散式は、市の公民館で行われることになった。式といっても、大層なことをするわけではない。これまで世話になった人たちに一言お礼をいいたいと江藤がいうので、『救う会』の役員をはじめ、募金活動に協力してくれた人々に声をかけ、集まってもらっただけだ。

あの日容態が急変した雪乃は、間もなく意識不明となり、四日間の昏睡状態の後、亡くなった。死因は脳梗塞だった。人工心臓で血栓が生じたのだ。恐れていたことが現実になったわけだ。

門脇は、悲嘆にくれる江藤たちを励ましながら通夜と葬儀を仕切った。つましいものにしたのは、こんなところにお金をかけたら募金してくれた人たちに失礼にあたる、と江藤がいったからだ。

そして初七日を終えた今日、解散式を開くことにしたのだった。

まず門脇が挨拶に立った。集まってくれた百人余りの人々を前に、江藤雪乃の死を悼む言葉と、これまでの協力に感謝する思いを述べた。胸の中は虚しさと悔しさでいっぱいだったが、皆に拍手される中で頭を下げていると、自分のやれることはやりきったのかなと割り切る気持ちも少し湧いてきた。

続いて江藤夫妻が立ち上がった。スーツ姿の江藤は妻と共に深々と一礼してから息を吸い、口を開いた。

「本日は、お忙しいところ、わざわざお集まりいただき、誠にありがとうございます。どうしてもお礼を申し上げたくて、このような場を設けさせていただきました」感情を抑制した口調で話し始めた。「雪乃に海外で心臓移植を受けさせたいという私どもの願いを叶えるため、門脇代表が『救う会』を立ち上げてくださったのは三か月前です。果たしてうまくいくのだろうかと不安でしたが、皆様のおかげで驚くほどの募金が集まりました。人の善意の力がこれほど大きいとは思いませんでした。残念ながら雪乃の命の灯火《ともしび》は渡航前に消えてしまいましたが、自分がどれほど多くの人々に愛され、支えられたかは、あの子の心に深く刻み込まれたことだろうと思います。もちろん私や妻も、この御恩は一生忘れません。何ができるかはまだわかりませんが、命懸けで恩返しをしていきたいと思っております」

出席者の間からすすり泣きが漏れてきた。あちらこちらにハンカチを目に当てる女性たちの姿があった。

「一つ、御報告しておきたいことがございます」江藤が声のトーンを少し上げ、会場全体を見渡すように顔を巡らせた。「御承知の通り、雪乃の直接の死因は脳梗塞です。人工心臓で生じた血栓が脳の血管を詰まらせたわけです。しかしそれによってすぐに心停止に至ったわけではなく、まずは脳死だろうと診断されました。そこで病院側から私どもに、臓器提供の意思があるかどうかの確認がありました。娘の心臓はともかく、ほかの臓器は健康だとのことでした。私は妻と話し合い、次は娘が誰かの命を助ける番だということで意見が一致しました。当日の夜、第一回の脳死判定が始まりました。結果は同じです。私と妻も立ち会いました。二十四時間後に、もう一度同じテストが行われましたが、結果は同じでした。脳死と確定し、その時が娘の死亡時刻となりました。摘出されたのは、肺、肝臓、そして二つの腎臓です。それらは四人の子供たちに提供されたそうです。どこかで生きているに違いない雪乃の魂が、新たな幸せを摑むことを信じております。そのような決断を迷いなくできたのも、皆さんのおかげです。皆さん、本当に、ほんとうに、ありがとうございました」

再び頭を下げた江藤夫妻に、万雷の拍手が浴びせられた。

式が終わると出席者たちが次々に江藤夫妻や門脇のところへ挨拶にやってきた。皆、無念そうな表情を浮かべつつも、どこか安堵したような気配も漂わせていた。長い戦いを終えたような充足感があるのかもしれない。

人の列が途切れた時、門脇は、ずらりと並んだパイプ椅子のほうへ目を向け、おやと思った。まだ一人、女性が隅の席に座っている。新章房子だと気づいた。深く俯いたままだ。

何となく気になり、門脇は近づいていった。気分でも悪いのだろうか。

だが彼は途中で足を止めた。

新章房子が泣いていることに気づいたからだ。

彼女は肩を震わせ、嗚咽を漏らしていた。ぽたぽたとこぼれ落ちる涙で、足元が濡れている。

なぜか門脇は声をかけられなかった。

7

キンモクセイの香りが漂う中、庭の鉢植えに水をやっていたら、家の塀との隙間にノコンギクが咲いているのを見つけた。薄紫の小さな花だ。毎年、この時期になると咲く。

コンコンとガラスを叩く音が頭上から聞こえた。薫子は顔を上げた。窓の向こう側にいる千鶴子が、門のほうを指差している。

見ると、白いブラウスに濃紺のスカートという姿の新章房子が、しずしずとアプローチを歩いてくるところだった。薫子に向かって会釈してきた。

薫子は立ち上がり、日焼け予防の帽子を取って頭を下げた。玄関前に行くと、ドアを開け、新章房子を待った。

「おはようございます。キンモクセイの匂いが素敵ですね」特別支援教育士の女性は、いつものようにあまり口を動かさない話し方で挨拶してきた。

ほんとうに、と薫子は応じた。「本日も、よろしくお願いいたします」

こちらこそ、といって新章房子は玄関をくぐった。

瑞穂の部屋から千鶴子が出てきて、一礼してから廊下を歩いていった。生人はまだ幼稚園だ。

新章房子はドアに近づき、例によってノックをした。「瑞穂ちゃん、入りますね」

ドアを開けて入っていく彼女に、薫子も続いた。

瑞穂はすでに車椅子に座っている。赤いパーカーを着て、髪型はもちろんポニーテールだ。新章房子は、こんにちは、と挨拶した後、向かい側の椅子に腰を下ろした。薫子の席は彼女の斜め後ろだ。すでにそこにも椅子を置いてあった。

「すっかり秋らしくなりましたね。駅から歩いてきても、もうちっとも汗をかかなくなりました。風が気持ちいいですよ。瑞穂ちゃんは最近、お外に出たのかしら？」

「この間、久しぶりに散歩したのよね」薫子がいった。「どこかのお婆ちゃんが挨拶してくれて、とってもかわいいっていってくれたよねえ」

「それはよかったわね。そのお婆さん、つい声をかけたくなったのよ。瑞穂ちゃん、きっといいお顔をしてたのね」

「あの時はお気に入りのワンピースを着て、御機嫌だったものね」

「そうだったの。すごく似合ってたんでしょうねえ」

瑞穂を眺めながら、二人は交互に言葉を発した。授業の前に行われる決まり事だ。

「では、いつものようにお話を紹介しますね」新章房子が鞄から本を出してきた。「今日のお話は、クマノミというお魚と、ウミツバメという鳥の物語です。クマノミは毎日、退屈していました。もっといろいろなところに行きたいのに、恐ろしいサメやタコがいるという理由で、遊べる場所がかぎられていたからです。そんなある日のこと、クマノミがのんびり泳いでいると、ざばーんと上から何かが飛び込んできました。びっくりしていたら、今度はものすごい勢いで再び水の外へ飛び出していきます。何だろうと思い、海面から外の様子を覗いてみて、またびっくり。見たことのないものが、水のないところを飛び回っていたからです。君は誰だい、何をしているの、とクマノミは訊きました。相手は答えました。僕はウミツバメだよ。餌を探しているんだ。君こそ、誰だい。魚のくせに、ずいぶんと奇麗な模様じゃないか」

物語は、自分たちのことを紹介し合っているうちに、お互いの生活に憧れたクマノミとウミツバメが、神様に頼んで一日だけ姿を入れ替えてもらう、というふうに展開していく。

横で聞いていて薫子は、これは『王子と乞食』のバリエーションだなと合点していた。自分の置かれた待遇に不満を持つと、他人の生活が羨ましく思えてくる。しかし実際に相手の立場になってみると、それなりに苦労や悩みがあることがわかる、というお決まりのパターンだ。

案の定クマノミとウミツバメの話も、そうした着地点に落ち着いていく。ウミツバメは海の中には空以上に天敵が多いことを思い知り、クマノミは餌を探して飛び続けることがいかに大変かを痛感するのだ。結果、今の自分は幸せなのだと納得し、元の姿に戻るというわけだ。

おしまい、といって本を閉じた後、新章房子は振り返った。「いかがだったでしょうか」

「王道のお話ですね」薫子はいった。「外からどう見えていようとも、その人にしかわからない苦しみがある。だから安易に羨んではいけない、というところでしょうか」

新章房子は頷いた。

「そうですね。でも、だからこそ時には入れ替わってみるのも悪くないかもしれません。クマノミとウミツバメみたいに」

奇妙なことをいいだしたものだ、と薫子は女性教師の顔を見返した。

「先生にも、入れ替わってみたい相手がいるんですか」

「私にはいませんが」新章房子は首を傾げた。「世の中には変わったことを考える人もいるものです」

「何かございましたか」

すると彼女は薫子の目をじっと見つめた後、瑞穂に顔を戻した。

「ごめんなさいね、瑞穂ちゃん。少しだけ、お母さんとお話をさせてね」そういってから薫子のほうを向いて座り直した。

何でしょう、と薫子は訊いた。嫌な予感が胸をかすめた。

「二日前、学校に一人の男性が訪ねてこられました。門脇さんという方です」新章房子は話し始めた。「門脇さんは本業は食品会社の社長さんですが、二か月ほど前まで、あるお子さんの渡航移植を目的とした募金活動の代表をしておられました」

薫子は深呼吸をしてから相手を見返した。「その方が何か?」

「じつに興味深いことなのですけど、その募金活動に、新章房子という女性がボランティアで参加していたそうなんです。もちろん私ではありません」

薫子は瞬きしたが、目はそらさなかった。言葉も発しなかった。

門脇さんは、と新章房子は続けた。

「その女性をずっと捜し続けているそうです。というのは、お子さんが亡くなったことで『救う会』は解散してしまったけれど、集めた募金は残っている、そのお金を同じような募金活動をしているところに寄付したいが、特に多額の募金をくださった個人の方には、許可を得ておきたいから、とおっしゃってました。私ではない新章房子という方は、どうやら高額な募金をされたようです。ところが連絡を取ろうとしても、取れないらしいんです。電話は解約されていて繋がらず、メールを出しても返事がないとか」

「それで？」薫子は訊いた。

「その女性は自分の職業を教師だといっていたそうです。それだけでは何もわからないも同然なのですが、ひとつだけ手がかりがありました。彼女は臓器移植に関わる種々の問題に詳しく、意識も高かったとのことです。もしかすると教え子の中に移植を必要としていて、残念ながらそれが叶わなかった子供がいたのではないか、と門脇さんは推理されました。そういう子供が教育を受けるとなれば院内学級になります。こうして門脇さんは特別支援学校に当たられました。その結果、そこに新章房子という教育士がいることを突き止めたわけです」

薫子は膝の上で両手をきつく握りしめた。

「でも別人だったわけですね。門脇さんという方、驚かれたでしょうね」

「はい。でも、単なる同姓同名だとはお考えにならなかったようです。新章という名字が珍しいこともありますが、それ以上に私と会ってみて気になったことがあったとか」

「どんなことですか」

「門脇さんによれば、そのもう一人の新章房子という女性は、顔立ちは私とは全くの別人だけれど、ひっつめにした髪型や眼鏡の形、服装、何より全体の雰囲気が、私にそっくりだったんだそうです。意図的に似せたとしか思えないって。だから、私の周囲にいる誰かが、私になりすましたのではないか、そういう人間に心当たりはないか、と訊かれました」

「先生は何と？」

新章房子は薫子のほうを向いたまま、背筋をぴんと伸ばした。

「まず、門脇さんのお話を詳しく聞かせていただきました。新章房子と名乗った女性が何をして、どんなことを発言したのか、とかを。その上で、次のように申し上げました」息を整えるしぐさをし、唇を舐めてから続けた。「そういう女性に心当たりがあるとも、ないとも、私の口からはお答えできません。もし門脇さんのほうに不都合がないのであれば、この件は私に預からせていただけないでしょうか。その女性のことは、そっとしておいていただきたいのです。その募金を門脇さんがどのように使われようと、彼女はきっと何もいわないと思いますから。――以上のように」

薫子は固めていた拳の力をゆっくりと抜いていった。「門脇さん、納得されましたか」

「わかりました、と。何かを察してくださったようです」

「そうですか」ここで初めて薫子は視線を下に向けた。

播磨さん、と新章房子が呼びかけてきた。

「何も話したくないということでしたら、それで結構です。詮索はいたしません。でも、もし打ち明けることで気持ちが楽になる部分があるのなら、私に聞かせていただければと思います。おそらく、私以外に話を聞ける人間はいないと思いますので」

相手の心境を気遣う慎重な物言いに、薫子は舌を巻くしかなかった。やはりこの女性はただ者ではなかったのだな、と改めて思った。

「きっかけは先生の鞄の中を覗き見したことでした」そういいながら薫子は顔を上げた。

新章房子の眼鏡の向こうにある目が少し大きくなった。「覗かれたのですか。私の鞄を」

申し訳ございません、と薫子はいった。

「先生が瑞穂に本の読み聞かせをしてくださるようになって間もなくの頃です。お茶を淹れるために席を外したところ、その間、先生が本を読むのをやめていることにたまたま気づきました。その後ろ姿を見て、私の胸に疑念が生まれました。この人は、本当に瑞穂を生きている生徒として見ているのだろうか。すでに脳死していて、授業をすることに意味などないと考えているのではないか、と」

新章房子は記憶を探るように視線を宙に漂わせた。やがて思い当たることがあったのか、首をゆらゆらと縦に振った。

「あの時ですか。ええ、覚えています。そうですか、後ろから見ておられたのですか」

「それ以来、先生が何を考えておられるのか、気になって仕方がなくなりました。そんな時です。先生が朗読を終えられた後、お手洗いに立たれたことがありました。椅子に置いた鞄が、本の重みで落ちそうになっているのを見て、直そうとしたところ、鞄の中に一枚のチラシが入っているのに気づきました。いけないことだと思いながら勝手に取り出し、見てしまったのは、移植という文字が目に入ったからです。そう、そのチラシは、『ユキノちゃんを救う会』の募金活動で配られたものでした。それを読み、激しいショックを受けました。先生のことがますます信じられなくなりました。瑞穂の前で本を読みながら、内心では私たちを軽蔑しているのではないかと思い始めたんです。大金をかけ、こんなふうに無駄に生かしておいて何になるのか、臓器を提供していれば救われる命もあったのに――というふうに」

新章房子は寂しげに微笑んだ。

「そうですか。そんなふうに疑われていたんですか。で、なぜ募金活動への参加を思い立ったのですか」

薫子は首を回し、瑞穂に目をやった。赤いパーカーを着た愛娘は、薄く目を閉じている。その瞼は、たぶん永遠に開かない。その耳に言葉は届かない。それでも薫子は、これから話す内容が娘に聞かせられるものかどうか、少し迷った。しかしやはりこの話は、この部屋ですべきだろうと思った。

新章房子に視線を戻した。

「その後、一人になってゆっくりと先生の気持ちを考えてみたんです。臓器移植を待つ子供を応援しつつ、瑞穂に本を読む心理はどのようなものだろうって。私なりに臓器移植についても勉強しました。いろいろなことを知り、驚きました。今まで自分は何と無知だったのかと思いました。国内での臓器移植が叶わなくて、こんなに多くの子供が苦しんでいる……。やがて自分のしていることに自信が持てなくなってきました。本当にこれでよかったのか、瑞穂にとって幸せだったのかって。だから、その答えを知りたくて、あそこに行ったんです。募金活動の現場に」

「相手の身になって考える、というわけですね。クマノミとウミツバメみたいに」

この言葉に薫子は息を呑んだ。どうやら新章房子は、すべてを見越した上でやってきたようだ。

「でもわかりませんね。身分を隠すにしても、なぜよりによって私なんかに化けようと思ったのですか」

薫子は口元を緩め、首を傾げた。

「不自然な変装になってはまずいので、誰かをイメージする必要がありました。ほかに思いつかなかったとしかいいようがないです。偽名ぐらいは用意しておくべきでしたけど、咄嗟に出てこなくて……。口に出してから、珍しい名字なのでまずいかなと思ったんですけど。すみませんでした」

「謝る必要はありません。何ひとつ迷惑は被っていませんので。それより――」新章房子は少し身を前に乗り出してきた。「向こうの世界に触れてみて、いかがでしたか。何か見えるものはありましたか」

「見えるというか……救われました」

薫子は江藤夫妻に会ったこと、そして、子供の脳死を受け入れられずに看病を続ける人のことをとやかくいう気はない、その親にとってその子は生きているわけだから、それもまた大切な一つの命だ、といわれたことを話した。

「だからこそ、雪乃ちゃんには何としてでも助かってほしかった……」不意に込み上げてくるものがあり、涙が滲み出た。指先で目頭を押さえた。「臓器提供に同意された江藤さんたちの選択について、とやかくいう気はありません。ただ、運命は残酷だと思いました」

ふうーっと新章房子は長い息を吐いた。

「それで、私についてはどうですか。今もまだ疑っておられるのでしょうか」

薫子は、ゆっくりと首を振った。

「正直いって、よくわかりません。心から信じているといえば、たぶん嘘になります」

「そうですか。うん、そうでしょうね」新章房子は自分を納得させるように何度か頷いた後、真っ直ぐに薫子を見つめてきた。「あの話を覚えておられますか。カゼフキグサと子狐の物語を」

　はっと息を止めてから、薫子は顎を引いた。「ええ、よく覚えています」

「王女を助けるため、子狐は自分にかけられた魔法のことを忘れて、仲良しのカゼフキグサを抜いてしまう。結果、友人を失い、王女様とも会えなくなってしまった。それについて播磨さんは、愚かだとおっしゃいました」

「そうでしたね。でも先生によれば、彼の選択は正しかったということでした」

「子狐が何もしなかったなら、王女様は死に、やがてカゼフキグサは枯れ、魔法の効果も消えてしまう。だったら王女様の命が救われただけでもよかったではないか、という論理です」

「それを聞いて私は、どうせ消えていく命なら、価値があるうちに誰かに譲ってあげたほうがいい、つまり瑞穂も臓器を提供すべきだったと先生は仄《ほの》めかしておられるのだろうと解釈したのですけど……」新章房子がわずかに顔をしかめるのを見て、「違うのですか」と薫子は尋ねた。

「やはり、もっと説明しておくべきでしたね。私がいいたかったのは、そういうことではないのです。全く逆です。子狐の行為は論理的には正しいのかもしれません。でも播磨さんは愚かなことだとおっしゃった。私も最初に読んだ時は、そう思いました。いえいえ、あの物語の作者でさえ、きっとそう考えているに違いないのです。論理的には正しい行為にもかかわらず、なぜそんなふうに感じてしまうのでしょうか。それは、人間は論理だけでは生きていけない動物だからです」新章房子は瑞穂のほうを向いた。「こうした形でお嬢さんを看病しておられることについて、あれこれいわれることもあると思います。でも一番大事なのは、御自分の気持ちに正直であることです。人の生き方は論理的でなくともいいと思うのです。そのことをお伝えしたくて、あのような話をさせていただきました」

「そうだったんですか。まるで正反対の意味に受け止めていました」

自分の中に新章房子を疑う気持ちがあったからだろう、と薫子は思った。臓器移植について勉強した結果、自分の行為に自信を持てなくなっていたことも、歪んだ解釈をした原因の一つかもしれない。

「米川さんも」新章房子は瑞穂を見つめたままいった。「もう少し自分に正直になれたらよかったのに、と思います」

意外な人物の名前が出てきたので、薫子は戸惑った。「米川先生が何か……」

新章房子が薫子のほうに顔を戻した。

「特別支援教育士をしていますと、時折、植物状態にあるお子さんに出会います。米川さんも、これまでに何人か見てきたはずです」

「ええ、そのように伺いました。もし今、意識がないとしても、無意識の意識に語りかけることが大切だ、とおっしゃってました」

新章房子は頷いた。

「そういうお子さんへのアプローチには、いろいろな方法があります。身体に触れてみる、楽器の音や音楽を聞かせる。話しかける。どんなことをすれば反応があるか、懸命に探っていくわけです」

「米川先生は、大変よくしてくださいました」

「そうだと思います。でもその結果、彼女のほうが心を病んでしまったのです。体調不良は心因性のものだと診断されたそうです」

　薫子の胸が、ずきんと痛んだ。「瑞穂の授業がストレスになったのでしょうか」

「結果だけを見れば、そういうことになります。でも私は、真の原因は彼女自身にあったと思います」

「といいますと？」

「引き継ぎの時、米川さんの話をじっくりと聞きました。彼女は瑞穂ちゃんについて、こういいました。これまでの子と全然違う、と」

「どう違うのでしょうか」

　やはり植物状態ではなく脳死している、とでもいったのだろうか。

「弱さを感じない――彼女はそういったのです」答えは予想外のものだった。

「弱さ……」

「ふつう植物状態の子は、手足の筋肉が落ちていたり、逆に浮腫《むく》んでいたりします。床ずれなどの皮膚炎を起こしていることも少なくありません。その様子は、一言でいえば痛々しく、弱さを感じさせます。ところが瑞穂ちゃんにはそれがない、しっかりと筋肉がついてるし、肌つやもよく、健康な女の子がただ目を閉じているだけのようにしか見えない、と米川さんはいったのです。最高水準の先端科学が注ぎ込まれた結果なのだろうけれど、それにしても奇跡としか思えないってことでした。私も初めて瑞穂ちゃんを見た時、そう思いました」

「それが何か問題なのでしょうか」

新章房子は首を振った。

「問題があったのは米川さんのほうです。植物状態の子供たちにやってきたのと同じことを続けていくうち、彼女は、自分がとても的外れなことをしているような気持ちになっていったのだそうです。音を聞かせたり、触ったりして、バイタルサインに少々の変化があったからといって、それが何なのか。この女の子が求めているものは、もっと神秘的な何かではないか。とてもこんな、形だけのものではない。そんなふうに思い悩み始めたということでした」

思いも寄らない話に、薫子は何と答えていいのかわからなくなった。どうやら米川先生のことを誤解していたらしい。彼女は無理をしていたのだ。

「こちらに伺うようになって間もなく、私にも米川さんのいっていた意味がわかってきました」新章房子はいった。「私に求められているのは、瑞穂ちゃんから医学的反応を引き出すことではないと思いました。では私は週に一度ここへ来て、一体何をすればいいのか。懸命に考えて出した答えは、自分が瑞穂ちゃんにしてやりたいことをやろう、というものでした。そうして思いついたのが本の朗読だったのです。物語が瑞穂ちゃんに届いていれば幸せです。もし届いていないとしても、ここで本を読んでいると、私はとても心穏やかでいられます。そんな私の思いが、何らかの形で瑞穂ちゃんに伝わればいいなと思います。そしてお母さんも一緒に聞いていてくだされば、私が帰った後、瑞穂ちゃんと語り合う材料になると考えました」

　相変わらず抑揚のない話し方だったが、新章房子の声は薫子の心の奥で温かく響いた。瑞穂ちゃんと語り合う材料になる——まさに、その通りだった。新章房子を疑いつつ、彼女が帰った後、朗読された本の内容について、薫子は瑞穂と「語り合っていた」のだ。それはこの四月から始まった密かな楽しみだった。

「ではあの時、どうして朗読を……」

「中断していたのか、ですか?」

　はい、と薫子は答えた。

　新章房子は膝に置いた本を広げた。

「今もいいましたように、大事なことの一つに、本を読む私の心の状態がありました。私の心が乱れていては、きっと瑞穂ちゃんにとってよくないと思ったのです。だから、朗読を途中で少し休んでは、自分の心が穏やかでいるかどうかを確かめておりました。妙な誤解を招いてしまったようで申し訳ございません」

「そうだったんですか。それで……心は穏やかでしたか」

「それはもう、この上なく」新章房子は少し胸を反らせた。「それで確信したのです。この部屋では本を朗読するのがふさわしい、と」

「ふさわしい……ああ、それで」

　朗読を始めた頃、瑞穂に向いているかどうかはわからないが、これが一番ふさわしいのではないか、と彼女がいっていたことを薫子は思い出した。

「もし播磨さんのほうに異存がないのであれば、これからも朗読を続けていきたいと思います

が、いかがでしょうか」新章房子が静かな口調で尋ねてきた。

薫子は頭を下げた。「もちろんです。よろしくお願いいたします」

新章房子は車椅子のほうを向いた。「よかったね、瑞穂ちゃん」

薫子も目を閉じている娘を見た後、女性教育士と微笑み合った。

第五章　この胸に刃を立てれば

1

門扉に手をかけた時、和昌は違和感を覚えた。扉は両開きだが、通常は左側の扉は固定されていて、出入りの際には右の扉だけを開閉させる。しかし今は、どちらも固定されていなかった。なぜだろうと思いながら左の扉を固定しようと足元に目を落とし、その理由を察知した。地面に車輪の跡がうっすらと残っていた。車椅子が通ったのだろう。そういえば、少し暖かくなってきたので瑞穂を散歩に連れていく回数が増えた、という内容のメールを薫子から受け取っていた。

人工呼吸器に頼らず、最新科学技術の賜《たまもの》であるＡＩＢＳによって呼吸を成し遂げている瑞穂は、傍目《はため》にはただ眠っているようにしか見えない。最近散歩に使っているのは汎用の車椅子だから、好奇の目を向けられることもあまりないだろう。

おそらく脳死状態だとまでいわれた時のことを思い出すと、信じられない話だった。早いもので、あれから二年半以上が経った。曲がりなりにも小学校に入学した瑞穂は、来月、三年生になる。

春めいてきた庭の草木を眺めながらアプローチを歩いた。瑞穂の部屋の窓に目をやると、動く人影が見えた。

玄関の鍵を外し、ドアを開けた。靴脱ぎに大小様々な靴が並んでいる。そのうちの一足は男物の革靴だった。

瑞穂の部屋から生人の声が聞こえてくる。それに応じているのは薫子だ。どちらの口調も明るい。

和昌はドアを開けた。まず目に飛び込んできたのは、巨大なテディベアを抱える瑞穂の姿だった。オーバーオールを穿き、赤いトレーナーを着ている。

彼女の傍らには六歳になった生人がいた。やはりオーバーオールを穿いているが、こちらは下がブルーのTシャツだった。和昌を見上げ、「お父さんっ」と大きな声を出して駆け寄ってきた。

「おう、元気にしていたか」和昌は、足に絡みついてきた息子の頭を撫でた。

「お邪魔しています」そういって立ち上がり、頭を下げてきたのは星野だ。ワイシャツ姿で、ネクタイはしていない。

お疲れ、と部下にいってから和昌は、すぐ隣に座っている薫子に視線を移した。前に会った時より、さらに痩せているように思えた。だから、「体調、崩してないか」と尋ねた。

「大丈夫よ。ありがとう」

薫子の前には作業台がある。そこに載っているのは、瑞穂の筋肉をコントロールする機器だ。

星野の指導の下、彼女が操作していたらしい。

「お義母さんは？」

「キッチン。食事の支度をしてくれているの」

そうか、と頷いてから和昌は提げていた紙袋から箱を取り出した。「これを瑞穂に」

箱の正面が透明になっていて、中身が見える。動物のぬいぐるみだ。タヌキに似ているが、熊のようであり猫のようでもある。だが店員によれば、いずれでもないらしい。人気アニメのキャラクターで、魔法を使える動物、という設定なのだそうだ。和昌は名前を聞いたことさえなかった。

「あなたから直接渡してあげて。喜ぶから」薫子は意味ありげな笑みを唇に浮かべた。

和昌は眉を上げ、頷いた。「わかった」

箱から出したぬいぐるみを手に、瑞穂に近づいた。二週間会っていなかっただけだが、また少し大きくなったように思えた。身体は成長しているのだ。

「瑞穂、お土産だ。かわいがってやってくれよな」そういって娘の顔の前にぬいぐるみを差し出した後、すぐ横のベッドに置いた。

あら、と薫子が不満そうな声を出した。「せっかくだから、持たせてやってよ」

「いや、でも……」和昌は当惑して、大きなテディベアを抱えたままの瑞穂を見た。

「大丈夫。――生人、お姉ちゃんからクマさんを受け取ってね」そういってから薫子は慣れた手つきでキーボードを操作した。

テディベアを抱きしめていた瑞穂の腕が、力が抜けたようにだらりと下がった。テディベアが落ちそうになるのを、生人が受け止めた。

「さあ、あなた」薫子が促すように笑顔を和昌に向けてきた。

彼はベッドからぬいぐるみを取り上げた。だがどうしていいかわからず戸惑っていると、薫子がまたキーボードを叩いた。

下がっていた瑞穂の両手が動きだした。肘を約九十度に曲げ、手のひらを上にした。その姿は何かを求めているように見えた。

「持たせてやって」薫子がいった。

和昌は瑞穂の手の上にぬいぐるみを置いた。薫子がまたキーを叩く。瑞穂の肘がさらに曲がり、ぬいぐるみは彼女の胸元で抱かれた。

「よかったわね、瑞穂」

薫子が声をかけると同時に、横から星野が手を伸ばし、キー操作をした。その直後だ。瑞穂の頬の肉が動き、口角が少し上がった。

えっ、と和昌は目を見張った。だが次の瞬間には、瑞穂は元の無表情に戻っていた。

振り返り、薫子を見た。「何だ、今のは」

「笑ったでしょ。驚いた？」彼女は誇らしげに微笑んだ。

和昌は隣にいる部下に視線を移した。「君がやったのか？」

星野はわずかに眉根を寄せ、首を傾げた。

「やったといえるかどうか……。きっかけを作ったのは事実ですが」

「きっかけ？」

「御存じだと思いますが、顔面神経を司っているのは脊髄ではなく延髄のそばにある橋《きょう》という部分です。脊髄と延髄には明瞭な境界はないとされていますが、脊髄への刺激だけで表情筋まで制御するのは、現時点ではやはり困難です。奥様には——」星野は薫子のほうに目を向けた。

「何とか瑞穂さんの表情を変えられるようにしてほしいといわれたのですが」

和昌は眉をひそめ、妻の顔を見た。「そんなことを頼んだのか」

「いけない？」薫子が声に険を含ませた。「笑ったりできたほうがかわいいじゃない。そうは思わない？」

和昌はため息をつき、星野に目を戻した。「それで？」

「今もいいましたように、表情筋の制御は困難です。でも、少し表情を変える程度なら可能性はありました。というのは、昨年の秋あたりから、頬や顎の筋肉が不意に小さな動きを見せるようにはなっていたんです。脊髄反射による信号が、何らかの経路を辿って、顔面神経を刺激するものと思われます」

「そんなことが……」和昌は改めて目を閉じたままの娘の顔を見つめた。

「あなたは気づかなかったでしょうね。月に二、三度しか会いに来ないわけだから」

薫子の嫌味には応じず、和昌は星野に話を続けるよう顎で促した。

「どんな時に顔の筋肉が動くか観察してください、と奥様にお願いしました。奥様は注意深く、じつに辛抱強く、細かいデータを取ってくださいました。それらを参考にいろいろと試しているうちに、磁気刺激によって身体の筋肉を動かした直後、もう一度小さな刺激を単発で与えると、表情筋に変化が出やすいことが判明したのです。ただし必ず出るわけではありません。頬度が高いというだけです。また、どんなふうに変化するかもわかりません。今のように笑顔を見せることが多いですが、片方の頰だけが動く、顎だけが動く、といったことも起こります。きっかけという言葉を使ったのは、そういう理由からです」

「その時々の、瑞穂の気分次第なのよ」薫子がいった。「私は、そう思ってる」

「意識がないのに？」和昌はいった。

　妻は夫をじろりと睨んだ。

「気分がいいとか悪いとかって、頭で考えてから感じること？　私は違う。それは身体の奥底から湧いてくる本能のようなもの。意識と本能は別物よ」

　どうやら余計なことをいったようだ、と和昌は気づいた。このことで論争する気はないので、星野のほうを向いた。「この先の見通しは？」

「さらにデータを収集する予定です。今はまだ頰と顎しか動きませんが、模索すればさらに別の表情筋が動くようになるかもしれません。そうなれば、もっと表情が豊かになっていく可能性があります」若き部下の声は生き生きとしていた。

　ここでは、そうか、としか答えようがなかった。薫子の目があるからだ。和昌は紙袋から、別の箱を取り出した。

「生人にもお土産を買ってきたぞ。ロボットにも飛行機にもなるパズルだ。うまく作れるかな」

「やったあ」六歳の息子は、抱えていたテディベアを床に置き、跳びはねた。和昌から箱を受け取ると、開ける前に瑞穂のそばに寄った。「お姉ちゃん、僕、これ貰ったよ。作ったら、見せてあげるからね」快活な声でいった。

和昌の胸に込み上げてくるものがあった。薫子によると生人には、「お姉ちゃんは眠る病気なの」と説明しているらしい。それを信じている彼にとって、姉は昔のままなのだ。

「ちょっとお義母さんに挨拶してくる」そういって和昌は部屋を出た。

キッチンに行くと、千鶴子がまな板に載せた野菜を切っているところだった。入り口に立ち、こんばんは、と声をかけた。

「ああ、和昌さん。こんばんは」千鶴子は手を止め、笑顔を向けてきた。すぐにまた包丁が動きだす。

袖まくりした細い腕を見て、和昌は暗い気持ちになった。このところ、義母は顔色がよくない。明らかに以前よりも痩せたし、そのせいで老けて見える。

千鶴子が手を止め、怪訝そうに彼のほうを向いた。「どうかしました?」

「いや、あの……申し訳ないと思いまして」

「何がですか」

「だから、瑞穂の世話をしてもらっていることです。こんなふうに家事をお願いしていることも」

千鶴子は驚いたような顔で身体を少しのけぞらせ、包丁を小さく振った。

「何をいいだすんですか、今さら。そんなの当たり前のことです」

「でも、お義父さんを一人きりにしているわけだし……心苦しいです」

千鶴子は大きく首を横に振った。

「うちの人はいいんです。あの人も、自分のことはいいから、瑞穂ちゃんの介護をしっかり手伝えといっています」

「それは大変ありがたいのですが、僕は心配なんですよ。今のままではお義母さんや薫子が身体を壊してしまうんじゃないかと」

千鶴子は包丁を置き、和昌のほうに身体を向けた。

「どうしたんですか、一体。私が瑞穂ちゃんの世話や薫子の手伝いをするのは当然のことなんです。それどころか、やらせてもらえてありがたいと思っています。本当なら、もう二度と瑞穂ちゃんに会わせてもらえなくても文句をいえない立場なんですから。命を取られたって仕方のない人間です。だから和昌さん、どうかそんなことはおっしゃらないでください。私は、やりたくてやっているんです」義母の声は語尾が震え、その目は充血を始めていた。

「そういっていただけると少し気が楽になります。でもどうか、無理はなさらないでください」

「わかっています。私が倒れたら、薫子が今の倍、大変になりますからね」千鶴子は指先で目頭を押さえた後、口元を緩め、再び包丁を手にした。

和昌はその場を離れ、居間のソファに身を沈めた。上着を脱ぎ、ネクタイを外しながら室内を眺める。

生人の玩具が、そこかしこに転がっていた。それ以外の光景は、二週間前に来た時とまるで同じだった。だが振り返ってみれば、一年前も二年前も、こういうふうだったように思われた。この部屋では、いやこの屋敷の中では、時間が止まっているかのようだ。

しかし現実はそうではない。この屋敷の外では、確実にいろいろなことが移り変わっている。外にいる和昌は、それを否応なしに受け入れねばならない。見て見ぬふりは許されないのだ。

ぼんやりと考え事をしていると、廊下から足音が聞こえてきた。入ってきたのは薫子だった。

「あなた、星野さんがお帰りになるって」

「なんだ、食事していかないのか。時間が遅くなった時は、一緒に食事することがあるといってたじゃないか」

「そうなんだけど、今夜は遠慮しますって。せっかく御家族水入らずなんだから、邪魔をしたくないからって。そんなこと気にしなくてもいいのに」

「俺がいるから気詰まりなのかな」

「まあ、そうなんじゃないの」

「だったら仕方ないな」和昌は腰を上げた。

廊下を歩いていくと、すでに星野は靴脱ぎに立っていた。上着を着て、ネクタイも締めている。

「食事をしていくと思ってたんだけどな」和昌はいった。

「ありがとうございます。でも今夜は結構です」

「そうか。まあ、無理にとはいわないが」

「お言葉だけ頂戴しておきます。――では奥様」星野は薫子のほうを向いた。「次は来週の月曜日に伺います」

「わかりました。お待ちしています」薫子が答えた。

星野は頷いてから和昌に顔を戻し、一礼した。「では失礼いたします」

「いや、門まで送ろう」和昌は靴に足を入れた。

「いえ、そんな……。この時間だと外は寒いです。社長は上着を着ておられませんし」

「平気だ。少し話したいこともある」

星野の顔に緊張の色が浮かび、視線が和昌の後方に向けられた。薫子と目を合わせたのだろう。

「さあ、行こう」和昌はドアを開けた。

「あ……はい」

門に向かうアプローチをゆっくりと歩きだした。たしかに空気は冷たいが、震えるほどではない。

「うちのやつ、磁気刺激装置の扱いにはかなり慣れたようだな。さっき、瑞穂の腕をじつに見事に動かしていた」

「おっしゃる通りです。見ていて、何の不安もありません」

「君の報告書を読んだが、筋肉運動の誘発技術についても、ひとつの到達点に辿り着いたという印象だ。じつに素晴らしいことだと思う」

「ありがとうございます」礼をいいながらも星野の声は硬い。社長は何をいいだすつもりなのか、と警戒しているのかもしれない。

そこでだ、といって和昌は足を止めた。並んで歩いていた星野が戸惑ったように立ち止まり、振り返ってきた。

「一定の成果も出たことだし、このあたりで区切りをつけておくのはどうだろう」

「……といいますと？」

「瑞穂のトレーニングは薫子に任せて、君にはＢＭＩの研究に戻ってもらいたいと思っている」

「戻る……でも、私は今もＢＭＩ研究に携わっているつもりですが……。磁気刺激による筋肉運動の誘発は、ＢＭＩの一環です」

星野君、と和昌は部下の肩に右手を乗せた。

「ＢＭＩは何の略だ？　ブレーン・マシン・インターフェース。脳を扱ってこその技術だ。脳が機能していない人体を使っての研究には限界がある。そうは思わないか」

星野が顎を引き、やや挑むような目を向けてきた。

「瑞穂ちゃんのことを、そんなふうにおっしゃるのはよくないです」

「俺は事実をいってるんだ」

星野は開きかけた口を一旦閉じ、小さく咳払いをしてから改めて口を開いた。「反論してもよろしいでしょうか」

「いってみろ」

「では、なぜ瑞穂ちゃんの身体は成長するんでしょうか。なぜ体温調節ができるのでしょうか。なぜ殆ど薬剤を投与しなくても済んでいるのでしょうか。脳が機能していなければ、これらの現象には説明がつきません。奥様から伺いましたが、今では病院の連中も、脳が一部機能していることを暗に認めている様子だとのことです」

和昌は頭を掻きむしり、その手で星野の顔を指差した。

「それがどうした？　脳の一部が生きているからといって、意識がないことに変わりはないじゃないか」

「意識については、永遠にブラックボックスの中です」

「おいおい、脳の専門家の言葉とは思えないな」

「専門家だから謙虚さが必要なのですっ」鋭い語気でいった後、その響きに自分で驚いたように星野は後ずさりした。「申し訳ありません。社員の分際で、生意気で失礼なことをいってしまいました」

和昌は吐息を漏らし、首を振った。

「君には感謝している。元々は俺が命じたことだ。瑞穂の体調が格段によくなったのも、薫子たちが介護する歓びを味わえるのも、君のおかげだと思っている。今さらやめろというのは勝手な言い分だ。しかし物事には潮時というものがある」

「今がその時だとおっしゃるのですか」

「君だって、いつまでもこんなことに付き合っているわけにはいかないだろう」

「私は、今の仕事に生き甲斐を感じております」

「意識のない子供の顔面神経を操作して、顔の表情を変えることにか？　見る者によってはグロテスクだというだろう」

「いいたい者にはいわせておけばいい、と考えております」そういってから星野は息を整えるように胸を上下させ、真っ直ぐに和昌を見つめてきた。「もちろん私は社長の指示に従います。

ただ、奥様のお気持ちはどうだろうと気にはなります。いろいろと楽しみにしておられることも多いので」

聞きようによっては、薫子が自分を手放すわけがない、という自信の表れとも取れる発言だった。

「あいつとも相談するよ。いずれにせよ、今すぐという話じゃない」

「わかりました」

「引き留めて悪かった」

いいえ、と首を振ってから、星野は視線を少しそらした。それにつられて和昌が振り返ると、瑞穂の部屋の窓越しに薫子の姿が見えた。彼女の目は、こちらに向けられている。「失礼します」星野は頭を下げ、歩きだした。門をくぐった後、もう一度黙礼してから立ち去った。

和昌は踵を返し、玄関に戻り始めた。瑞穂の部屋の窓を見たが、もう薫子の姿はない。

脳裏に先日の役員会での出来事が蘇った。その場で和昌は複数の役員から、星野の扱いについて質問を受けたのだ。

現在我が社が最も力を入れているのはＢＭＩ研究である、その研究の中心的役割を担う人間に本来の業務とは違う仕事をさせるのは合理的とはいえない、しかもその仕事はあまりに特殊で、ごくかぎられた人間にしか恩恵をもたらさない、そのような状況を招いた背景には個人的な思惑が深く関わっている形跡があり、見方によっては会社を私物化しているとの誤解を誘発するおそれもある、今のままでは株主たちの賛同を得られるとは思えず早急に改善策を模索する必要がある、というのだった。

個人名こそ避けてはいるが、和昌の行為を非難しているのは明らかだ。

それに対し、「意義のない研究を命じた覚えはない」と和昌は揚言した。現時点では汎用性が低い技術の構築のように思われるかもしれないが、将来のBMIに必ず生かされる研究だと確信している、だからもう少し長い目で見てほしい——そのように説明した。

創業者の直系といえど、その声が絶対的なわけではない。和昌の反論に不満のある者も少なくなかったはずだ。それでもとりあえずは、ではもうしばらく様子を見て、という空気になった。もちろん、多くの猶予が約束されたわけでないことは和昌自身が一番よくわかっている。だが和昌が星野に、潮時ではないかといったのは、役員たちの圧力に屈したからではなかった。

役員たちの声は、多津朗の耳にも入ったようだ。先日、話があるというので会いに行ってみると、開口一番、「まだあれを続けさせているようだな」といわれた。何のことだと問うと、例の電気仕掛けだ、と父は仏頂面をした。

「すぐにやめさせたほうがいいと何度もいってるじゃないか。どういうつもりだ」

多津朗は、一年以上瑞穂と会っていない。磁気刺激で孫娘の手足が動かされるのを見てから、薫子とは会いたくなくなったという。電気仕掛けといったことについて表面上は彼女に謝っていたが、内心では不愉快極まりなかったそうだ。多津朗にいわせれば薫子の行為は、「自分の気休めのために娘の身体を玩具にしているだけ」らしい。

「介護しているのは薫子だ。俺から文句はいえない」

「金を出しているのはおまえだろう。そもそも、あんなに長く生かしておいて、どうするつもりだ。そろそろ諦めたほうがいいんじゃないか」

「何をだ」

だから、といって多津朗は口元を歪めた。

「この先ずっとあのままなんだろう？　もう意識を取り戻すことはないんだろ。だったら、成仏させてやったほうが瑞穂ちゃんのためだ。私はもう割り切ってるんだ。あの子はもうこの世にいないとね」

「勝手に殺すな」

「じゃあ生きているのか？　本当にそう思っているのか？　どうなんだっ」

父の問いに和昌は即答できなかった。その事実に、彼自身がショックを受けていた。


「星野さんとはどんな話を？」

薫子が問いかけてきたのは、居間のソファに座り、和昌がウイスキーをロックで舐めている時だった。時刻は十時を少し過ぎている。家族揃っての夕食の後、生人は千鶴子が風呂に入れ、薫子は瑞穂に食事をさせていた。生人と千鶴子は、そのまま二階へ行ったようだ。

瑞穂を在宅介護するようになってから、和昌は月に二、三度訪れる。以前は夜遅くに自分のマンションに帰ることが多かったが、最近では泊まっていくようになった。朝、幼稚園に行く生人が、「お父さんは？」と訊くようになったらしいからだ。

「瑞穂、一人にしておいて大丈夫なのか」

「少しぐらいなら平気よ。でないと、お母さんがいない時、トイレにも行けないでしょ」

「それもそうか」

「ねえ、何の話をしていたの？」薫子が再び訊いた。

和昌は徐《おもむろ》にグラスを手に取った。

「今後のことだ。そろそろ本来の職場に戻したほうがいいと思ってね。いつまでも今のままで、というわけにはいかないからな」

そう、と薫子は向かい側のソファに腰掛けた。「瑞穂には、まだあの方の力が必要なんだけど」

「そうか？　でも君は十分に機械を使いこなせているじゃないか。星野君も、もう心配ないといっていた」

「同じ動作を繰り返すだけならね。でもまだ瑞穂の力を百パーセント引き出せているかどうかはわからない。顔の表情にしたって、ようやく手をつけたばかりだし」

「あれには驚いた」和昌はウイスキーを含み、グラスを置いた。「しかし、あそこまでやる必要があるかな」

「どういうこと？」

「手足を動かすことには意味があったと思う。筋肉がついて、代謝がよくなったようだからね」

「筋肉は第二の肝臓といわれるそうよ。ふつうの人でも肝臓機能が衰えたら、筋肉を鍛えればいいんですって。実際瑞穂は、血行がよくなって、血圧も安定した。体温調節だって、すごくうまくできるようになった。ほかにも、発汗、便通、皮膚の回復力——数えあげたらきりがない」

「それはわかっている。しかし表情を変えることに意味があるだろうか。表情筋を動かしたからといって、何かいいことがあるようには思えない。たしかにさっき君がいったように、たまに笑い顔を見せてくれるのはかわいいかもしれないが、それはこっちの問題であって、瑞穂自身に何かメリットがあるかな」

　薫子のこめかみのあたりが、ぴくりと動いた。それでも彼女は唇に笑みを滲ませた。

「それまでできなかったことが、できるようになるのよ。メリットがないわけないでしょ。鍛えなければ、表情筋だってどんどん衰えていく。子供が持っている力を引き出してやるのは親の務め。そうは思わない？」

　本人には意識がないのにか、といいたいのを和昌は堪えた。それを口にすれば、議論がループに入ってしまうのは明らかだった。

「あなたには申し訳ないと思ってる」和昌が黙ったからか、薫子が続けた。「瑞穂のために、たくさんのお金を使わせている。たぶんいろいろと迷惑もかけているんだと思う。だから介護に関しては、あなたの手を煩わせたりしない。これからもずっとそのつもり。だからもうしばらくは、私のしたいようにさせてほしいの」

「金のことなんかは別にいいんだが……」和昌は指先でテーブルを何度か叩いた後、小さく頷いた。「もう少し考えてみるよ」

「いい答えを出してくれることを祈ってる」薫子は微笑みを湛《たた》えて腰を上げた。「じゃあ、おやすみなさい。あまり飲みすぎないようにね」

「ああ、おやすみ」

妻が部屋を出ていくのを見送った後、和昌はアイスペールの氷をグラスに入れ、ウイスキーを注いだ。ボトルの蓋を閉めながら、二年数か月前のことを思い出した。あの夜も、こんなふうにウイスキーのロックを飲んだ。今、和昌が手にしているのはボウモアのボトルだが、あの時はブナハーブンだった。

瑞穂が水の事故に遭った日の夜だ。薫子と二人で、どうすればいいかを話し合った夜だ。話し合い、一度は臓器提供に同意しようと決めた夜だ。

あの時の決意を直前になって撤回していなければ、今頃はどうなっていただろうか。瑞穂は無論、この世にいない。予定通り、和昌と薫子は離婚していただろう。生人は薫子が引き取ることになっていた。和昌はどうか。養育費を払いつつ、こんな広い屋敷に一人で住んでいただろうか。いや、それはあり得ない。たぶん手放して、現在のようにマンションで独り暮らしをしていたに違いない。

つまり、と室内を見渡す。

住人ごと、この屋敷が姿を消していた可能性が高いのだ。もしかすると全く違う建物が建っていたかもしれない。

グラスの中の氷を指先で転がし、だからどうなんだ、と和昌は呟いた。

そのほうがよかったと思っているのか、と自問した。今のまま瑞穂を生かし続けていいものだろうか、という淡い疑問が常に胸中に宿っているのはたしかだ。これほど長期に亘って生き続けるとは予想しておらず、当惑する気持ちがあることも否定できない。あの時に脳死を受け入れていれば、先程のようなやりとりはなかった。薫子が星野にやらせていることに抵抗を感じたりもしなかった。

しかし瑞穂について何も思わずに済んだだろうか。今のように割り切れぬ思いを抱えてウイスキーを舐めるようなことは避けられただろうか。

答えはすぐに出て、和昌は頭を振った。そんなことはない――。

瑞穂を生かし続けることに疑問を抱いているように、もし脳死を受け入れていれば、それはそれで本当に正しかったのかどうか、答えを出せずに苦しんでいたに違いないのだ。もしかすると瑞穂は回復したのではないか。完治は不可能だったとしても、意識を取り戻し、意思の疎通を図れる日が来たのではないか。それもできなかったとしても、瑞穂に何らかの形で、生きている喜びを与えられたのではないか。愛情を伝えることができたのではないか、等々。考えれば考えるほど迷路は深くなり、後悔の念が強くなっていたことは想像に難くない。

あの夜から自分たちは一歩も前に進んでいないのかもしれない、と和昌は思った。

2

病院の正面玄関をくぐる時、和昌は懐かしさに似た感覚を抱いた。二年以上前、毎日のように通ったことを思い出したからだ。しかしすぐに、懐かしさという言葉を使うのは不謹慎だと気づいた。あの時から何ひとつ問題が解決していないことに思いが至ったからだ。

受付で用件をいうと、話が通っていたらしく、脳神経外科の待合所で待機しているようにいわれた。ただし、何かが保証されたわけではない。「急患が出るなど、先生の都合で予定が変更になることもありますので、御了承ください」とカウンターにいる女性から無機質な声でいわれた。

待合所に行ってみると、待っている患者は老人一人だけだった。その老人も間もなく呼ばれて席を立った。和昌は長椅子に腰を下ろし、持参してきた週刊誌を読み始めた。

すぐに誰かがそばに立つ気配があり、手元が暗くなった。和昌が顔を上げるのと、お久しぶりです、と声をかけられたのがほぼ同時だった。白衣姿の進藤が見下ろしてきた。理知的な顔立ちは相変わらずだ。

和昌は週刊誌を閉じ、椅子から立ち上がった。

「御無沙汰しています。そのせつは大変お世話になりました」頭を下げた。

進藤は頷き、こちらへどうぞ、といって歩きだした。

案内された先は、机や計測器のようなものが並んだ部屋だった。診察や治療をする場所ではなさそうだ。椅子を勧められたので、和昌は腰を下ろした。

進藤も座り、持っていたファイルを開いた。

「お嬢さんの状態は安定しているようですね。先月の検査でも、特に異状は見つかっていないということですし」

「そうらしいですね。おかげさまで」

進藤は、ふっと口元を緩め、ファイルを閉じた。

「おかげさまで……か。本当に、そう思っておられますか」

「どういう意味です？」

「お嬢さんの身体が今も生命現象を示しているのは、我々の医療行為のおかげなどではなく、自分たちの努力と執念の賜だと思っておられるんじゃないですか。実際、その通りですからね。病院は何もしていない。ただ検査をし、必要な薬を出しているだけです」

返す言葉が見つからずに和昌が黙っていると、失礼、といって進藤は片手を挙げた。

「嫌味な言い方になってしまいましたね。そんなつもりはありません。心の底から驚き、感服しているんですよ。主治医とも話しましたが、同様の思いのようです。人体の不思議さ、神秘さを、改めて思い知らされたといっておりましたよ」

「すると、瑞穂はやはり少しずつでも回復しているということでしょうか」

和昌の質問に進藤は即答せず、少し考えを巡らせるように首を傾げた。

「その表現は妥当ではないですね」慎重に話し始めた。「強いていえば……そう、管理しやすい状態になったというのがいいでしょう」

「管理しやすい、とは？」

「バイタルサインに変動が少なく、投与すべき薬剤も少なくて済む。奥様たちの負担は、おそらく以前よりかなり軽減されているはずです」

「それを回復しているとはいわないのですか」

進藤は黒目をわずかに動かし、「いえないと思います」と答えた。

「なぜですか」

「回復というのは」進藤は唇を舐め、続けた。「元の状態に近づくということです。元気だった頃に少しでも戻ったなら、その言葉を使えます。でもお嬢さんの場合は、そうではありません。脊髄への磁気刺激や筋肉量の増大によって、もしかすると統合性が多少保たれるようになったのかもしれませんが、あくまでも補塡《ほてん》にすぎず、元の状態に近づいたわけではありません。脳には全く変化がない……いえ、おそらく、脳の死滅している部分は大きくなっていると推測します」

和昌は大きく息をついた。「その話をしたかったのです」

「そうでしたね。今朝いただいた電話でも、お嬢さんの脳について訊きたいことがある、とのことでした。ただ、あの時もいいましたように、現在の正確な状態は把握していないのです」

進藤によれば、定期検診の際、薫子が脳の検査を希望していないらしい。その理由が和昌には何となくわかった。検査して、何ら好転していない、あるいは悪化しているという事実を明らかにしたくないのだろう。

「それで結構です。私が訊きたいのは、今ではなく、あの日のことなんです」

「あの日？」

「瑞穂が事故に遭った日です。先生に、おそらく脳死だといわれた時です」

はい、と進藤は小さく頷いた。「どのようなことでしょうか」

「率直にお伺いします。もしあの時、脳死判定のテストを行っていたら、どうなっていたと思いますか。瑞穂は脳死だと判定されたでしょうか。どうか正直に答えていただきたいのですが」

進藤が和昌の顔を見つめてきた。なぜ今さらこのような質問を投げかけてくるのか、と訝しむ目だった。

　私は、と脳神経外科医は唇を開いた。「高い確率で脳死と判定されたと思います。仮に今、あの時のお嬢さんと全く同じ状態の子供が目の前にいたなら、同じように診断するでしょう。躊躇いはありません。そしてあの夜のように、親御さんたちに臓器提供の意思確認をするはずです」

「あれから二年半以上も瑞穂は生きているにもかかわらず？」

「脳死しているからといって、すぐに心停止に至るわけではない、ということはあの時にも申し上げたはずです。これほどの長期になることは、さすがに予想しておりませんでしたが」

「じゃあ、もし今、瑞穂に脳死判定のテストをしたらどうなると思いますか。先程先生は、回復してはいないとおっしゃいました。今テストをしても、やはり脳死という結果が出るとお考えですか」

　進藤はゆっくりと顔を上下させた。「出ると思います」

「身体が成長しているのに？」

　和昌は当然の疑問を口にしたつもりだったが、進藤は唇からふっと笑みを漏らした。

「何かおかしなことをいいましたか」

「いえ、もしほかの不勉強な医師なら、判定自体を行わないというかもしれないと思いましてね。御指摘の通り、脳の全機能が停止していれば、身体は成長しないはずです。体温調節もできないはずだし、血圧が安定することもない。かつての常識で考えれば、脳死などあり得ない」

ところが、と進藤はいった。

「それを成し遂げた例が、過去にいくつもあるのです。脳死と判定されたにもかかわらず、何年も生き、その間に身長が伸びたような例が。それに対して移植医療の推進派などは、それらは真の脳死ではなかったのではないか、正式な判定をしていなかったのではないか、と反論しています。無論、そういうケースもあったでしょう。しかし私は、法的にも脳死状態であったケースも少なくないと考えています。判定基準からいえば脳死であるが、一部の機能は残っていたというわけです。そして瑞穂さん——お嬢さんも、それに当てはまるのではないかと思うのです」

「一部の機能が残っているなら脳死とはいえないんじゃないですか」

進藤は小さく肩をすくめてみせた。

「やはりあなたも誤解しておられるようだ。しかしまあ、無理もありません。脳死という言葉には、多くの謎と矛盾が含まれていますから」

「どういうことです」

「脳死の定義は、脳の全機能停止です。判定基準は、それを確認するものとされています。しかしそれは建前にすぎません。なぜなら脳について我々はすべてを知っているわけではないからです。どこにどんな機能が潜んでいるのか、まだ完全にはわかっていません。それなのにどうやって全機能停止など確認できるでしょうか」

たしかに、と和昌は呟いた。

「御存じかもしれませんが、脳死という言葉は臓器移植のために作られたようなものです。一九八五年、厚生省竹内班の脳死判定基準が発表され、その基準を満たした状態を脳死と呼ぶ、ということになったのです。はっきりいうと、全機能停止とイコールかどうかは不明です。だから判定基準は誤りである、という人もいます。脳死を人の死とすることに反対する方々の意見は、概《おおむ》ねそうです」

「その言い分には筋が通っているように思います」

「心情は理解できます。ただ忘れてならないのは、竹内基準は人の死を定義付けるものではなく、臓器提供に踏み切れるかどうかを見極める境界を決めたものだということです。リーダーだった竹内教授が最も重視したのは、ポイント・オブ・ノーリターン——この状態になれば蘇生する可能性はゼロということでした。だから名称としては『脳死』などではなく、『回復不能』や『臨終待機状態』といった表現が妥当だったと思うのです。しかし臓器移植を進めたい役人たちとしては、死という言葉を入れたかったのでしょうね。おかげで余計に話が複雑になったというのが私の印象なのですが」

「臓器移植には脳死が人の死かどうかは関係なかったとでも？」

「まさに、そうです」我が意を得たりとばかりに進藤は大きく首を縦に動かした。「何をもって人の死とするか。そんな哲学的な問題を持ち込むべきではなかった。どういう条件を満たせば臓器を提供できるか、そこにポイントを絞るべきだったのです。しかし生きている人間から臓器を摘出することを法律で認めるのは、やはり困難だった。まずは、『その人はもう死んでいる』ことにする必要があったのです」

「もう死んでいる……ですか。瑞穂の脳は一部機能しているかもしれないけれど、判定基準に照らし合わせれば、たぶん脳死と判定される、つまり死んでいることになる——そういうことでしょうか」

「その通りです」

「背が伸びているのに……」

どうしても、そのことに拘ってしまうのだった。

「私は竹内基準は間違っていないと考えています。子供の長期脳死の例は多い。でも脳死判定後に人工呼吸器から離脱したとか意識を回復したといったケースは、過去に一例たりとも認められておらず、結局は脳死状態が持続した上で心停止に至っています。長期脳死の存在は、臓器提供を前提とした脳死判定そのものに影響を与えるものではありません。たとえ背が伸びていようとも」

和昌は俯き、額に手をやった。頭の中を整理する必要がありそうだった。

「もう一つ、付け加えておきます」進藤が人差し指を立てた。「こういう例があります。瑞穂さんと同様、小児の時に脳死と診断されながら長く生存し、その間に身長が伸び、体調も安定していた。息を引き取った後に解剖したところ、脳は完全に融解しており、機能していた形跡は認められなかった。まさに完全なる脳死です。一例ではありません。世界中に、いくつもある症例です」

「瑞穂も、そうかもしれないと?」

「否定はできません。人体には神秘の部分が多く残されています。子供の場合は特に」

和昌は両手で頭を抱え、椅子の上で上体を反らせた。天井を見つめた後、目を閉じた。

その姿勢をしばらく続けた後、手を下ろし、進藤を見た。

「もう一度伺います。もし今、瑞穂が脳死判定を受けたなら、脳死と判定される可能性が高いわけですね」

「おそらく」進藤は目をそらさずに答えた。

では、と和昌は息を整えてから訊いた。

「今、我が家に……うちの家にいる娘は、患者でしょうか。それとも死体なのでしょうか」

進藤は言葉に詰まったように苦しげな表情を見せた。せわしなく黒目を動かした後、意を決したように和昌にいった。

「それは、私が決めることではないと思います」

「では誰が決めるのでしょう」

「わかりません。たぶん、この世の誰も決められないんじゃないでしょうか」

ずるい答えだ、と和昌は思った。同時に、誠実な答えだとも思った。誰も決められない。たしかにその通りだ。

ありがとうございます、と彼は頭を下げていた。

3

妹の美晴が若葉を連れてやってきたのは、六月に入って間もなくのことだった。土曜日で、訪問看護もなければ訪問学級もない。インターホンのチャイムが鳴った時、薫子は瑞穂の部屋で、新章房子から借りた本を読み終えた直後だった。主人公が死ぬたびに様々な生物に生まれ変わる物語で、たとえ砂漠で一生を終えるサボテンであったとしても生の喜びを感じられるのだというくだりには、何度読んでも胸が熱くなった。だから美晴たちを玄関で出迎えたときには、「何かあったの？」と心配そうに尋ねられた。目が少し赤くなっていたからだろう。薫子は苦笑し、何でもないと弁明した。本を読んでいて感動したのだというと、美晴は何もいわず、複雑な笑みを浮かべた。

昨年の夏頃、美晴には毎週日曜日に来てもらった。薫子は新章房子として募金活動に参加しなければならなかったからだ。もちろん、そのことを美晴には話していない。彼女には、寝たきりの子供の介護者を対象にしたセミナーに出席するため、と説明してあった。

「お母さんは？」美晴が訊いた。

「買い物。ついでに家の様子を見てくるって」薫子は若葉に目を移した。「こんにちは、元気だった？」

こんにちは、と若葉は挨拶した。瑞穂と同い年の姪は、背が大きくなり、幼児の気配がすっかり消えている。小学三年生。学校に通う、正真正銘の小学三年生だ。リコーダーが得意らしいと千鶴子から聞いたことがある。九九だって完璧にいえるのかもしれない。学校には友達がたくさんいて、おしゃべりしたり、様々な遊びをしたりするのだろう。もちろん喧嘩したり、悪口をいい合ったりもするに違いない。しかしそれが子供なりの人間関係というものだ。

あの事故さえなければ瑞穂だって、とつい考えてしまうことを否定できなかった。若葉と会う時には心の一部にシャッターを下ろさねばと気をつけているのに、なかなか思うように自分をコントロールできないことに苛立ちを覚える。

「伯母さん、瑞穂ちゃんに会ってもいい？」若葉が訊いてきた。

「ええ、いいわよ。会ってあげて」

若葉は靴を脱ぐと、勝手知ったるという感じで瑞穂の部屋のドアを開けた。美晴も彼女に続いて入っていく。二人の様子を薫子は後ろから眺めた。

ついさっきまで本の読み聞かせをしていたので、瑞穂は車椅子に座っている。

「こんにちは、瑞穂ちゃん。今日はツインテールなのね、よく似合ってるよ」まず美晴が声をかけた。瑞穂の髪を、左右二つに縛ってあるのだ。

若葉は瑞穂の手を取った。

「こんにちは、若葉だよ。今日はね、イチゴを持ってきた。この前、みんなで長野までイチゴ狩りに行ってきて、そのお土産なの」独り言を呟くような小声でいった。何となく遠慮しているように聞こえた。

美晴が、提げていた大きなトートバッグから、四角いパック容器を出した。赤いイチゴがびっしり入っている。それを受け取った若葉は、瑞穂の顔に近づけた。

「ほら、このイチゴ。いい匂いがするんだけど、瑞穂ちゃん、わかるといいなあ」

しばらくそうした後、若葉は瑞穂から離れ、はい、といってパック容器を薫子に差し出してきた。

「ありがとう。すごくいい匂いだから、きっと瑞穂は喜んでるわよ」薫子は容器を受け取り、姪に微笑みかけた。

うん、と若葉は答えた。その目に宿る光は真剣そのものだ。

「イクちゃんはどこに行ってるの？」美晴が尋ねた。

「二階にいる。あなたたちが来ることはいってあるんだけど、またきっとゲームに夢中になってるんだと思う。呼んでこなきゃ」

「いいよ、別に。イクちゃん、あたしたちに会っても大して面白くないのかもしれないし」

「そういう問題じゃなくて、きちんと挨拶させなきゃってこと。とりあえず、お茶でもどう？貰い物だけど、おいしいお菓子があるの」

「うん、いただく。若葉はどうする？　ママたちと一緒に、お菓子、食べに行く？」

ううん、と若葉はかぶりを振った。「若葉は後でいい。もうちょっと、瑞穂ちゃんといる」

わかった、と美晴は答えてから、そういうことだから、と薫子にいった。薫子は頷く。

この家に来ると、若葉は殆どずっと瑞穂のそばにいるのだ。たぶん彼女にとって瑞穂は、同い年で仲の良かった従姉のままなのだろう。今は眠っているが、いずれは目を覚まし、前のように遊べる日が来ると信じているのかもしれない。いやもしかすると、子供特有の神秘的な力によって、今でも心が通じ合っている可能性すらある。いずれにせよ薫子は若葉のことを、自分の次に瑞穂を理解している人間だと評価していた。

瑞穂の部屋を出て、居間に向かう途中、階段の下で足を止めた。イクトッ、と上に向かって呼んだ。

「ミーママと若葉ちゃんが来てるよ。御挨拶しなさい」

返事を待ったが、反応はない。それでもう一度名前を大声で呼ぶと、「聞こえてるっ」と不機嫌そうな声が返ってきた。

「お姉ちゃん、あんまり無理強いしないで。たぶん面倒臭いんだと思う」美晴が気遣いを示した。

「最近、ちょっと反抗期っぽいの。一旦自分の部屋に籠《こも》ったら、なかなか出てこようとしないのよね。学校のことを訊いても、きちんと答えないし」

「イクちゃんも大人になりつつあるってことじゃないの？」

「まさか。小学一年で？」

「でも子供にとって幼稚園から小学校に上がるのって、劇的な変化だと思う」

「そうかもしれないけど」

この四月、生人は小学生になったのだった。ランドセルを背負った姿を見た時には感無量だった。同時に、瑞穂のそうした姿を見られなかったことを改めて嘆いた。生人には姉の分まで学校生活を楽しんでほしいと願っている。だが学校に入ったことで、何らかの不満が彼の中に生じるようになったのだとしたら、これほど歯痒《はがゆ》い話はない。

薫子が二人分の紅茶を淹れた頃、ようやく生人が居間に顔を出した。美晴を見て、こんにちは、と頭を下げた。

「こんにちは。イクちゃん、学校、楽しい？」

美晴の問いかけに、うん、と頷く。その顔は、特に気分を害しているようには見えない。

「好きな教科は何？　算数？　国語？」

生人は照れたように身体をくねらせ、たいく、と答えた。体育のことだ。

「体育なんだ。そりゃそうだよね。身体を動かすのは楽しいもんね」

美晴にいわれ、生人は嬉しそうだ。自分を認められたような気分なのかもしれない。

「若葉ちゃんなら、お姉ちゃんの部屋にいるよ」薫子はいった。

うん、と生人は返事した。しかしその表情が、ほんの少し曇ったように思えた。すぐに部屋に向かおうとしないのも気にかかった。

「何？　若葉ちゃんに会いたくないの？」

生人は首を振った。「そんなことない」

「だったら、会ってくれば？」

もうすぐ七歳になる息子は、少し迷う素振りを示した後、薫子と美晴を交互に見てから、「会ってくる」といって居間を出ていった。

「どこが反抗期？」美晴が小声でいった。「相変わらず、すごくいい子じゃない。質問にきちんと答えてくれたし」

「今日は機嫌がよかったのかもしれない。そうでなかったら、外面《そとづら》がいいのかも。入学式でも、やたらいろいろな人に挨拶してたし。知らない人によ」

「へえ、頼もしいじゃない。どんなふうに？」

「まずは自己紹介。初めまして、一年三組の播磨生人です、よろしくお願いします、そういって深々と頭を下げるの」

「すごーい。それならすぐに名前を覚えてもらえそう」

「でしょ？　で、その後に、これは僕の姉ですって瑞穂のことを紹介するのよ」

えっ、と美晴の目が不意をつかれたように大きくなった。「これは僕の姉って……イクちゃんの入学式に瑞穂ちゃんを連れていったの？」

「そうよ、もちろん。だって弟の晴れの日なんだから、連れていくのが当然でしょう？　そのための服だって新調したんだから。生人もお姉ちゃんに来てほしいといったし」

ふうん、と美晴は遠くを見つめるような顔をした。

「何？　何かおかしい？」

「ううん、そんなことないよ」美晴はあわてた様子で首を振った。「ただ、紹介された人たちは驚いたんじゃないかなと思っただけ。何かいわれなかった？」

「そりゃあいわれたわよ。大変ですねって。でも、みんな感心してた。とても障害があるようには見えないって。今にも目を開けて挨拶しそうですねって。だからいってやったの。大変なことなんて何もありません、どんなに腕白な子でも眠っている間は世話が楽でしょう、うちはそれがずっと続いているわけですからってね。誰も何もいい返せないでいた。痛快だったわよ」

美晴は、へええ、といっただけだった。それ以上、入学式のことは尋ねてこなかった。

会うのが久しぶりだったので、姉妹で話すことはたくさんあった。美晴は自分の夫についての愚痴をこぼし始めた。彼女の夫は商社マンで、典型的な合理主義者だ。それに則《のっと》って妻の行動の一つ一つに物言いをつけてくるらしいが、理屈が通っているだけに反論できないという。

「そういう相手には適度な嘘が必要なの。何もかも馬鹿正直に報告するから、そんなふうに難癖をつけられるのよ。適度にぼかして、時には細かいことなんかは忘れたふりをしてりゃいいのよ」

「そうなのかなあ」

「そうなの。合理主義者にすべてを話したら、絶対に何かを否定されるから」

そんなことを二人で話していたら、廊下から物音が聞こえてきた。やがてドアが開き、生人と若葉が入ってきた。

「あれっ、どうしたの?」

薫子の質問に、どちらも答えない。ただ若葉は、何となく気まずそうだ。

生人は、最近お気に入りのパズルゲームをどこからか引っ張り出してきた。その相手を若葉にさせようという魂胆らしい。

二人が遊んでいるのを横目で見ながら薫子は美晴と会話を続けていたが、どうにも気になって仕方がなくなってきた。ねえ、と生人に声をかけた。

「どうしてこっちに来たの? いつもはお姉ちゃんの部屋で遊ぶじゃない。今日も、そうすればいいのに」

やはり二人は無言だった。しかし明らかに若葉は何かをいいたそうにしていた。だから薫子は彼女のほうを向いてさらにいった。

「若葉ちゃんは瑞穂に会いに来てくれたんだよねえ。だったらやっぱり、あっちの部屋がいいんじゃないの?」

この問いかけに、若葉は期待通りの動きを見せた。腰を浮かせ、あっちへ行こうというように生人に目で合図を送ったのだ。ところが生人の対応は、まるで予期しないものだった。

嘘だもん、と彼はいったのだ。その言葉を発する時、薫子のほうを見ようとしなかった。

「何が？」薫子は訊いた。「何が嘘なの？」

しかし生人は答えない。パズルゲームの部品を手にしたまま押し黙っている。

生人っ、と薫子は叫んだ。「はっきりいいなさい。何が嘘なのっ」

小学一年生になったばかりの少年は、何かを堪えるように全身を震わせた後、薫子のほうに顔を向けた。その表情はこれまでに彼が見せたことのない、敵愾心と悲しみに満ちたものだった。

「お姉ちゃんが生きてるなんて、嘘でしょ？」

「えっ……」

「ほんとはとっくの昔に死んでるんだけど、ママが生きてるってことにしてるだけなんでしょ？」絶望の淵で呻くように彼はいった。

一瞬、薫子の頭の中は完全なる空白になった。息子が何をいったのかわからなかった。言葉の一つ一つの意味は理解できる。しかし一連の文章だと受け入れるのに、本能的な何かが抵抗を示した。息子が発した言葉だとは認めたくなかったのだ。

だがその空白の時間は長く続かなかった。聞きたくない言葉のすべてが、幻聴でも聞き違いでもないことは明白だった。

あまりの衝撃に薫子は目眩がした。気を失うのを堪えるのがやっとだった。本当なら、何を馬鹿なことといってるのといって叱り飛ばし、教育のためと割り切って平手打ちの一つぐらいは繰り出すべきだったのかもしれない。しかし薫子にはいずれもできなかった。膝から力が抜けるのを止められず、椅子から立ち上がれなかった。

声を発したのは若葉だった。「イクちゃん、それ、いっちゃだめ」

若葉っ、と美晴が叱責する声をあげた。だが薫子には妹が声を荒らげた理由がわからなかった。頭の中では生人の発した言葉だけが反響していて、ほかの人間の台詞について吟味する余裕をなくしていた。

「何いってるのっ」薫子は息子の白い顔を睨んだ。「何が嘘なの？　瑞穂お姉ちゃんは生きてるでしょっ。眠ったままだけど、ちゃんと食べるし、ウンチだってするし、背だって伸びてるんだから」

しかし息子は喚くようにいった。

「そんなの、生きてることにならないっていわれた。機械を使って、生きてるみたいにしてるだけで、ほんとは死んでるんだって。死んでるのに入学式に連れてこられて嫌だったって、みんないってるもん。気持ち悪いっていわれたもん」

「誰にいわれたの？」

「みんなにだよ。お姉ちゃんのことを知ってるみんなに。そんなことない、眠ってるだけだって僕がいったら、じゃあ、いつ起きるんだっていわれた。ずっと目を覚まさないんだったら死んでるのと一緒じゃないかって」

反抗的な目が赤く充血しているのを見て、薫子は事情を察知した。同時に胸が張り裂けそうになった。

生人は決して、自分が母親に騙されていたとは思っていないのだ。目を覚まさない姉を見て、元に戻ってほしいと願いつつ、たぶんずっとこのままなのかもしれないと彼なりに覚悟を決めていたに違いない。しかしそのことを何の関係もない第三者から指摘され、激しく傷ついたのだ。

最近の生人の様子を思い出し、腑に落ちた。前は瑞穂の部屋に入り浸りといっていい状態だったのに、近頃はあまり近づこうとしない。薫子に促されて瑞穂の部屋へ行っても、積極的に話しかけることなく、そそくさと退出することが多くなった。

あまりの衝撃に、薫子は声を失った。黙り込んではいけない、息子に何かいわなければならないと焦る気持ちはあるが、言葉が頭に浮かんでこない。

そんな母親の態度をどう解釈したのか、生人はパズルゲームを床に放り出し、立ち上がった。そして止める暇もなく、部屋を飛び出していった。廊下を走り、階段を駆け上がる音が聞こえてきた。

薫子は凍りついたように動けなかった。息子の発した言葉が、ずっと頭の中でリピートされ続けていた。

お姉ちゃん、と美晴が心配そうに声をかけてきた。聞こえてはいるが、返事ができなかった。すると今度は肩を摑まれ、揺すられた。「お姉ちゃんっ」

ようやく身体が反応した。不安げに顔を覗き込んできた妹を見返した。ああ、と吐息を漏らし、額に手を当てた。「ごめんなさい……」

「大丈夫？　顔色、真っ青だよ」

「うん、大丈夫。でも、ちょっとショックだった」

「イクちゃんのこと、叱らないでね。イクちゃんなりに辛いんだと思うから」

「わかってる。だからショックなの。学校で、そんなことをいわれてたなんて」

「仕方ないよ。子供は残酷だから。それに、みんながみんな、いってるんじゃないと思う。中には、イクちゃんに同情してくれてる子もいるはずだよ」

慰めの言葉をありがたいと思いつつ、最後の一言が引っ掛かった。「同情？」薫子は眉をひそめた。

妹はすぐに失言に気づいたようだ。小さく手を振った。

「あっ、同情っていう言い方は変だけど、つまりイクちゃんの気持ちをわかってる子もいるはずだってこと」

取り繕うようにいう美晴の顔を見ているうちに、徐々に冷静さが戻ってきた。薫子は改めて生人の発言を咀嚼《そしゃく》しようとして、不意に気になったことがあった。彼女は若葉に目を向けた。姪は無言で、生人が投げ出したパズルゲームをいじっている。

若葉ちゃん、と薫子は呼びかけた。

「さっき、生人にいったよね。『それ、いっちゃだめ』って。あれ、どういうこと？」

問われている意味がわからないのか、若葉は大きな目で瞬きした。

「そんなことないとか、そんなふうにいっちゃだめとかじゃなくて、どうして、『それ、いっちゃだめ』だったの？　『それ』ってどういうこと？　瑞穂はもう死んでるってこと？　若葉ちゃんも、じつはそう思ってるの？　思ってるけど、この家ではいっちゃだめってこと？」

矢継ぎ早の詰問に若葉は答えられず、泣きだしそうな顔を美晴に向けた。

「お姉ちゃん、どうしたの？」

当惑したように訊いてきた美晴を、薫子は睨みつけた。

「あなたもおかしいよね。『それ、いっちゃだめ』って若葉ちゃんがいった時、若葉って叱りつけてた。あれはどうして？」

「あれは別に……」

返答に窮《きゅう》した様子の妹を見て、薫子は疑念を強めた。

「もしかしたらあなたたち、ふだんそんなふうに話してるんじゃないの？　瑞穂ちゃんはもう死んでるけど、播磨家に行ったら、まだ生きてるってことで話を合わせようとか」

美晴は困ったように眉尻を下げた。「そんなことないよ」しかしその声は弱々しい。

「じゃあ、どうして若葉ちゃんがあんなふうにいったの？　どうしてあなたは若葉ちゃんを叱ったの？　おかしいじゃない」

「そんなの……特に深い意味はなくて……若葉だって、ただイクちゃんを注意したかっただけだよね」美晴は娘に問いかける。若葉は黙って頷いた。

薫子は首を横に振った。「もういいよ、わかった」

「お姉ちゃん……」

美晴が困り果てた顔を見せた時、玄関ドアの開く音が聞こえた。廊下を歩く足音がし、やがて紙袋とビニール袋を提げた千鶴子が入ってきた。

「ごめんなさい。久しぶりに家の掃除をしてたら遅くなっちゃった。お父さんたら、お風呂の掃除もきちんとしてなくて――」そこまで話したところで雰囲気の異状に気づいたらしく千鶴子は言葉を切り、姉妹や孫娘の顔を一通り見てから改めて口を開いた。「どうかしたの?」

別に、と薫子はいい、頬杖をついた。

美晴は意を決したように腰を上げた。「若葉、帰るわよ」

若葉は弾《はじ》かれたように立ち上がり、母親のそばに寄った。

「何? もう帰るの? 電話では、ゆっくりしていけるっていってたじゃない」千鶴子が戸惑ったように訊いた。

「ごめん。急に用事ができちゃったの。今度またね。——さあ、若葉、瑞穂ちゃんに挨拶して帰ろう」

うん、と若葉は頷いたが、「しなくていいから」と薫子は二人にいった。「ていうか、しないで。部屋に入らないで」

だが美晴は答えず、居間を出ていった。すたすたと廊下を歩き、瑞穂の部屋に入っていくのが見えた。若葉も躊躇いがちに後に続いていく。

千鶴子が怪訝そうに薫子を振り返った。「どうしたっていうの?」

薫子は答えず、廊下の先を見つめた。

やがて母娘が瑞穂の部屋から出てきた。それを見て千鶴子が小走りに駆け寄っていく。薫子は目をそらした。

じゃあお母さん、またね、と美晴が硬い口調でいうのが聞こえる。若葉も何かいっているようだ。またいらっしゃいね、と千鶴子が応じている。

玄関ドアが閉まる音が聞こえ、間もなく千鶴子が戻ってきた。

「一体、何があったの？」

何も、と答えて薫子は立ち上がった。「瑞穂に食事をさせなきゃ」

「ああ、そうね。もうそんな時間ね。準備しないと」千鶴子は壁の時計を見た後、キッチンに向かいかけた。その背中に、お母さん、と薫子は声をかけた。

「大変だったら、もう手伝わなくていいよ。私、ひとりで瑞穂の面倒を見られるから」

千鶴子の頬が強張るのがわかった。「何いってるの？　美晴に何かいわれたの？」

「ううん、お母さんが大変だと思ってるかなと思っただけ」

「そんなことあるわけないでしょ。変なこといわないで」声に怒りが含まれていた。

薫子は力なく頷いた。この母だけは味方だと信じたかった。信じなければならないのだった。

ごめんと呟き、瑞穂の部屋に向かった。

4

播磨家の玄関から門に向かうアプローチを足早に歩いている間、母は無言だった。その跡を追いながら若葉は、母はきっと怒っているのだろうと思った。自分がついうっかり変なことをしゃべってしまったせいで、カオル伯母さんが腹を立てたからだ。あれほどいわれていたのに、注意されていたのに。

こんなことはカオル伯母さんの前では話しちゃだめよ、と——。

後で叱られるのだろう、と覚悟を決めた。

だが播磨家の門を出てから母が若葉にかけた言葉は、「気にしなくていいからね」だった。口調も柔らかだった。

「イクちゃんがあんなことをいったから、カオル伯母さん、びっくりして、それであたしたちにも八つ当たりしたんだと思う。ああ、八つ当たりってわかる？」

「怒ってるってことでしょ」

「うん、そう。怒る相手は誰でもいいの。とにかく怒っちゃうの。大丈夫、少し時間が経てば、伯母さんも落ち着くと思う。だから若葉は気にしなくていい。わかった？」

うん、と若葉は頷いた。

でも、と母は腰を屈め、顔を寄せてきた。

「今日のことはパパには内緒ね。いっちゃだめよ」

若葉は黙って、もう一度ゆっくりと頷いた。元々、父に話す気などなかった。

「さあ、帰ろ。時間が余ったから、ケーキでも買おうか」母は明るくいった。

若葉もがんばって笑顔を作り、うん、と元気よく答えた。

母が歩き始めた。若葉はついていきながら、一度だけ振り返って播磨家の門を見た。幼い頃から何度も来ている家だ。

でも、もうしばらくは来ることがないかもしれないな、と思った。

若葉の父は商社マンだ。といっても、それがどんな仕事をする職業なのか、彼女はよく知らない。ただ、やけに出張が多い。プールで瑞穂が事故に遭った時も、父は海外で単身赴任中だった。だからどんないきさつがあって、瑞穂が目を覚まさないまま播磨家に帰り、カオル伯母さんや祖母に世話されることになったのか、父はよくは知らないはずだった。

もっとも、では若葉は詳しく知っているかというと、じつはそうでもない。カオル伯母さんたちが家に連れて帰りたいといったから、そうすることにしたらしい、と母から聞かされただけだ。

父は数か月に一度、帰国した。日本には一週間ほど滞在する。それが若葉には大きな楽しみだった。その間に、いろいろなところへ旅行することもあった。物知りで優しい父が若葉は大好きだ。だから逆に赴任先へ戻る父を見送りに成田空港へ行く時には、車の中で泣きっぱなしだった。

その父の短い滞在中に、播磨家の話題が出ることはあまりなかった。久しぶりに会うのだから、自分たちについて話すだけで精一杯なのだ。話題には事欠かない。当然、瑞穂ちゃんを見舞おうという話にもならなかった。

父の単身赴任が終わったのは、今年の二月だった。新しい職場は東京なので、それからはずっと家族三人で暮らしている。父の職場は当分変わらない、という話だった。

親子三人での生活が落ち着いて間もなく、母が瑞穂ちゃんの見舞いに行ってくれないかと父に切りだした。

「行かなきゃいけないかなあ」父は明らかに乗り気ではなかった。

「だってあなたが帰国したことはお姉ちゃんも知ってるから、全く顔を出さないってわけにはいかないと思うの。どうして来てくれないんだろうって、きっと思ってるよ。それにほかの親戚も、一度ぐらいは見舞いに行ってるみたいだし」

「でも寝たきりで意識はないんだろ？　見舞うといったってなあ」

「だから瑞穂ちゃんの見舞いというより、お姉ちゃんとお母さんを労ってくれたらいいの」

「要するに、妹としての君の顔を立てろってことか」

「そういう解釈でもいい」

父はため息をつき、「それなら仕方ないか」といって重い腰を上げたのだった。

まだ寒さの残る三月初め、親子三人で播磨家を訪れた。カオル伯母さんは歓迎してくれた。特に父が一緒だったのが嬉しかったようだ。何度も礼をいっていた。

瑞穂と対面した父は、しきりに感心の言葉を並べた。健康そうだ、とても病気とは思えない、今にも目を覚ましそう――多くの人と同じような感想だった。それを聞き、若葉も嬉しくなった。パパも自分と同じだ、眠ったままになってしまっても瑞穂ちゃんのことが好きなのだ、と思った。

しかし帰宅してから父は、若葉の気持ちとは全く逆のことをいった。もう二度と見舞いには行かない、とぶっきらぼうにいうのだった。

「ああいうのは苦手だ。それに賛成できない。完全に義姉《ねえ》さんの自己満足だよ。医者からは脳死だといわれてるんだろ？　外国じゃ、脳死が判明した時点で治療が打ち切られるのがふつうだ。それをあんなに金をかけて延命するなんて……異常としかいいようがない」

早口でいう父の言葉が、若葉にはあまり理解できなかった。しかしカオル伯母さんのことを批判しているのはわかった。

「日本と外国じゃ、ルールが違うのよ」母がいった。

「だからそのルールを逆手に取って、脳死を認めず、生きてることにしましょうってわけか？それならそれでもいいけど、自分たちの中だけでやってもらいたいもんだな。ほかの人間を巻き込まないでもらいたい。はっきりいって迷惑だ」

「あなた、若葉が聞いてるんだから……」

「若葉にとってもよくないと思う。きちんと事実を受け入れさせるべきだ。――若葉」不意に父が見つめてきた。怖い目だった。「正直に答えるんだ。若葉は、瑞穂ちゃんがいつか目を覚ますとでも思ってるのか」

　きつい口調に若葉の心はひるんだ。救いを求め、母を見た。

「今、そんなことを訊かなくても……」母はいった。

「大事なことだ。はっきりさせておきたい。若葉、答えなさい。どうなんだ。瑞穂ちゃんの病気はいつか治ると思ってるのか」

　わからない、と若葉は答えた。そうとしかいえなかった。すると父は彼女の肩を両手で摑んでいった。

「いいか、よく聞きなさい。瑞穂ちゃんは、これからもずっと目を覚まさない。あのままだ。眠ってるように見えてるが、じつはそうじゃない。頭の中には何もないんだ。何も考えてないし、若葉がいくら話しかけてもその声は聞こえないし、どんなに触ってあげても何も感じない。あそこにいるのは、もう前の瑞穂ちゃんじゃないんだ。抜け殻なんだよ。魂ってわかるか？それはもう抜けてしまっている。若葉がよく知っている瑞穂ちゃんは、もう天国にいる。話しかけたいなら、空に向かって話しかけるといい。だから、もうあの家には行かなくていい。わかったな」

何と答えていいかわからない。若葉は再び母を見た。助けてほしかった。

だが母よりも先に父がいった。「ママだって、本当はわかってるんだ」

えっ、と若葉は母を見た。

父は続けた。

「瑞穂ちゃんはもう死んでるのと一緒だってね。でも伯母さんたちの手前、そんなふうには思っていないふりをしてるだけなんだ。お芝居をしてるんだよ」

「そんな言い方しないでっ」母が怒った声を出した。

「じゃあ、どんな言い方をしたらいい？　脳死して意識なんかないとわかっている相手に、笑顔で話しかける行為の、どこが芝居じゃないんだ？　それなら訊くが、君は瑞穂ちゃんと二人きりの時でも、あの子に話しかけてるか？　会話をしてるか？　薫子さんの目がなければ、そんなことはしないんじゃないか。どうなんだ。正直に答えてみろよ」

父の言葉に、はっとした。そういえばそうかもしれないと若葉は思った。カオル伯母さんがいない時でも、母は瑞穂に話しかけていただろうか。振り返ってみると、たしかにそんなことは一度もなかったような気がする。

そしてそれを認めるように母は無言だった。

「わかったな、若葉」父は穏やかな口調に戻っていった。「みんな、伯母さんの前で演技をしているだけなんだ。お祖母ちゃんでさえ、たぶんそうだ。全部お芝居なんだ。さっき伯母さんの前では、パパもちょっと演技をした。嫌だったけど、仕方ない。話を合わせるというやつだ。でも若葉には、そんなことはさせたくない。だから、なるべくあの家には近づかないほうがいいんだ。わかったか？」

いい返す言葉など思いつかなかった。わかった、と答えるしかなかった。父は納得したように頷いた。

母と二人きりになった後、「もう、瑞穂ちゃんのところへは行かないの？」と若葉は訊いてみた。

「全然行かないってわけにはいかないよ。親戚なんだから。パパも、『なるべく』っていったでしょ。行かなきゃいけない時もあると思う」

「その時はどうするの？　お芝居するの？」

母は傷口に触れられたように顔をしかめた。そしていった。「今まで通りでいいから」

さらに、次のように付け加えた。

「でも、こんなことはカオル伯母さんの前では話しちゃだめよ」

うん、と若葉は答えた。なぜ話してはいけないのか、その理由は聞かなくても何となくわかった。口ではうまくいえなかったが。

それ以来、播磨家には行かなかった。しかし今日、とうとうその時が来てしまった。家を出る時、母から注意された。

「いい？　今まで通りよ。カオル伯母さんの前では、今まで通りでね」

わかってる、と若葉はいった。それに今まで通りでないなら一体どうすればいいのか、そちらのほうが難しかった。

だから久しぶりにカオル伯母さんに会った後も、これまでと同じように行動した。つまりまずは瑞穂に会いに行き、伯母さんと母が居間でお菓子を食べるといった時も、自分はここにいると答えた。そんな若葉の態度に伯母さんは満足そうだった。

瑞穂の部屋に残ると、様々なことが頭に浮かんできた。父が母にいった、「君は瑞穂ちゃんと二人きりの時でも、あの子に話しかけてるか?」という問いもその一つだ。

それに対して母が何も答えられないでいるのを見て、ショックだったのは事実だ。しかし同時に気づいたこともあった。

自分もそうだったのではないか、ということだ。

若葉自身も、カオル伯母さんがいないところでは、あまり瑞穂に声をかけたり、身体に触れたりはしなかったような気がする。その理由をはっきりとは説明できなかった。だが、父がいうような『お芝居』ではなかったと思う。カオル伯母さんの目を意識しなかったといえば嘘になるけれど、眠ったままの従姉に言葉をかけるのは、父とは違い、決して嫌ではなかった。どうかこの声が届いていますようにと心の底から願っていたのも事実なのだ。そしてそれは母も同じではないかと思う。母だけではない。瑞穂に語りかける人の多くが、そうなのではないか。父がいう『お芝居』とは違うのではないか。

ではそれは何なのかと訊かれると困ってしまうのだけれど――。

そんなことを考えていたら生人が部屋に入ってきた。二つ下の従弟《いとこ》と会うのも久しぶりだ。彼は携帯型のゲーム機を持っていた。いきなり、一緒にやろうといいだした。

小学生になった生人は、若葉の目にも、ずいぶんとしっかりしたように見えた。しかし何となく今までと違うように感じられたのは、そのせいだけではないようだった。やがて気づいた。彼は姉のほうを一切見ようとしないのだ。そのことを若葉がいうと、「そんなの、もういいんだ」と彼はいった。少しふて腐れているように見えた。

「何がいいの？」

若葉の問いに生人は俯いて、「お姉ちゃんのこと……」と呟いた。

「どうして？」

「だって……もう死んでるんだから」

その答えに若葉はまたしてもショックを受けた。何ということだろう。この従弟でさえ、姉が目を覚ますのは夢にすぎないと諦めているのか。母親の前でだけ、夢が叶うことを信じる演技をすればいいと割り切っているのか。

若葉は黙っていた。そんなことないよ、とはいえなかった。夢から醒めた少年には、何をいっても無駄なのだ。

「あっちへ行こうよ」生人がいった。「この部屋にはあまりいたくない」

そうして二人で母やカオル伯母さんがいる居間へ行き、さっきの出来事が起きたのだった。

若葉は、生人が何かまずいことをいいださないかとびくびくしていた。だから彼があんなことをいった時、思わず、「それ、いっちゃだめ」と口に出してしまったのだ。

その結果、カオル伯母さんは怒った。

若葉は暗い思いに包まれていた。これからどうすればいいだろう。母は、時間が経てば伯母さんも落ち着くと思うといったけれど、本当にそうだろうか。若葉には、どうしてもそうは思えなかった。伯母さんは今日のことを決して忘れず、どんなに若葉が一生懸命に瑞穂に話しかけたところで、見せかけとしか思わないのではないだろうか。

大切なものを壊してしまった、取り返しのつかないことをしてしまったという気持ちが、若葉の胸に広がっていた。どうしたらいいのか、まるでわからない。

ただ、どこの誰が何といおうとも、自分だけは最後まで瑞穂の味方でいなければならない、という決意だけは残っていた。その理由はいろいろあるけれど、一番大きな理由は、もしかすると瑞穂は自分の身代わりになってくれたのではないか、という思いだった。

プールに行った日の情景が蘇る。

事故のことを細かくは覚えていない。瑞穂が溺れたとわかった途端に頭の中がぐちゃぐちゃになり、何が何だかわからなくなってしまったからだ。

しかし記憶の欠片《かけら》の中には、はっきりと残っているものもある。

あの夏、若葉は指輪を着けていた。ビーズで作った指輪だ。夏休みに入る前、幼稚園で仲のいい友達がくれたもので、とても気に入っていた。

プールに行った時も、あの指輪を着けたままで泳いでいた。指輪を見て瑞穂も、かわいいね、といってくれた。

二人でいっぱい遊んだ。どっちがより長く潜っていられるか、競ったりした。

その途中、何かの弾みで指輪が外れた。なぜそんなことになったのか、まるで覚えていない。水面で浮いている時、ぽとり、と水の中に落ちたのだ。

あっと声を出し、若葉はあわてて潜った。横にいた瑞穂も潜るのがわかった。指輪を落とすところを見ていたのだろう。

指輪はプールの底にある網の上に落ちていた。若葉は急いで拾おうとしたが、掴みそこねた。その拍子に指輪は網の目に入り込んだ。摘み出そうとしたが、引っ掛かっていてなかなか取れない。瑞穂も横から手伝ってくれたが、取れなかった。やがて息が苦しくなって、若葉は水面に出た。その時、大量の水が鼻に入ってしまった。痛みに耐えきれず、手鼻をかむためにプールサイドへ移動した。

もう仕方がない、と思った。指輪は諦めよう。友達には謝れば済むことだ。

少し落ち着いてから周りを見た。瑞穂の姿がなかった。

おかしいなと思ったのと母が駆け寄ってきたのが、ほぼ同時だ。瑞穂ちゃんはどこだと訊かれた。事情をうまく説明できず、急にいなくなった、とだけ答えた。

周りの大人たちが騒ぎだした。間もなく、ここに沈んでると誰かがいい、瑞穂の身体が引き上げられた。

それからの記憶は、かなりぼんやりしている。しかし後になって、プールの底の吸水口の網に瑞穂の指が入って抜けなくなっていたらしいと聞き、ものすごく怖くなったのは覚えている。若葉が息苦しくなって水から出た時、瑞穂も同様だったはずなのだ。ところが指が抜けず、水面に上がれずにいた。その時の苦しさはどれほどのものだっただろう。

せめて自分が水面に出た後、すぐに瑞穂のことを心配していたら。周囲の誰かに教えていたら――。

病院で瑞穂と再会した時、深い穴に落ちていくような気がした。自分の失敗が従姉から幸せな日々を奪ったのだ。

今も誰にもいえずにいる秘密だった。

5

銀座にある有名な玩具店で、和昌はため息をつきつつ頭を振った。ずらりと並んだ玩具の中から、どれを選べばいいかわからなかったからだ。ほんの三か月ほど前、瑞穂と生人への土産として選んだ時には、店員のアドバイスを聞き、散々頭を悩ませた。しばらくの間はそういうことはないだろうと高をくくっていたが、思いの外、機会は早く訪れた。

しかし迂闊だったことは否めない。少し考えれば、こうなることはわかったはずなのだ。仕事が忙しいせいでうっかりしていた。

来週の土曜日に生人の誕生日会をするので時間を作ってほしい、と薫子からメールが来たのは、先週末のことだ。実際の誕生日は、その次の週の月曜日だが、学校の友達も呼びたいので土曜日にしたのだという。時間帯が昼間なのもそのせいらしい。

小学一年生のクラスメートと一緒に誕生日会か――状況を想像しただけで気が重くなるが、覚悟を決めるしかなかった。子供たちに挨拶してくれるだけでいい、休日には父親が家にいるところを見せたいから、といわれれば返す言葉がない。

それに生人のことは少し気になっていた。

相変わらず、二週間に一度程度しか顔を合わせないのだが、明らかに最近の生人の様子はおかしかった。部屋に閉じこもったままということが多く、食事の時でもあまり和昌と話をしようとしない。薫子は何でもないだろうというが、やはり気にかかる。もしかすると成長するに従い、両親の別居について今さらながら思うことが生じてきたのかもしれない。だとすれば余計に、父親らしいことをしてやらねばと思った。

玩具売り場をいくら眺めていても妙案が浮かばないので、例によって店員に助けを求めた。あれこれと協議を重ねた末に生人の誕生日プレゼントとして選んだのは、フランス製のボードゲームだった。ゲーム好きだと薫子から聞かされていたのが決め手になった。

紙袋を提げてタクシーを拾い、広尾の自宅に向かった。時計を見ると、ちょうどいい時刻だった。

薫子からのメールには、お義父さんにも声をかけてほしいとあった。生人が小学生になったことだし、今年は特に賑やかな誕生日会にしたいのだそうだ。

そこで多津朗に電話をかけてみたが、答えは予想通り、「私はやめておくよ」だった。

「生憎、その日は都合が悪い。土曜日に父親が家にいないのはまずいかもしれんが、祖父《じい》さんがいないからといって変に思う子供はおらんだろう。イクちゃんの誕生日は祝ってやりたいが、プレゼントは宅配便で送るとしよう」

単に薫子と顔を合わせたくないだけだ、というのは明らかだった。依然として多津朗は彼女のことを快く思っていない。和昌は、そうか、とだけ答えた。

タクシーが自宅に近づくと、同じ方向に歩いている母娘の姿が目に入った。和昌は運転手に止まるよう指示し、窓を開けた。美晴さん、と声をかけた。

美晴が振り返り、ああ、というように口を開き、会釈してきた。

和昌は手早く支払いを済ませ、タクシーから降りた。

「美晴さんたちも呼ばれたんですか」近づきながら尋ねた。

当然すぐに肯定するものと思ったが、そうではなかった。

「こちらから姉に問い合わせたんです。イクちゃんの誕生日はどうするのって。毎年、何らかの形でお祝いをしてるから。そうしたら、学校の友達を呼んで誕生日会をするということなので、あたしたちもその時にプレゼントを持っていこうかなと……。姉に尋ねたら、それでも構わないといわれて……」なぜか義妹は歯切れが悪かった。

おかしいな、と和昌は思った。特に賑やかな誕生日会にしたいからと多津朗まで招こうとしたのに、美晴たちを誘わないとはどういうことだろうか。

「イクちゃんにプレゼントを渡して、瑞穂ちゃんの顔を見たら、すぐに帰りますから」和昌が怪訝に感じた気配が伝わったのだろうか、言い訳をするように美晴はいった。

「そんなこといわないで、ゆっくりしていってくださいよ。生人も喜ぶと思いますから」

しかし美晴は微妙な笑みを浮かべただけだった。目を合わせようとしない若葉の態度も、何となくよそよそしかった。

彼女たちを引き連れて玄関から屋内に入ると、廊下の奥から薫子がやってきた。美晴たちがいるのを見て、眉を上げた。「待ち合わせたの？」

「いや、すぐそこでたまたま一緒になった」

「ふうん、そうなの」

こんにちは、と美晴が挨拶した。その表情は硬い。

「わざわざ来てくれてありがとう」薫子が妹を見つめていった。

彼女たちの意味ありげな目つきに、どうやら何か気まずいことがあったらしい、と和昌は察知した。それをこの場で質《ただ》すべきかどうかを瞬時に考え、今はやめておいたほうがいいと判断した。これから長い一日が始まる。最初で躓《つまず》きたくはなかった。

薫子は姪を見下ろし、口角を上げた。わざとらしさを感じさせる表情だ。「若葉ちゃんも、生人のためにありがとうね」

若葉は小さく頷いてから、和昌を上目遣いに見た。

「伯父さん、瑞穂ちゃんに会ってもいい？」

「もちろんだ。会ってやってくれ」

なあ、と薫子に同意を求めたが、なぜか彼女の反応は鈍い。あらぬ方向を見ている。

若葉は靴を脱ぎ、瑞穂の部屋に向かった。だが彼女がドアを開ける前に、「そこにはいないわよ」と薫子がいった。

「どこにいるんだ？」和昌は訊いた。

「リビングよ。弟の誕生日パーティをするんだから当然でしょ」そういって薫子は奥に向かって歩きだした。

和昌は靴を脱いだ。その時、足元に見覚えのある男物の革靴があることに気づいた。

美晴や若葉と共に居間に行ってみて驚いた。室内が、風船やカラフルなパーティグッズで飾り付けられていたからだ。わあ、と若葉が声をあげた。

「ほんとにすごいな」壁に吊された、『HAPPY BIRTHDAY』と型取りされた銀色の飾りを見て、和昌も呟いていた。

「なかなかのものでしょ」テーブルのそばに立っていた薫子がいった。

「君が一人で飾り付けたのか」

「お母さんに少し手伝ってもらったけどね」

「大したもんだ」

「ありがと」

和昌は窓際に視線を移した。ラフな半袖シャツを着た星野が立っていた。彼の普段着姿を見るのは初めてだった。

「お邪魔しています」星野は丁寧に頭を下げてきた。

「君も呼ばれていたのか」

「はい。奥様に是非来てほしいといわれまして」

「手伝っていただきたいことがあったの」横から薫子がいった。「私一人では、ちょっと難しいと思ったから」

和昌は星野の傍らに置かれた車椅子に目を向けた。そこには瑞穂が座っている。華やかなドレス風のワンピースは、これまでに見たことのないものだった。たぶん今日のために買ったのだろう。長く伸ばした髪は緩くカールしている。薫子が巻いてやったに違いない。睫の長い目を閉じている姿は、人形のように愛らしい。

車椅子の背後が気になった。小さな台の上に何かが置かれているようだが、隠すように布がかけられている。よく見るとコードが出ていて、車椅子の背もたれと繋がっていた。

「何をするつもりだ?」和昌は薫子に訊いた。

彼女は企みに満ちた目をし、微笑んだ。「それは秘密」

嫌な予感が和昌の胸の内に広がった。星野を見ると、ばつが悪そうに目をそらした。

その時だった。「あらあ、若葉ちゃん。よく来たねえ」満面の笑みを浮かべた千鶴子がキッチンから現れ、孫娘に近づいた。

「イクちゃんにプレゼントを持ってきたの」若葉は提げていた紙袋を持ち上げた。「イクちゃんはどこ?」

「ええと、イクちゃんは……」千鶴子は確認するように薫子を見た。

「二階の部屋にいるはずよ」薫子は答え、壁の時計に目をやった。「何してるんだろ。そろそろお友達がやってくる時間なのに」不満げに眉間に皺を寄せると、足早に出ていった。

和昌は息をつき、テーブルの上を見た。皿とコップ、そしてフォークとスプーンが並んでいる。数えてみると七組あった。テーブルの短辺の席、所謂お誕生日席に座るのは、もちろん生人だろう。

友達は六人来るのか、とぼんやり思った。誕生日会にそれだけ来てくれるということは、生人の学校生活は順調なのだろう。

薫子の怒鳴り声が聞こえたのは、その直後だった。廊下から反響して伝わってきた。和昌は、横にいた千鶴子と顔を見合わせた。

再び声が聞こえた。今度は生人のようだ。だが何をいってるのかは聞き取れなかった。

和昌が廊下に出た直後だ。「馬鹿なこといってないで、早く下へ行きなさいっ」薫子の叱責する声が降ってきた。

「いやだっ。行きたくないっ」

「どうしてよ。若葉ちゃんだって来てくれてるのよ。お父さんだって。それにもうすぐお友達が来るでしょ。さあ、早く」

生人は、いやだいやだ、と喚いている。

和昌が階段の下に行ってみると、上で薫子と生人が揉み合っていた。

「おい、何をやってるんだ?」

母親の手を振りほどこうとしていた生人の動きが止まった。今にも泣きだしそうに顔を歪めている。

「一体、どうした?」薫子に訊いた。

「わかんない。急にお誕生日会をやりたくないといいだしたのよ」

「どうして?」

生人は答えず、しゃがみ込んだままだ。

「とにかくリビングに行くんだ。何かいいたいことがあるなら、それからにしろ」

和昌がいうと、生人はのろのろと階段を下り始めた。薫子が険しい顔で、後からついていく。

その耳元に、どういうことだ、と和昌は尋ねた。さあ、と彼女は首を捻っただけだった。

生人が居間に入ると、美晴たちが笑顔で迎えた。若葉が紙袋から箱を取り出し、彼に近づいた。箱にはピンクのリボンがかけられている。

「イクちゃん、誕生日おめでとう」

生人は気まずそうな顔で受け取り、ありがとう、と小声で答えた。その顔は少しも嬉しそうではない。むしろ苦痛を感じているように見える。

「開けてみてよ、イクちゃん」美晴がいった。

生人は頷き、床にしゃがんで箱のリボンを取ろうとした。

「待って」薫子がいった。「もうすぐお友達が来るでしょう？　それを開けるのは後にしたら？」

生人は手を止めた。しかしプレゼントを抱えた姿勢のままで、立ち上がろうとしない。

「それにしても、遅いわねえ」薫子が眉をひそめ、時計を見上げた。「もうこんな時間。みんなで一緒に来るんだろうけど、誰かが遅刻でもしたのかな」

「そうじゃないの。それとも、どこかで電車が遅れてるとか」千鶴子がいった。

「そうなのかな。まさか道に迷ってるなんてことはないわよね」

薫子が窓に近づきかけた時だ。俯いたままの生人が、「来ない」と少しかすれ気味の声で呟いた。

えっ、と薫子は足を止めて振り返った。「今、何ていった？」

生人が顔を上げた。目が真っ赤だった。その目を母親に向けていった。「来ないっ。友達なんて来ないよっ」

「えっ？　どういうこと？」

生人は黙り込み、下を向いた。その肩が小さく震えている。

薫子は息を呑んだような顔をし、眉尻を吊り上がらせた。大股で、ずかずかと息子に近づいた。

「どうして？　来るっていったじゃない。六人来るって。ヤマシタ君とタナカ君、ウエノ君、それから誰だっけ？」

生人は顔をくしゃくしゃにし、かぶりを振った。「来ないよ。誰も来ない」

「だから、どうして？」

「だって……誘ってないもん。誕生日会のことなんて、誰にもいってないもん」生人の目から涙が溢れだした。

薫子は生人の前で腰を屈めると両手で乱暴に肩を摑んだ。「それ、どういうこと？」

薫子、と和昌はいった。「少し落ち着いて――」

「あなたは黙ってて」息子を睨みつけたまま彼女はいった。「答えなさい。どういうことなの？　お誕生日会をするからクラスの友達を誘いなさいって、ママいったよね。それなのに誰にもいってないって、どうしてなの？」

生人は母親と目を合わせようとしない。肩をすくませ、下を向こうとしている。その顎を薫子は手で押し上げた。

「じゃあ、お友達が六人来るっていうのは何？　嘘なの？」

生人は答えない。薫子は息子の肩を摑んだまま、前後に激しく揺すった。

「ちゃんと答えなさい。嘘なの？　友達は来ないの？」

生人は力なく首を前後させた。来ない、と弱々しくいった。

「どうして？　なんで嘘ついたの？　なぜ誘わなかったの？」薫子は詰問する。

だって、だって、と生人は泣きじゃくった。

「お姉ちゃんがいるもん。ママ、みんなにお姉ちゃんを会わせるっていったし」

「だから何なの？　それの何がいけないの？」

「だって……いないっていってるもん」

「いない？　どういうこと？」

「うちにはお姉ちゃんはもういないって、友達にはいってるもん。でも家に来られたら、嘘だってばれちゃうから」

「どうしていないの？　いるじゃない。なぜそんな嘘をつかなきゃいけないの？」

「そういわないといじめられそうだったもん。でももうお姉ちゃんはいなくなったっていったら、みんな何もいわなくなった」

和昌の横で美晴が口元に手を当て、あっ、と何かに思い至ったような声を発した。それで、「どういうこと？」と小声で訊いてみた。

「イクちゃんの入学式に姉が瑞穂ちゃんを連れていったそうです。そのことで同級生からいろいろといわれたみたいで……」美晴が囁き声で答えた。

そういうことか、と和昌は合点した。瑞穂が原因で生人はいじめに遭いかけたということらしい。上辺を気にしない子供の世界ならありそうな話だ。

「お姉ちゃんはいなくなったって、どこへ行ったといったの？」

薫子の問いかけに生人は答えない。深く俯こうとする。そんな息子に母親は、答えなさいっ、と苛立った声を浴びせた。

「……んだって」ぼそり、と生人がいった。

「何？　聞こえない。もっと大きな声でいいなさいっ」

薫子に叱られ、生人は身体をぴくりと動かした。そして、「死んだっていったんだ」と自棄《やけ》っぱちのようにいった。「もう死んじゃったって」

一瞬にして薫子の顔から血の気が引くのがわかった。「何てことを……」

「だって、そうでしょ？　もう死んでるみたいなもん――」

ばちんっ、と音がした。生人の頬を薫子がひっぱたいたのだ。

生人が、わああ、と泣きだした。しかし薫子は構わず、彼の腕を掴んだ。

「謝りなさいっ。お姉ちゃんに謝りなさい。そんなひどいこと、よくいえたものね」生人が立ち上がるのを待たず、車椅子の前まで引きずり始めた。その目は血走っていた。

「待て、薫子、興奮するなっ」和昌は彼女の手を生人の腕から引き離そうとした。

「口出ししないでっ」

「そんなわけにいくか。俺は父親なんだぞ」

「何が父親よ。何にもしないくせに」

「たしかにそうだが、子供のことは考えている。子供のためにどうすればいいか、いつも考えている」

「私だってそうよ。だから誕生日会をしたんじゃない。生人の友達を呼んで、瑞穂と会わせたら、きっと誰も生人に変なことをいわなくなると思ったから」

　和昌は首を振った。

「そんな簡単にいくものか。目を閉じて座っているだけなんだぞ。子供は残酷だ。やっぱり死んでいると思うだけだ」

　すると薫子は少し目を細め、口元を曲げた。この局面で意外にも笑みを浮かべたのだ。

「座っているだけならね」これまでと打って変わり、不気味なほどに落ち着いた口調でいった。

「でも、動いたらどうかしら」

「何？」

「たとえば、瑞穂に声をかけるたびに手が動いたらどう？　あるいは、生人がケーキのロウソクの火を吹き消した時に両手が動いたら？　それでも死んでるって思う？」

　妻の言葉に、はっとして和昌は星野を見た。そのためにこの男を呼んだのか。

　彼女の計画を聞かされているらしく、星野は気まずそうに俯いた。

「ねえあなた、あの日のことを覚えてるでしょ？　臓器提供に同意しようと決めて病院に行った日のこと。二人で瑞穂の手を取った。もうこれが最後だと思ったその時、瑞穂の手が動いた。忘れてないわよね。あれで私たち、瑞穂はまだ生きてるって確信したはずよ」

「もちろん忘れちゃいないが、あれとこれとは違う。機械を使って動かしたって、何の意味もない」

「機械のことなんて、いわなきゃわかんないわよ」

「そんなのは単なるまやかしだ。騙すってことだ」

「騙すんじゃない。思い知らせてやるのよ。瑞穂が死んでるなんて、誰にもいわせない。——生人っ、今から友達に連絡しなさい。誕生日会をするから家に来てっていうの。御馳走を用意して待ってるからって。さあ、早くっ」再び怒りの口調になり、薫子は息子の身体を突き放した。

次の瞬間、和昌の右手が動いていた。薫子の顔を、今度は彼が平手打ちしたのだ。彼女は頬を押さえ、驚きと憎悪の籠った視線を向けてきた。

「いい加減にしろっ」和昌は怒鳴った。「自分が何をしてるのかわかってるのか。自分の価値観を人に押しつけるな」

「私がいつ押しつけたっていうのよ」

「押しつけてるじゃないか。無理強いしてるじゃないか。いいか、人にはいろいろな考え方があるんだ。君が瑞穂の死を受け入れられないのはわかる。とてもよくわかる。でも世の中には、全く同じ状況で、それを受け入れられる人間だっているんだ」

薫子は大きく息を吸い込み、目を剝いた。

「あなたは……瑞穂の死を受け入れるっていうの？」

和昌は顔を歪め、首を振った。

「正直、自分でもわからない」呻くようにいった。「でも状況は理解しているつもりだ」

「どんなふうによ」

「二か月ほど前、進藤先生に会って、話を聞いてきた。あの先生は、瑞穂が脳死状態だという考えに変わりはないそうだ。ちっとも回復なんかしていないし、テストすればおそらく脳死と判定されるだろうってことだった。背が伸びていることなんかは関係ないってね。つまり薫子、瑞穂が生きていることにしていられるのは、単にテストを受けないからにすぎないんだ。そのことを認めないといけない」

紅潮していた薫子の顔が、みるみる蒼白になっていった。「じつは瑞穂は死んでいる……そう受け入れろというの？」

「君に受け入れろといってるんじゃない。君がどう考えようと自由だ。でも、そう考える人もいるってことだ。それについて責めちゃいけない」

「死んで……」

力が抜けたように薫子は床に膝をつき、そのまま座り込んだ。がっくりと首を折った姿からは、深い失望の気配が漂ってきた。

ショックだろうが仕方がない、と和昌は思った。いつかはいわなければいけないことだったのだ。進藤と会って以来、ずっと考えていた。どうしても口に出せず、先延ばしにしてきた。

かおるこ、と優しく声をかけようとした時だった。不意に彼女は顔を上げた。その目を見て、和昌はぎくりとした。焦点がさだまっていないにも拘わらず、ただならぬ気迫に満ちていたからだ。

どうした、と訊いたが返事はなかった。薫子は素早く立ち上がると、押し黙ったまま、大股でキッチンに入っていった。何事だろうと和昌が覗こうとしたところ、彼女はすぐに出てきた。その手に握られているものを見て、仰天した。出刃包丁だった。

「何をする気だっ」後ずさりしながら和昌は訊いた。

だが薫子は答えず、包丁を持っていない右手で、テーブルの上にあったスマートフォンを摑んだ。そして無表情で、どこかに電話をかけ始めた。やがて繋がったらしく、彼女は唇を開いた。

「……もしもし、警察ですか。うちの者が、興奮して刃物を振り回しているんです。すぐに来ていただけますか。住所は――」

和昌は驚いた。「何やってるんだっ」

お姉ちゃん、と美晴が呼びかけたが、薫子は無視して電話を続けている。

「……身内の者です。……今のところ大丈夫です。……はい、怪我人は出ていません。……御近所に迷惑がかかるのでサイレンは鳴らさないでください。……はい、インターホンを使っていただいて結構です。ではよろしくお願いいたします」薫子は電話を切ると、スマートフォンをテーブルの上に放り出し、千鶴子を見た。「もうすぐ警察の人が来る。そうしたらお母さん、玄関を開けてあげて」

「薫子、あなた一体……」

しかし薫子は母親の声も耳に入らない様子で、車椅子のそばにいる星野に目を向けた。

「星野さん、瑞穂から離れてください」

「あ……はい」星野は青ざめた顔で和昌たちのところへやってきた。

薫子は車椅子の横に立ち、包丁を両手で持ち直した。深呼吸を一つすると、斜め上に視線を向けた。今は何を訊かれても一切答えない、という拒絶のオーラに包まれていた。

最初にやってきたのは、近くの交番に詰めている警官たちだった。彼等は刃物を持っているのがこの家の主婦であり、通報した本人でもあることを知り、驚いた様子だ。

そんな彼等に薫子は、ほかに警察官は来ないのかと尋ねた。所轄から刑事課の人間が来るはずだという答えを聞き、ではそれまで待ちましょう、と彼女はいった。

それから間もなく、所轄の警察官たちが到着した。何人来たのかはわからない。部屋に入ってきたのは、私服の男を先頭にした四名だけだった。先着していた者から状況を聞き、大勢で事に当たる必要はないと判断したのだろう。

彼等を見て薫子は、責任者は誰かと訊いた。名乗り出たのは、渡辺《わたなべ》という四十代半ばとみられる威圧的な顔立ちの人物だった。刑事課の係長だという。

「では渡辺係長にお尋ねします」薫子は明瞭な口調でいった。「隣にいるのは私の娘です。この春、小学校の三年生になりました。今、私がこの子の胸に包丁を突き刺したなら、私は罪に問われるでしょうか」

「はあ?」渡辺は口を半開きにし、和昌たちを見てから、薫子に顔を戻した。「何ですか、それは」

「答えてください」薫子は包丁の先を瑞穂の胸に近づけた。「罪になりますか?」

「そ……そりゃあ」渡辺は何度か首を縦に振った。「当たり前です。罪になります」

「どういう罪ですか」

「そりゃ、殺人罪に決まっています。もし一命を取りとめたとしても、殺人未遂罪は免れません」

「なぜですか」

「なぜって……」困惑した顔で渡辺は一瞬言葉を詰まらせた。「人を殺したら罪に問われるに決まってるでしょう。一体、何がいいたいんですか」

薫子は口元に笑みを浮かべ、和昌たちのほうを向いた。

「この人たちによれば、娘はすでに死んでいるそうなのです。とっくの昔に死んでいるのだけれど、それを私が認めないだけなのだそうです」

渡辺は、何のことかさっぱりわからない、とばかりに和昌のほうを向いた。

「医師からは、娘はおそらく脳死しているだろうといわれています」和昌は早口でいった。

「脳死……」渡辺は小さく口を開けた後、合点したように頷いた。「なるほど、そういうことですか」どうやら臓器移植法について多少の知識はあるらしい。

「すでに死んでいる人間の胸に包丁を刺す――」薫子がいった。「それでもやはり殺人罪なのでしょうか」

「いや、しかし、それは……」渡辺は薫子と和昌を交互に見た。「おそらく脳死だというだけで、正式に決まったわけではないんでしょう？　だったら、まだ生きているという前提で考えるべきだと思うのですが」

「すると、もし私がこの子の胸に包丁を刺し、それで心臓が止まったなら、私が娘を殺したことになるとおっしゃるのですね」

「そうだと思います」

「娘の死を招いたのは私だと？」

「そうです」

「それはたしかですか。間違いありませんか」

しつこく念押しされたことで自信が揺らいできたのか、渡辺は部下たちの意見を求めるように振り返った。だが部下たちも確たる答えを持っていないらしく、曖昧に首を捻っているだけだ。

もし、と薫子が声のトーンを上げていった。

「もし私たちが臓器提供に同意して、脳死判定テストをしていたなら、脳死と確定していたかもしれないんです。法的脳死の確定イコール死です。それでも娘の死を招いたのは私でしょうか。心臓を止めたのは私だったとしても、私たちの態度次第で、死はとうの昔に訪れていた可能性があるんです。それでも殺したのは私でしょうか。こういう場合、推定無罪という考え方が適用されるのではないですか」

淡々と語る薫子を見て和昌は、何という頭のいい女だ、と場違いなことを考えていた。表面上は錯乱しているように見えつつも、思考は恐ろしいほど冷静に巡らされていたということか。

所轄から来た警察官たちの代表は、完全に圧倒されている様子だった。その顔には焦りと狼狽が張り付き、こめかみからは汗が流れていた。

「奥さんは、この議論をするために我々を呼んだのですか」そう尋ねた渡辺の表情には余裕の欠片もなく、追い詰められた犯人のようにさえ見えた。

「議論ではなく質問です。さあ、改めてお尋ねします。今、娘を刺したら殺人になるのか。それともならないのか。答えてください」

渡辺は頭に手をやり、苦しげに口元を歪めて首を捻った。

「正直なところ、私にはわかりません。法律の専門家ではないので」

「では専門家に相談してみてください。今すぐ電話をかけて」

渡辺は大きく手を振った。「無茶いわんでください」

「何が無茶なんですか。お知り合いの中に弁護士とか検察官が何人かいるでしょ」

「そりゃいますが、今ここで訊いても無駄です。連中がどう答えるかは見当がつきます」

「どのように答えると？」

「詳しい状況がわからないから何ともいえない、です。そう答えるに決まっています」

薫子は大きく吐息を漏らした。「まだるっこしいんですね」

「連中は、いつもそうです。仮定の話だと相手にしてくれません。余程具体的な材料が揃っていないかぎりは」

「そうなんですか」

「だからこうしませんか。私が弁護士か検事を紹介します。だから奥さんが直に質問してみる。それでどうですか。とりあえず今は包丁をしまって……」

だが薫子は渡辺の声など無視し、車椅子の後ろに移動した。

「仮定の話だとだめなんですね？　つまり実際に事件が起これぱいいわけですね」そういうなり、両手で持った包丁を頭の上まで振り上げた。「しっかりと、その目で見ていてください」

きゃあ、と美晴が悲鳴をあげた。

「やめろ、かおるこっ」和昌は大きく前に踏み出し、右手を広げた。「狂ったのか」

「止めないで。私は正気よ」

「それは瑞穂なんだぞ。自分の娘だぞ。わかってるのか」

「だからやるのよ」薫子は悲しみを湛えた目で彼を睨みつけてきた。「今の瑞穂の扱いは、まるで生きている死体。そんなかわいそうな立場に置いておけない。生きているのか死んでいるのか、法律に……国に決めてもらう。瑞穂はとうの昔に死んでいたというのなら私は殺人罪には問われない。生きていたというのなら殺人罪。でも私は喜んで刑に服します。あの事故の日から今日まで私が介護をしてきた瑞穂は、たしかに生きていたとお墨付きを貰えたわけだから」

魂からの叫びに聞こえる彼女の訴えは、和昌の心を激しく揺さぶった。好きなようにさせてやりたいという思いが、一瞬胸をよぎったほどだった。

「でも、もう瑞穂には会えなくなるんだぞ。介護もできなくなるんだぞ。それでいいのか」

「あなた、どうして止めるの？　瑞穂は死んだと思ってるんでしょ？　だったらもういいじゃない。人は二度死なない」

「どうしてかはわからない。とにかく君にそんなことをさせたくないんだ。愛する娘の胸に刃物を突き立てるようなことは……」

「私だってやりたくない。でも、もうこうするしかないの。だって誰も答えを教えてくれないんだもの」

薫子が意を決したように包丁を大きく振りかぶった。その直後だった。「やめてえっ」甲高い声が響き渡った。

薫子は動きを止め、声のしたほうを向いた。

若葉が震えながらゆっくりと歩み出てきた。そのまま薫子の前まで進み、立ち止まった。

「カオル伯母さん……殺さないで。瑞穂ちゃんを殺さないで」先程の絶叫とは違い、弱々しく細い声だった。

「下がってて、若葉ちゃん。危ないし、血が飛び散るかもしれないよ」薫子が穏やかな声でいった。

だが若葉は下がらなかった。

「お願い、殺さないで。若葉、生きてると思うから。瑞穂ちゃんは生きてると思うから。生きててほしいの」

「そんな……無理にそんなふうに思わなくていいよ」

「そうじゃない。無理に思ってるんじゃない。瑞穂ちゃん、若葉の代わりにこうなったんだ。あの日、若葉の指輪を拾ってくれようとして、あんなことになったんだ」

「指輪?」

「怖くて、今まで誰にもいえなかった。若葉が悪いんだ。プールに指輪なんか持っていったから……。泳ぐのに指輪なんていらないのに……。指輪なんてどうでもよかったのに……。あの時、若葉が溺れたらよかった。そうしたら、こんなことにはならなかった。カオル伯母さん……若葉、瑞穂ちゃんに生きててほしいよ。死んだなんて思いたくない」若葉は泣きながら訴えるようにいった。

和昌が初めて聞く話だった。薫子や美晴の驚く顔を見て、二人もそうらしいと悟った。

「そうだったの。そんなことが……」薫子は呟いた。

「伯母さん、ごめんなさい、ごめんなさい。若葉、もう少し大きくなったら、伯母さんのお手伝いをするから。瑞穂ちゃんのお世話を手伝うから。だから瑞穂ちゃんを殺さないで。お願い」若葉の涙が床にぽたぽたと落ちた。

沈黙の時間が流れた。和昌も声を出せなかった。少女の背中が細かく震えているのをじっと眺めていた。

ふうーっと息を吐き、薫子は振り上げた包丁をゆっくりと下ろした。胸の前で握りしめると、気持ちを静めるように瞼を閉じた。

やがて目を開けた薫子は車椅子から離れた。包丁をテーブルに置き、若葉に近づいた。床に両膝をつくと、彼女の身体を両手で抱きしめた。「ありがとう」

伯母さん、と若葉が細い声で答えた。

ありがとう、と薫子は繰り返した。

「伯母さん、その日が来るのを楽しみにしてるね」

彼女の言葉に、そこかしこから安堵の吐息が漏れた。和昌も、その一人だった。気づくと腋の下にびっしょりと汗をかいていた。

お姉ちゃん、と美晴が二人に近寄った。

「あたしが瑞穂ちゃんに話しかけるのは、演技でも何でもないよ。教会で祈りを捧げる人たちの声は演技だと思う？　今でもあたしにとって瑞穂ちゃんは可愛い姪なの」

薫子は頬を緩ませ、頷いた。「もう、わかったから」

和昌は全身から力が抜けるような感覚に襲われ、壁に寄りかかった。すぐそばにいた渡辺と目が合った。

「我々は引き上げてもよさそうですな」刑事課の係長はいった。

「私を連れていかなくてもいいのですか」薫子が若葉の身体を離しながら訊いた。「殺人未遂の現行犯で」

渡辺は顔をしかめ、手を振った。「いじめないでください」それから彼は和昌のほうを向いた。「上の者にはうまく説明しておきます。ちょっとした痴話喧嘩だったといっておけば問題ないでしょう」

「よろしくお願いします」

「参りましたよ。しかしまあ」渡辺は肩をすくめた。「いい経験にもなりました」

和昌は黙って頭を下げた。

刑事たちを玄関まで見送ってから居間に戻ると、星野が帰り支度をしていた。

あなた、と薫子が和昌に近づいてきた。

「星野さんをお返しします。今までありがとうございました」両手を身体の前で揃え、頭を下げてきた。

和昌が星野を見た。「そうなのか」

星野は頷いた。「もう来てもらわなくていいといわれました。御役御免《おやくごめん》のようです」

「瑞穂のトレーニングぐらいなら私一人でできるから」さらに薫子は続けた。「ただし、それをもう誰にも見せないけどね」

和昌は何とも答えようがなく、わかった、とだけ答えた。

さあ、と薫子が明るい声を響き渡らせた。

「皆さん、今日は何のために集まったの？　我が家のプリンスの誕生日会を始めましょう」そういってから彼女は室内を見回し、隅で小さくなっている生人を見つけると、駆け寄って抱きしめた。「さっきはぶってごめんね。許してね」

生人は破顔し、うん、と元気よく答えた。

「僕、みんなにいうよ。お姉ちゃんは死んでないって。家で生きてるって」

薫子は息子を抱きしめたまま、身体を左右に振った。

「いわなくていい。お姉ちゃんの話、もう学校でしなくていいから」

「いいの？」

「うん、もういい」息子を抱きしめる腕に力を込めたようだ。

和昌はため息をつき、何気なく瑞穂に目をやった。すると――。

彼女の頬がほんの少し動いた。それはまるで寂しげに笑ったようだった。

しかし一瞬のことだったので、目の錯覚だったかもしれない。

第六章　その時を決めるのは誰

1

席についてから腕時計を見ると、約束の午後六時までまだ少し時間があった。星野はウェイトレスから差し出されたメニューを一瞥《いちべつ》し、アイスミントティーを注文した。

銀座の中央通りに面した、ビルの二階にある喫茶店だ。窓から通りを見下ろせば、行き交う人々の波を眺められる。会社員風の男女が多いが、外国人観光客の姿も目立っていた。

アイスミントティーが運ばれてきた。香り豊かな液体をストローで一口飲み、あの人が時々出してくれたものとは味が違う、と星野は思った。どちらがおいしいかと訊かれたら返答に困るが。

あの人とは、もちろん播磨夫人のことだ。

先週、久しぶりに播磨邸を訪れた。磁気刺激装置のメンテナンス・キットを届けるためだった。使用方法を説明する必要もあった。その前に訪れたのは長男の誕生日会に呼ばれた時だから、約一か月ぶりということになる。

　夫人は元気そうだった。最後に会った時より、はるかに顔色がよかったし、幾分ふっくらしたせいか若返って見えた。そのことをいうと彼女は何度か瞬きして、興味深そうに星野の顔を見つめた。

「私も今、そんなことをいおうと思ってたんです。星野さん、何だか若くなったみたいって。初めてうちにいらっしゃった頃の少年っぽさが戻ってる」

　そうですか、と星野は顎を擦った。子供っぽい、とけなされたわけではないとわかったので悪い気はしなかった。

　夫人によれば、瑞穂のトレーニングは順調のようだった。一人でも手間取ることはなく、これまでのところ大きなトラブルはないらしい。

「星野さんには、長い間本当にお世話になりました。改めてお礼を申し上げます。ありがとうございました」瑞穂の部屋で向き合った後、夫人は深々と頭を下げてきた。

　お役に立てたのならよかったです、と星野は答えた。

　すると夫人は、再びしげしげと彼の顔を見つめてきた。

「どうかしましたか」

　ふふっと夫人は薄く笑った。

「やっぱり変わった。顔の輝きが全然違う。変な言い方だけど、まるで憑き物が落ちたみたい」

　あなたこそ、そうではないですか、と星野はいいたかった。それほど夫人の発する雰囲気は以前と違っていた。

誕生日会での出来事が脳裏に蘇る。おそらく生涯忘れることがないであろう事件だった。

あの時、夫人の中の何かが劇的に変わったのだろうと星野は思った。だからこそもう彼を必要としなくなったのだろうし、娘の手足が動くところを誰にも見せまいと決心したのだろう。

しかしあの事件によって星野自身にも変化があったことは認めざるをえなかった。包丁を振り上げて刑事に難問を投げかけた夫人を見て痛感したのは、今までの自分がいかに浅はかで軽率だったか、ということだった。

一体自分はどこまで播磨瑞穂という少女のためを考えていただろうか。本当に彼女を「生きている人間」として扱ってきただろうか。彼女の生と死について深く考えたことがあっただろうか。ただひたすら夫人を喜ばせたくて、夫人に気に入られたくて、少女の身体を利用していただけではなかったのか。

しかもたちの悪いことに、その思いには優越感が内包されていた。

この家の人々にとって自分は不可欠な存在である。神であり支配者であり少女の第二の父親であり、崇め奉られて当然の立場だと思っていた。この家と自分を引き離すことは、たとえ社長であっても不可能だと慢心していた。

とんでもない勘違いだった。

やはり自分は夫人の道具にすぎなかったのだ。彼女が信じる何かを守るための楯であり、苦難の道を突き進むための剣だった。

しかしたぶん夫人は切り開かれた道を発見したのだ。今後は迷うことも戦うことも、もうないと確信した。だから楯も剣も必要なくなったのだ。生気を取り戻したような現在の夫人の顔が、それを物語っている。

不要となった道具のすべきことは一つだ。自分を必要としてくれる場所へ戻るしかない。ありがたいことに星野にはそれがあった。

主戦場を播磨邸からハリマテクスの研究室に戻した彼を、仲間たちは温かく迎えてくれた。それだけではない。播磨瑞穂の身体を使った実験で得たデータを、貴重な財産だと評価してくれた。新たな航海にすんなりと合流できた自分は幸福だ、と星野は感じている。

播磨邸を辞去しようとしたところ、夫人がもう一つ話しておきたいことがある、といいだした。

「星野さん、私に一度だけ嘘をついたことがあったでしょう？」

何のことかわからずに黙っていると、彼女は意味ありげに微笑んで続けた。

「恋人のことを訊いた時、そんな女性はいないと星野さんは答えたけれど、本当はいたんでしょう？」

意外な質問だった。そして図星だった。あれはもう二年近くも前になる。たしかにそんなやりとりがあった。

川嶋真緒と別れる少し前のことだ。

「いたんでしょう？」夫人は訊いた。

いました、と星野は答えた。ただし、今は付き合っていないとも。

しかしなぜ夫人が真緒のことを知っているのか。それを問うと、彼女は申し訳なさそうに肩をすくめた。

「じつはね、私も星野さんに嘘をついていたの。いいえ、嘘というのは少し違うかな。隠していたといったほうがいいかも」

そして夫人は思いがけないことを教えてくれた。川嶋真緒が播磨邸に来たことがあるというのだった。それだけでなく、瑞穂にも会っているという。会って、磁気刺激装置によって彼女の手が動くところも見たらしい。

「彼女との約束で、今まで黙っていました。でも、もしあの日の出来事が原因で星野さんと彼女との仲がうまくいかなくなったのだとしたら申し訳ないと思い、お話しさせていただいた次第です」

そういうことだったのか、と星野は合点した。じつはこの二年間、ずっと疑問に思っていたのだ。

なぜあのタイミングで真緒が別れ話を切りだしてきたのだろう、と。

あれは晩秋の頃だった。大事な話があるといって呼び出された。それより少し前、二人でもんじゃ焼きを食べに行っていた。その時とは彼女の雰囲気が、すっかり変わっていた。そして、「いろいろと考えたけど、別れたほうがいいと思う」といいだしたのだった。星野が理由を尋ねると、「それ、あたしのほうがいわなきゃだめ？」と訊いてきた。「じゃあ、祐也君は別れたくないの？　このまま付き合って、いずれは結婚してもいいとか考えてるわけ？」

星野には返す言葉がなかった。播磨邸での仕事に夢中になり、真緒との関係を煩わしいと感じるようになっていたのは事実だった。彼女から別れ話を切りだしてくれたら都合がいいのに、とさえ考えていたのだ。

「決まりだね」黙り込んだ星野を見て、真緒は悲しげに笑みを浮かべたのだった。

夫人は何度も、申し訳ない、と繰り返した。

「彼女は素敵な女性です。きっと星野さんの良きパートナーになると思います。もう手遅れかもしれませんが、もしその気があるのなら、一度連絡を取ってみたらいかがでしょうか」

星野は苦笑を浮かべ、手遅れですよ、と答えたのだった。つまり、その気はある、ということだ。

播磨邸から足が遠のいて間もなく、真緒のことを考えるようになった。率直にいうならば、会いたいと思った。チルチルとミチルの『青い鳥』だ。自分にとって最も大切なものは何か、ようやく気づいた思いだった。同時に、それは虫のいい話だと自覚してもいた。自分にそんな資格はないと諦めていた。

しかし夫人にいわれ、抑制していた気持ちが日に日に昂《たか》ぶってきた。連絡してみようか。いや、今さらもう遅いだろう。あれから二年も経っている。きっと彼女には、新しい相手ができているはずだ。それどころか結婚しているかもしれない。でも、もしそうではなかったなら。あれからいろいろあったかもしれないけれど、今は一人なら。誰とも付き合っていないなら――。

ぐらぐらと気持ちが揺れつつも、星野はメールを打った。話したいことがあるので会ってもらえないだろうか、という内容だった。日時と場所を指定し、僕は待っている、と添えた。

返事は来なかった。

たぶん「ノー」ということだろう。文句はいえない。悪いのは自分だ。

窓の下に目を向けた。ほんの短い間に、外はずいぶんと暗くなっている。街は夜に突入しようとしていた。

車椅子の人が目に入った。乗っているのは、まだ若い男性だった。押しているのは、彼よりもずっと年上の女性だ。母親だろうか。

脳溢血で右半身不随になった祖父のことを思い出した。左手に持ったスプーンでお粥を食べようとしてこぼし、情けないと嘆いていた。元気だった頃は彫金の職人だった。右手が財産だといっていた。

改めて、人の役に立ちたいと思った。不幸にもハンディを背負ってしまった人たちが、人生をより楽しく、幸せに過ごせるための手伝いをしたい。そのためにハリマテクスに入ったのだから――。

そんなふうに決意を新たにした星野がアイスミントティーのグラスを手にしかけた時、階段を上がって一人の女性が現れた。

彼女は素早く店内を見回し、星野を見つけると、神妙な顔つきで近づいてきた。二年前より、少し痩せただろうか。しかし活発そうな雰囲気に変わりはない。

星野は立ち上がった。

「お久しぶり」彼のテーブルまで来て、彼女はいった。

うん、と頷いて星野は前の席を示した。彼女は椅子を引き、腰を下ろした。

ウェイトレスが近づいてきた。彼女は星野のグラスを見て、「あたしも同じものを」と注文した。

ウェイトレスが去った後、彼女は星野の顔を見つめてきた。照れ臭くて、つい下を向いてしまった。

彼女が何か呟いた。それで、えっと顔を上げた。

「若くなった。それに生き生きしてる」川嶋真緒はいった。「あの頃より、ずっと」

星野は何もいえず、ただ頭を掻いた。

2

夢中になって本を読んでいたら、足に何かが触れる感触があった。見ると、バドミントンのシャトルが落ちていた。

ごめんなさい、と少女が駆け寄ってきた。小学校の高学年、あるいは中学生かもしれない。ショートヘアのよく似合う、日に焼けた肌が眩《まぶ》しい女の子だった。

薫子はシャトルを拾い上げ、はい、と差し出した。ありがとうございます、と女の子は礼儀正しく受け取った。それから薫子の隣に止めてある車椅子に目を向けた。

「あっ、かわいい……」

思わず口をついた、という感じが嬉しかった。車椅子の娘は、薫子の最大の自慢だ。

お礼の代わりに微笑んだ。女の子はぺこりと頭を下げた後、ラケットを手に友達のところへ戻っていった。

自宅から少し離れたところにある公園のベンチに薫子は座っていた。狭いながらもグラウンドらしきものがあり、ブランコやジャングルジム、シーソーといった遊具があり、それらを取り囲むように木々が植えられている——そういう平凡な公園だった。

秋風が心地よかった。ぐずついた天気が続いていたけれど、今日はからりと晴れている。すぐそばで、先程の女の子たちがバドミントンの打ち合いを始めた。ラケットさばきが見事だ。学校のクラブに所属しているのかもしれない。だとすれば、ふだんは体育館で練習しているはずだ。日に焼けているのは、体力作りのために外を走らされているせいか、などと考えた。

車椅子の我が子——瑞穂に目を向けた。当たり前のことだが、今も目を閉じている。ブルーのトレーナーに紺色のベスト。髪に付けたリボンはピンク色だ。

この子が悲劇に見舞われず、バドミントンをしている子たちのように育ったなら、どんな毎日を送っただろう。考えても意味のないことだと思い、ふだんはなるべく頭から追い出すようにしている想像だが、こういう時にはやはり浮かんでしまう。

きっとはらはらさせられることも多かったのだろうな、と思った。車の事故、変質者、ネット犯罪——今の世の中は予期できぬ危険がいっぱいある。きっと瑞穂が生きているかぎり、あれこれと心配することになったに違いない。結婚しようが、家庭を作ろうが、いつまで経っても親は子供のことが気がかりだ。

そんな心配も親の喜びの一つだという考え方がある。ならば、生涯目覚めることがない子を看る喜びも同じではないか、と今の薫子はいえるのだった。ただし、これについて誰かと議論しようとは思わなかった。人の生き方は様々だ。

女の子たちのラリーが途切れたのを機に、薫子は腰を上げた。瑞穂の膝掛けの位置を直し、車椅子を押した。

幹線道路の歩道に沿って、銀杏《いちょう》の木が植えられていた。

「ああ、もうだいぶん色づいてきたね。来週は真っ黄色になっているかもしれないよ」木を見上げながら薫子は瑞穂に話しかけた。散歩は週に一度の楽しみだ。

曲がり角に差し掛かった時、プップッとクラクションを軽く鳴らされた。薫子は足を止め、後ろを振り返った。紺色のベンツがすぐそばに止まっている。

運転席のウインドウが下がった。そこから顔を覗かせたのは、榎田博貴だった。


新鮮なフルーツを使ったスウィーツで有名なカフェが、すぐそばにあった。ベンツをコインパーキングに駐めてきたという榎田と、小さなテーブルを挟んで向き合った。車椅子を置けるスペースがあったのはありがたかった。

「雰囲気が違っていたので、少し驚きました。似ているけれど別人かなと思い、通り過ぎそうになったほどです」

榎田によれば、子供が生まれたばかりの知り合いの家に、祝いの品を届けに行った帰りだったらしい。

改めて薫子の顔を眺めた後、元気そうで安心した、といった。

「最後に会った時のあなたには、切ないほどの危うさがありました。正直、このまま一人で帰していいものだろうかと迷いました」

榎田の言葉に薫子は照れ笑いを浮かべるしかなかった。これが最後のデートと決意し、彼の部屋に上がり込んだのが昨日のことのようだ。

「あの時は御迷惑をかけました」頭を下げた。

榎田は手を横に振り、真顔になった。

「こちらこそ、何の力にもなれず申し訳ありませんでした。お話は伺っておりましたが、どういう状況なのか、想像することを怠っていたなあと思います」車椅子をちらりと見てから薫子に視線を戻した。「やはり、なかなか大変だったんでしょうね」

ここで嘘をついても意味がない。それなりに、と答えた。

「ちょこまか動き回っていた子供が、ある日突然寝たきりになるんです。生活が百八十度変わりました。希望が絶望に変わったように感じました」

「お察しします」

「でもね、絶望していた期間は、それほど長くはなかったんです」薫子はいった。「大変な日々ですけど、楽しいことだって時にはあります。たとえばこの子に似合う服を見つけた時とか。着せてみると本当によく似合ってて、そういう時にはこの子も喜んでるんです。顔色とか血圧とか脈拍とかでわかったりします」

へえ、と榎田は感心したような顔をした。

もちろん、といって薫子は続けた。「気のせいだという人もいるでしょうけど。自己満足だとか」

「そんなふうにいう人のことをどう思いますか」榎田が訊いてきた。

薫子は両手を広げ、肩をすくめた。

「何とも思いません。私がその人たちを説得する理由なんてありませんから。たぶんその人たちが私を説得することもないでしょう。この世には、意思統一をしなくていい、むしろしないほうがいい、ということがあると思うのです」

彼女の言葉を吟味するように、榎田は少しの間考え込んでいた。安易に適当な相槌《あいづち》を打たない誠実さは以前のままだ。

やがて彼は唇を動かした。

「医師として願うことは患者の幸福です。その形は様々で、こうでなければならない、というものはありません。今、あなたが幸福ならば、何もいうことはない。お話を伺っていて思いました。今のあなたに必要なものは何もないと。たぶんあなたが僕のクリニックに来ることは、もうないでしょう」その言葉には安堵と若干の寂しさが込められているようだった。

薫子はティーカップを持ち上げた。

「私のことは、もうこのへんでいいんじゃないでしょうか。それより先生のお話を伺いたいです」

「僕の、ですか」

「ええ。だって、あれからいろいろとあったみたいですから。新たな出会いとか」そういって薫子は榎田の左手を見た。

薬指でプラチナの指輪が光っている。

「あなたほどドラマチックな話題はありませんよ」榎田は少し照れながら、知人から紹介され、ゴールインした相手のことを話し始めた。

榎田と別れた後、車椅子を押しながら帰路についた。学校帰りと思われる子供たちが元気に追い越していく。瑞穂と同い年ぐらいの子も何人かいた。

家の前まで来て、おやと思った。しっかりと閉めたはずの門扉が少し開いている。先日、錠が壊れてしまったのだが、風で開いたのか。それとも千鶴子が戻ってきたのだろうか。今日は用があるとかで実家に帰ったはずなのだが。

左右の門扉を開き、車椅子を押しながら敷地内に入った。すると、知らない男の子がいた。アプローチの途中で立ち止まっている。

男の子は、あわてた様子で駆け寄ってきた。

「これを飛ばしてたら、中に入っちゃって。インターホンを鳴らしたんだけど……」そういって彼が差し出したのは紙飛行機だった。

「ああ、そうだったの」薫子は頷いた。

男の子は十歳前後に見えた。品のいい顔立ちで、グレーのパーカーがよく似合っている。

彼はじっと車椅子の瑞穂を見ていた。その視線は眩しげで好奇の色は感じられなかった。

「どうかした？」

薫子が訊くと、「あ……何でもない」と答えてから彼はまた瑞穂に目をやった。「よく寝てるね」

その素直な言い方が、薫子の胸に響いた。

「ふふっ、そうでしょ」そういって瑞穂の膝掛けを直した。

「足が悪くて歩けないの？」

少年の質問は意表をつくものだった。なるほど、車椅子に乗っていれば、まずはそう考えるものなのかと教えられた気分だった。薫子は唇に笑みを浮かべた。

「世の中にはね、いろいろな人がいるの。足が悪いわけじゃないのに自由に散歩できない子供とかね。いつかきっと、あなたにもわかる日が来ると思う」

彼女の言葉が少年に正しく伝わったかどうかはわからなかった。彼は戸惑ったような目を再び瑞穂に向けた。「まだ起きないのかな」

目を覚ましてほしい、と願っているように聞こえた。それが嬉しかった。

「うん……そうね。今日は起きないんじゃないかな」

「今日は？」

「うん、今日はね」薫子は車椅子を押した。「さようなら」

さようなら、と少年が答えた。それから門扉が閉められる音を薫子は背中で聞いた。

玄関に向かって歩く途中、瑞穂の部屋の窓に目を向けた。少し前、出窓に薔薇を飾ってあった。和昌が薫子の誕生日に買ってきてくれたものだ。そんなことをしてくれたのは何年ぶりか。それを機に、薔薇のアロマオイルを使い始めた。ほんの数滴で部屋は豊かな香りに包まれるようになった。瑞穂の顔色も、それ以来一段とよくなった。

こんなふうに小さな喜びとか楽しみを、ひとつずつ拾っていけばいい、と薫子は考えていた。多くのことは望まない。今日と変わらない明日が来てくれたら、それで何も不満はない。

そのささやかな願いは、しばらくの間、叶えられた。穏やかで何もない平凡な毎日が、訪れては過ぎ去っていった。週に一度の散歩は、本格的に寒くなる十二月まで続けられた。再開したのは、翌年の三月半ばだった。

そして間もなく瑞穂が四年生になるという三月三十一日のことだ。

いつものように薫子は、瑞穂の部屋で眠っていた。だが誰かに呼ばれたような気がして目が覚めた。時計を見ると、夜中の三時過ぎだった。

なぜこんな時間に目が覚めたのだろうと思った次の瞬間、薫子は気づいた。

すぐそばに瑞穂が立っていた。

3

被験者番号38番の男性は、書類によれば七十二歳だ。緑内障が原因で失明したのは約五年前。定年退職後であったため、ふだん外を出歩くことは殆どないらしい。たしかにほかの視覚障害者と比べると、白杖の扱い方にぎごちなさが感じられた。

つまりこの実験には、極めてふさわしい被験者なのだった。

スタート、と研究員が声を発した。

男性がおそるおそる一歩目を踏みだした。彼の目はゴーグルで覆われている。そして頭にはヘルメットが被せられていた。

最初の障害物である段ボール箱を、男性は易々とよけた。次のスペースには、サッカーボールがいくつか転がっている。男性はボールの間をうまく通り抜けた。次のスペースは床に色がつけられている。青と赤のチェック柄の部分や、青と黄色の縞模様の部分などがある。男性には、「青色の部分だけを踏むように」と指示が出されている。

男性は見事に青色だけを選んで進んだ。そして最後の難関。ここには動き回るロボットがいる。大きさは小型犬ぐらいだ。動きはランダムで、もちろん被験者をよけてくれたりしない。

男性は入り口で立ち止まり、しばらくロボットの動きを観察していたが、やがて意を決したように歩きだした。

ところがロボットが急に方向を変え、男性の進路を横切ろうとした。すると男性は小さな声をあげ、足を止めた。ロボットが進む方向に顔を向けている。つまり「見ている」。

ロボットが遠ざかるのを確認すると、男性は安心したように再び歩き始めた。そして研究員たちが見守る中、ゴールした。拍手が起きた。

「やるじゃないか」

和昌は、一緒に実験の模様を見つめていた研究責任者に言葉をかけた。

「合格でしょうか」先月四十歳になったばかりだという男は、緊張の面持ちで訊いてきた。

「もし不合格だといったら？」

研究責任者は顔を強張らせ、直立不動の姿勢を取った。「転職するしかありません」

和昌は吹きだし、部下の肩を叩いた。「無論、冗談だ。文句なしに合格。あと一息だな。このまま進めてくれ」

ありがとうございます、と研究責任者は頭を下げた。

懐の中でスマートフォンが着信を告げた。和昌はその場を離れながら電話に出た。千鶴子からだった。

「はい、和昌です」

「あ……ごめんなさい、お仕事中に」

「何かありましたか」

それが、といって千鶴子が切りだした話を聞き、和昌はスマートフォンを握る手に力を込めた。

瑞穂の体調が急変したので薫子が病院へ連れていった、というのだった。

「どんな具合なんですか」

「それが……いろいろとよくなくて。血圧は安定しないし、体温もすごく低くなって」

「いつからですか」

「今朝です。ああ、でも、薫子によれば、夜中にはそうなってたみたいですけど」

薫子は瑞穂の部屋で寝ている。夜中のうちに異変に気づいていたが、朝まで様子を見ていたのかもしれない。

「わかりました。仕事の都合がつき次第、病院に向かいます」

電話を切った後、すぐに秘書の神崎真紀子の番号にかけた。電話に出た彼女に手短に事情を話した後、今日の予定をキャンセルできるか確認した。

何とかします、というのが優秀な女性部下の回答だった。助かったといって礼を述べ、足早に歩きだした。

タクシーで病院に向かう途中、薫子に電話をかけてみたが、電源を切っているらしく繋がらなかった。

車窓の外にぼんやりと目を向けながら、どういうことだろうと考えた。

この三年間ほど、瑞穂の体調はかなり安定していた。しかしトラブルが全くなかったわけではなく、じつは感染症にかかったり、胃腸障害を起こしたりもしていたらしい。だがそういうことがあったと和昌が知るのは、すべて解決してからだった。トラブルが発生しただけでは、薫子にしても千鶴子にしても、和昌に知らせてきたりはしなかったのだ。たぶん仕事の邪魔をしてはいけないと気遣ったのだろう。

ではなぜ今回は知らせてきたのか。

いろいろと覚悟を決めておいたほうがいいのかもしれない、と和昌は思った。

病院に着くと、インフォメーションで状況を尋ねた。係の女性は、四階のナースステーションで確認してほしい、と答えた。

エレベータで四階に上がり、ナースステーションを覗いた。名乗ると若い看護師はすぐに合点したらしく、病室番号を教えてくれた。

「勝手に入っていいんですか」

「どうぞ。奥様も御一緒です」

あっさりといわれ拍子抜けした。瑞穂は集中治療室に入れられ、薫子は待合室でやきもきしている――そんな事態を予想していたからだ。

病室に行き、ドアをノックした。どうぞ、と薫子の声がした。

ドアを開けるとベッドの傍らで薫子が座っていた。和昌を見上げ、「来てくれたんだ」といった。その表情は意外なほどに穏やかで、悲愴感などまるで感じられなかった。

「お母さんから連絡を貰ったからな」和昌はベッドに目を向けた。「どういう状況だ？」

瑞穂は寝かされ、点滴を受けていた。その顔は少し浮腫んでいるように見える。たしかに前に見た時とは明らかに状態が違う。

薫子は答えない。真剣な眼差しを娘に注いでいる。

「おい、どうなんだ」語気を少し強めた。

すると彼女は立ち上がり、窓に向かって歩いた。足を止めるとくるりと踵を返し、和昌を真っ直ぐに見つめてきた。

「あなたに大事な話があります。とても大事な話。今、いいかしら？」

和昌はぐいと顎を引き、瑞穂を見てから薫子に目を戻した。「瑞穂に関する話か？」

「もちろんそうよ」

「何だ？」

薫子はほんの少しだけ逡巡《しゅんじゅん》の気配を見せた後、すっと息を吸い込み、唇を開いた。

「昨夜、といったらいいのか、今朝早く、といったらいいのかわからないのだけれど、ともかく午前三時を少し過ぎた頃――」激しく瞬きを繰り返し始めた。目が赤くなり、頬がぴくぴくと動いた。「瑞穂が……いきました。いってしまいました」

「えっ？」和昌は目を見開いた。「いったって……それはどういうことだ」

「あの世に旅立ったの。死んでしまったの」いい終えた後、薫子は固く瞼を閉じて項垂《うなだ》れた。肩が小さく揺れている。

和昌は驚いて瑞穂を見た。だが彼女の胸はかすかに上下している。呼吸しているのだ。

「何をいってるんだ。生きてるじゃないか」

薫子は右手の甲で両瞼を順番に押さえた後、顔を上げて深呼吸を一つした。それから目を開け、和昌に向かって微笑みかけてきた。

「薫子……」

「ごめん、これじゃあ何のことかさっぱりわからないよね」

「一体何があったんだ」

「うん、最初から話す」薫子はベッドを一瞥してから和昌を見て話し始めた。「夜中の三時過ぎのこと、不意に目が覚めたの。誰かに呼ばれたような気がして。そうしたら、そばに瑞穂が立っていたの」

和昌は声を失った。


もちろん姿が見えたわけではない、と薫子はいった。しかしそこに立っているのを、たしかに感じたというのだった。

そして瑞穂は薫子に話しかけてきた。声は聞こえなかったが、心に伝わってきた。

ママ、ありがとう。

今までありがとう。

しあわせだったよ。

とっても幸せだった。

ありがとう。本当にありがとう。

お別れの時だ、と薫子は悟った。しかし不思議に悲しくはなかったという。そしてこう尋ねた。「もう、行くの？」

うん、と瑞穂は答えた。さようなら。ママ、元気でね。

さようなら、と薫子も呟いた。

その直後、ふっと瑞穂の気配は消えた。何もなくなった。

薫子はベッドから出て、瑞穂の身体に近づいた。電気をつけ、様々なバイタルサインを確かめた。

すべての値が悪化を示し始めていた。それから薫子は一睡もせずに見守り続けたが、好転する様子はなかった。

話し終えた後、薫子は和昌の顔を覗き込み、首を傾げた。

「信じられない？　私が嘘をついてると思ってる？　嘘ではないけれど単なる妄想、あるいは寝惚《ねぼ》けてた——そう思ってる？」

「嘘をついているとは思わないよ。そんなことをする理由がない。妄想なのか、寝惚けてたのか、それはわからない。でも君がそう信じているのなら、それが事実ということでいいんじゃないか」

薫子は微笑み、ありがとう、といった。

ただ、と和昌は付け加えた。

「正直、かなり戸惑っている。こういう日が来ることは覚悟していたし、君も知っている通り、俺のほうは瑞穂の死を受け入れていた。それでも、こんな形になるとは予想しなかった」

「ごめんね。私ひとりだけで見送っちゃって。でもあなたがいけないのよ。肝心な時に家にいないから」

返答に困り、頭に手をやった。「なぜ、昨夜だったんだろう」

「さあね。わからない。それは瑞穂に訊いて」明るいとさえいえる口調だった。吹っ切れたのか、突然の事態に気持ちがハイになっているのか、和昌にはわからなかった。

あなた、と薫子が呼びかけてきた。

「これでいいよね？　私たち、瑞穂にしてやれるだけのことはしたよね？　後悔することなんて、何もないよね」

「当たり前だ。俺はともかく、君は完璧だった」

「そういってもらえると少し気が楽になる」薫子は胸を押さえた。

「いや、しかし」彼はベッドを見下ろした。「じゃあ、これからどうする？」

薫子は真剣な表情でベッドに近づいた。

「今、点滴してるでしょ？　この子の身体はね、抗利尿ホルモンというのが欠乏してる状態なの。そうなるとオシッコがいっぱい出てしまう。制御ができないのよ。だから脱水症状を防ぐために大量の水と糖分を補充してるわけ。そのうちに手足がぱんぱんに浮腫んでくる。こういう場合には、抗利尿ホルモンを投与すれば、とりあえずオシッコもコントロールできる」

「よく知ってるな」

「でしょ？　いっぱい勉強したのよ」

「今までの瑞穂に、そのホルモンは必要なかったのか」

「事故直後は必要だった。でも在宅介護をする頃から、不要になったの。不思議だと先生たちもいってた。その後、瑞穂に必要な薬はどんどん少なくなっていって、さらに専門家たちを驚かせたわけだけど」

「しかしまた必要になったわけだ」

そう、と薫子は頷いた。それから思い詰めたような目を和昌に向けてきた。

「もうすぐ主治医の先生から説明があると思う。その前に、あなたに提案したいことがあるのだけれど」

「提案?」

「私たちにしか決められないことについて、よ」

4

薫子がいった通り、それから約一時間後に主治医との面談があった。大村《おおむら》という温厚な顔立ちの主治医は、この三年間、瑞穂の身体を診てきたという話だ。

前に診た時とは状況が一変している、と大村は切りだした。

「脳が殆ど機能していないと思われるにも拘わらず、これまで瑞穂さんの身体は統合性が保たれてきました。血圧や体温は安定し、尿も制御できていました。しかし残念ながら現在の状態は、それらを含め、統合性は消失しているというべきでしょう。事故直後の状態に近いといえば、わかりやすいかもしれません」

それから大村は今後の方針についての説明を始めた。最初に出てきたのは、薫子がいっていた抗利尿ホルモンの話だった。

「投与すれば、とりあえず現在の尿崩症の状態からは脱します。投与しなければ、近いうちに心停止に至ります。親御さんの中には、無理に生かさなくてもいいと考える方もいらっしゃいます。しかしこれまでの流れからみて、播磨さんたちはホルモン投与の道を選ぶ、たとえ今後も介護生活が続くことになっても構わない、というお考えだと思っていてよろしいのでしょうか」

和昌は隣を見た。薫子と目が合った。彼女が頷いたのを確認し、主治医のほうを向いた。

「そのお話は、瑞穂が脳死していることが前提ですよね」

「ええ、まあ、かぎりなく脳死に近い状態であると……」

では、と和昌は口を開いた。「そちらには果たすべき義務があるのではないですか」

「義務……といわれますと？」

「オプション提示です。臓器提供の意思があるかどうか、確認する必要はないのですか」

えっ、と大村は目を丸くした。

「いや……しかし……あなた方は事故直後、拒否されています」

「脳死ではないと思ったからです」薫子が答えた。「脳死でもないのに、そんな変なテストを受けさせたくなかったんです。そして事実あれから三年以上、うちの子は元気に生きてきました。それとも大村先生は、死んでいる人間の検査や診断をしておられたのですか」

大村は動揺を隠せない様子で、突拍子もないことをいいだした夫婦の顔を交互に見た。

「しかし今回は」和昌はいった。「脳死を受け入れるしかないのではないか、というのが我々の考えです。となれば、オプション提示を受けないわけにはいかない。違いますか」

大村は金魚のように口をぱくぱくと動かすと、「ちょっと待っていてください」といって椅子から立ち上がった。面談室を出ていく時には転びそうになっていた。

和昌は改めて薫子と顔を見合わせた。彼女はかすかに微笑んだが、何もいわなかった。和昌も黙っていることにした。

一時間前、薫子が提案してきたのは、まさにこういうことだった。臓器提供の意思を表明しようというのだった。

「瑞穂はもうあの世に行ってしまった。きっと天国でいってるよ。どこかのかわいそうな子供たちのために、あたしの身体を使ってて」

優しい子だったから、と薫子は付け加えた。

和昌に異存はなかった。問題は病院側だ。一体どう対応してくるのか、全くわからなかった。彼等にしても、かつて経験したことがない事例だろう。

千鶴子や美晴には薫子が電話をし、現在の状況と自分たちの意思を伝えた。どちらも涙ぐんでいたが、了承したとのことだった。

ノックの音がした。どうぞ、と答えるとドアが開いた。入ってきたのは、予想通り進藤だった。和昌たちが立ち上がろうとすると、どうぞそのまま、といって机の反対側に移動し、腰を下ろした。

進藤は、ふっと息を吐いてから二人を見た。「あなた方には、いつも驚かされる」

「そうですか」尋ねたのは薫子だ。

「人工呼吸器を使わず、最新科学の力でお嬢さんに呼吸をさせた。かと思えば、脊髄を磁気刺激して、反射によって全身の筋肉を鍛えさせた」

「すべて、やってよかったと思っています」

「そうでしょうね。その結果、現代医学では説明がつかない、脳機能に頼らない統合性を手に入れた。あの状態が今まで維持されてきたのは驚異的としかいいようがない。しかし驚いたといえば、今日が一番かもしれません。まさかオプション提示を求められるとはね」

「ルール違反ではないと思うのですが」和昌はいった。「今の法律では臨床的脳死という言葉はありません。脳死判定を受けていなければ、植物状態であった可能性がある、と見なされるはずです。昨日までの瑞穂は、まさにそうでした。そして今日、状況が変わりました。三年数か月前の瑞穂と、今のあの子とでは状態が違う。改めてオプション提示を求める権利はあるはずです」

　彼の言葉に、おっしゃる通りです、と進藤は答えた。

「ただし、一つお断りしておきたいことがあります。正式な手順をいえば、まずは現在のお嬢さんの脳の状態を検査し、脳死の疑いが濃いと判断してからオプション提示をすることになっています。しかし今回、それはまだ行われていません。私個人の意見をいわせていただければ、必要ないという考えですが、それでよろしいでしょうか」

　和昌は薫子と頷き合ってから、それで結構です、といった。

「わかりました。では話をさせていただきます。これは前にもお尋ねしたことですが、改めて確認します。お嬢さんは臓器提供についての意思表示カードをお持ちでしょうか。あるいは、お嬢さんと臓器移植や臓器提供について話をされたことはありますか」

「いいえ、ありません」

「では、もし法的脳死判定基準に沿ったテストが行われ、脳死と確定した場合、お嬢さんの臓器を提供する意思はおありでしょうか」

和昌は薫子のほうを向き、彼女の目を見つめた。その目は澄みきっており、迷いの色は全くなかった。

はい、と進藤に答えた。「提供したいと思います」

「わかりました。では移植コーディネーターに連絡します。今後の詳細については、その方から話を聞いてください」

進藤は立ち上がり、落ち着いた足取りで部屋を出ていった。

和昌はため息をついた。時計を見て、千鶴子から連絡を貰ってから三時間も経っていないことに気づき、愕然とした。今朝起きた時には、こんな一日になるとは夢にも思わなかった。だが現実だ。彼は娘を亡くし、その臓器提供に同意した。ところが実感など、まるで湧かなかった。

隣では薫子が、いつの間に電源を入れたのか、スマートフォンをいじっていた。画面に表示されているのは、瑞穂が幼かった頃の写真だった。元気に走り回っていた頃だ。

再びノックの音がして、進藤が戻ってきた。

「コーディネーターに連絡しました。もう少しすれば到着すると思います」そういってから椅子に腰掛け、机の上で両手を組んだ。「脳死判定についても臓器移植法についても、お二人はかなり承知しておられると思います。それでも不明な点があれば、遠慮なくコーディネーターに訊いてください。御存じでしょうが、それから臓器提供を拒否することも可能です」

「あの時みたいに、でしょう?」

和昌がいうと、その通りです、と進藤は真顔で答えた。

「一つ、質問してもいいですか」薫子が訊いた。

「何なりと」

「確認したいのは、死亡時刻のことです。脳死判定テストは二度行われるという話でしたね。一度行ってから、何時間か置いてから、もう一度行う。そして二度目に脳死と確認された場合、その時が死亡時刻となる。そうでしたね」

「おっしゃる通りです」

「このままテストが進められた場合、終了するのはいつ頃になりそうですか」

「さあ、それは……」進藤は腕時計に目を落とした。「いろいろと準備がありますから、すぐに始められるというわけではありません。テスト自体はさほど時間のかかるものではないのですが、一度目と二度目の間に、一定の時間を置くきまりになっています。六時間以上とされていますが、六歳未満の小児の場合は二十四時間以上置かねばなりません。お嬢さんはすでに九歳になっておられますが、だからといって大人と同じでいいとはいえません。十時間ぐらいは置いたほうがいいでしょうね。そんなことを考慮しますと、テストが終了するのは早くて明日の午後といったところだと思います」

「明日……つまり、四月一日が死亡日となるんですね」

「脳死が確定すれば、ですが」進藤は慎重な口ぶりを崩さない。

先生、と薫子が少し身を乗り出した。「その日付、三月三十一日にできないでしょうか」

えっ、と進藤の目が丸くなった。

「死亡日は四月一日ではなく、今日、三月三十一日にしていただきたいんです。だって、それが瑞穂の正確な死亡日なんですから」

進藤はわけがわからないという顔で、和昌に視線を移してきた。

「娘があの世に旅立つ瞬間に立ち会ったのだそうです。その直後、容態が急変したとか」

進藤は戸惑いを隠すことなく、難しい顔をした。「そういうことですか……」

「信じていただかなくて結構です。とにかく死亡日時を、こちらの希望通りに記していただくことはできませんか」

だが進藤は申し訳なさそうに首を振った。

「残念ながらそれはできません。二度目の脳死判定テストで脳死と確定したら、その時が死亡日時、そう決まっているんです。死亡診断書に嘘を書くわけにはいきません」

すると薫子は大きく身体を後ろに反らせ、天井を見上げた。そして嘲笑ともいえる表情を進藤に向けていった。

「嘘？　まだ心臓が動いている人間を死んだってことにするくせに嘘？　じゃあ訊きますけど、何が本当なんですか。教えてくださいな」

進藤は苦しげに眉を寄せた後、静かに答えた。「我々は規則に基づいているだけです。規則と違うことをすれば、嘘だといわれるんです」

　薫子は、ふん、と鼻を鳴らした。

「私にいわせれば、そっちのほうが大嘘です。でも明日は四月一日、エープリルフールということで大目に見ましょう。死亡診断書なんて、ただの紙切れですからね。ただし、私にとっての娘の命日は三月三十一日。死亡時刻は午前三時二十二分。しっかりと時計を見ておきましたから、たしかです。母親である私が、実際に看取ったんです。国なんかに、役人なんかに、大切な我が子が死亡した日を変えられてたまるもんですか。誰が何といおうと、命日は三月三十一日です。それは絶対に譲れません。──あなたも覚えておいてね」

　わかった、といって和昌はスマートフォンを取り出した。もう一度日時を薫子から聞き、それを登録しておいた。

「ほかに何か質問はありますか」進藤が訊いてきた。

「私からも一つ」和昌は人差し指を立てた。「瑞穂は、ああいう状態で三年数か月を過ごしてきました。あんな身体でも、臓器移植に役立てられるんでしょうか」

　進藤は頷き、「疑問は尤もです」と答えた。

「じつのところ、わかりません。検査をしてみないことには何とも。しかし主治医の話では、可能性はあるということでした。過酷な状況に置かれながらも、瑞穂さんの内臓は健康そのものでした。だからこそ、これまでの生活があったのです。私も同じ考えです。当病院で瑞穂さんが何と呼ばれていたか御存じですか。奇跡の子供です。きっとまた新たな奇跡を起こしてくれると思います」

和昌は吐息を漏らした。何となく誇らしげな気分だった。

「今日進藤先生から聞いた中で、一番素敵な言葉です」

薫子の一言に、進藤はばつが悪いような、少し照れたような顔をした。

それから間もなくして移植コーディネーターが到着した。三年数か月前に会った人とは別人で、中年の女性だった。

彼女は懇切丁寧に、臓器移植とはどういうことか、脳死が確定した場合には瑞穂の身体や臓器はどのように扱われるかなどを説明してくれた。

和昌は一つだけ質問した。もしも瑞穂の臓器が移植に使われたとして、どのような子供のところへ運ばれたのかなど、具体的なことを教えてもらえないだろうか、と。

コーディネーターの回答は、残念ながら、というものだった。ドナー、レシピエント、いずれにも具体的な情報を一切伝えないのが鉄則だ、と少し申し訳なさそうにいった。

「いかがでしょうか。法的脳死が確定した場合、臓器提供の意思はおありですか」最後の確認質問が発せられた。

もはや和昌たちに何ら躊躇うことはなかった。お願いします、と頭を下げた。

5

その夜から第一回の脳死判定テストが開始されることになった。立ち会うかどうかと問われ、和昌は一回目だけ立ち会うと答えた。二回目までは、かなりの時間を置くことになると聞いたからだ。それに二回目が行われるとしたら、一回目にすべてのテストで脳死の条件を満たしているわけで、もう結果は出たも同然だと思った。

薫子は立ち会わないと答えた。その必要はない、自分にとって瑞穂の身体はすでに亡骸《なきがら》だからといった。

それよりやらなければならないことがある、と彼女はいった。何かと訊くと、「そんなの決まってるじゃない」と答えた。「お通夜の準備。それからお葬式。知らせなきゃいけないところがいっぱいある」

真剣な表情でスマートフォンを操作しながら病院を後にする妻の姿を窓から見下ろし、あの女の新たな人生はもう始まっているのかもしれない、と和昌は思った。

おそらく大仰なものだろうと予想していた脳死判定テストは、立ち会ってみると意外なほどにあっさりと終わるものばかりだった。多少時間を要したのは脳波検査だが、それにしても三十分ほどだった。久しぶりに見る瑞穂の脳波は、見事なほどに平坦だった。いくら調べても変化がないので、そろそろやめてもいいのではないかと思ったほどだが、医師は念入りに調べていた。何のためにやっているのかわからないテストもあった。耳に冷水を注入するのだ。カロリックテストといい、眼球の水平方向の動きが誘発されるかどうかを確認するのだという。内耳の前庭という部分の機能検査らしいが、説明されても言葉の意味が和昌には半分もわからなかった。それ以外の検査は、ものの数分で終わった。瞳孔の確認など、あっという間だ。

そして最後の項目——無呼吸テストが残った。つまりここまでの検査では、すべて条件を満たしているのだ。

このテストの方法が瑞穂の場合は例外となる。通常、脳死が疑われる患者は人工呼吸器を装着している。無呼吸テストでは、その呼吸器を外し、一定時間以内に自発呼吸が戻るかどうかを検査する。しかし瑞穂は人工呼吸器を付けていない。彼女には最新型の呼吸器制御器、AIBSが埋め込まれている。ただしそのコントローラは体外にあるので、そのスイッチをオフにすることが、彼女にとっての無呼吸テストとなる。このテストをするため、AIBS研究チームの一人である医師が、慶明大学からアドバイザーとして立ち会っていた。装置が誤作動などを起こした時のためだ。

無呼吸テストの前には、十分な量の酸素が患者には与えられる。それでも最も負担のかかるテストなので、事に当たる医師の顔には緊張の色が滲んでいた。

電源が切られた。呼吸の程度を示すモニターを全員が睨んだ。一分、二分――沈黙の時が流れる。瑞穂の顔面が蒼白になったような気がした。

自発呼吸が認められないまま、規定の時間が過ぎた。再びAIBSの電源が入れられた。瑞穂の呼吸が始まった。それを見て和昌は、やっぱりこの子は機械の力で息をしていたのだなと思った。

こうして一回目の脳死判定テストは完了した。すべての条件を満たしたのだった。

和昌は一旦帰宅し、次の日の朝、再び病院を訪れた。第二回の脳死判定テストが行われるまで、二時間ほどあった。瑞穂の身体は、昨日と同じ病室に横たえられていた。娘の寝姿を眺めていると、千鶴子が生人を連れ、義父の茂彦と共にやってきた。三人とも悲しげな顔をしていたが、泣いた形跡は感じられなかった。

それから間もなく美晴と若葉も来た。若葉はベッドに近づくなり、瑞穂の胸に手を置いた。薫子が包丁を振り上げた日、大きくなったら瑞穂ちゃんのお世話を手伝う、といっていたことを和昌は思い出した。

薫子は現れなかった。それについて誰も疑問を口にしなかった。どうやらすでに電話などで彼女と話をしたようだ。そのことを物語るように美晴がいった。

「葬儀屋さんと揉めてるみたい。お姉ちゃん、断固として命日は三月三十一日にしたいんだって。葬儀屋さんは死亡診断書に合わせたいといってるらしいけど」

「あの子は頑固だからねえ」千鶴子が嘆息した。「自分はもう瑞穂を看取った、病院なんかに行ったたって意味がないといってきかないのよ」

たしかに意地なのだろう、と和昌は察した。今日、第二回のテストに立ち会えば、国や役人たちが決めた死亡日時を受け入れることになると思っているのだろう。

ドアがノックされ、白衣の男性が入ってきた。「第二回の脳死判定テストを行います」恭しくいった。

病室から瑞穂を乗せたストレッチャーが運び出された。判定テストには誰も立ち会わないことになった。脳死が確定すれば、瑞穂は死亡したと見なされ、臓器摘出に向けた準備が行われる。生きている状態で会えるのはこれが最後だ。

さようなら、よくがんばったね、向こうの世界で幸せになってね——それぞれが、めいめいの言葉で送りだした。和昌は黙ったままだった。何も思いつかなかったからだ。

そしてそれから二時間ほど後、待合室にいた和昌たちに結果が告げられた。第二回のテストで脳死確定。瑞穂の死亡時刻は四月一日午後一時十分だといわれた。

6

ごく身内だけでの通夜振る舞いを終え、親戚たちを見送った後、和昌は祭壇のある会場に戻った。並べられたパイプ椅子の数は約四十。こぢんまりとした部屋だ。瑞穂にクラスメートと呼べる者がいたなら、これでは狭かったかもしれない。

通夜や葬儀の手配は、すべて薫子が行った。葬儀業者も斎場も彼女が選んだ。祭壇の周りにぬいぐるみを並べろと指示したのも彼女らしい。

棺の正面に腰を下ろし、遺影を見上げた。写真の瑞穂は、最後に見た時と同様に目を閉じている。しかし正面を向いた顔に浮腫みなどはなく、頬や顎のラインはすっきりしていた。髪型も奇麗に整えられ、ピンクのカチューシャを付けている。着ている服も、華やかなものだった。

「いい写真でしょ」薫子がやってきて、隣に座った。

「そう思っていたところだ。挨拶に忙しくて、じっくりと見る余裕がなかったからな。こんな写真、いつ撮ったんだ」

「今年の一月。きちんとお洒落させて、何枚も撮った。納得がいくまで」遺影を見上げ、彼女は答えた。「毎年の恒例よ」

「毎年？」和昌は妻の横顔に訊いた。

「そう。毎年一月の恒例行事。在宅介護を始めた年から」

「何のために？」

薫子は彼のほうを見て、苦笑した。

「こういう日が永遠に来ないと私が思っていたとでも？」

はっとした。毎年、遺影のための写真を撮り続けていたというわけか。

和昌は眉の上を掻いた。「参ったな。君にはかなわない」

「今頃わかったの？　ちょっと遅すぎない？」

たしかに、と笑ってから真顔に戻って妻を見つめた。「君には苦労をかけた」

薫子は、ゆっくりとかぶりを振った。

「苦労だなんて思ったことない。幸せだった。瑞穂の世話をしている時、この子を産んだのは私で、その命を守ってるんだっていう実感があって、とても幸せだった。傍目には狂った母親だと見えたかもしれないけれど」

「狂っただなんて、そんな……」

でもね、といって薫子は遺影を見上げた。「この世には狂ってでも守らなきゃいけないものがある。そして子供のために狂えるのは母親だけなの」和昌に視線を戻した。不気味なまでに力強い目をして続けた。「もし生人が同じことになったら、きっとまた私は狂う」

静かな口調だが、その言葉に和昌は圧倒された。彼女の目を見返すしかなかった。

薫子は、ふっと頬を緩めた。「もちろん、命を捨ててでもそんなことは防ぐけどね」

「俺もだ」

「大丈夫よ。安心して」

物音がして、薫子の目が会場の後方に向けられた。和昌もそちらを見ると、意外な人物が立っていた。進藤だった。白衣でない姿を見るのは初めてだった。彼は和昌たちに会釈してきた。

「遅くなってすみません。緊急のオペがあったものですから。焼香させてもらってもいいですか」

どうぞ、と薫子が答えた。それから彼女は立ち上がった。

「生人の様子を見てくる。慣れない布団だと、あの子、すぐに蹴飛ばしちゃうから」

「わかった」

薫子は席を離れ、進藤に頭を下げてから会場を出ていった。

スーツ姿の進藤が焼香台に歩み寄った。遺影を見上げて一礼した後、抹香を指先で摘み、香炉にくべた。それから合掌し、一歩下がってからもう一度一礼した。その手に数珠はなかった。病院から駆けつけてきたのだろう。彼が焼香している間、和昌は立っていた。

進藤は祭壇の前から離れ、和昌のほうを向いた。「どうぞ、おかけになってください」

「先生も、どうぞお楽に。もしお急ぎでなければ、ですが」

はい、といって進藤がそばの椅子に座るのを見て、和昌も腰を下ろした。

「担当患者の通夜や葬儀には、いつも参列されるのですか」

いやあ、と進藤は首を振った。

「そうしたい気持ちはあるのですが、基本的には顔を出しません。すべてに参列していたら、身体がいくつあっても足りませんから」

それはそうだろうなと思い、和昌は頷いた。「瑞穂は例外ですか」

「はい、特例です」進藤は祭壇のほうをちらりと見た。「これほど未練のある御遺体はありません」

「未練……か。先生にとって、永遠の謎になってしまいそうですね」

「はい、おっしゃる通りです」脳神経外科医の言葉に冗談の響きはなかった。

脳死判定が確定した翌日、瑞穂の身体から、いくつかの臓器が摘出された。検査の結果、移植するのに殆ど問題ないと判断されたからだった。驚くべきことだ、と後から聞かされた。

じつは進藤からは、臓器摘出後に頭部を解剖したいのだが、という申し出があった。瑞穂の脳が本当はどうなっていたのか、その目で見たかったのだろう。

和昌は薫子に相談してみた。彼女の回答は、「断固拒否します」というものだった。進藤はあからさまに落胆していた。

明日、瑞穂の身体は火葬される。そうなれば、すべてが謎のままで終わる。彼女の脳がどのような状態だったのか、永遠にわからなくなる。

「三月三十一日没、とありますね」進藤が祭壇の隅を見ていった。そう記された札が立てられているのだ。ふつうそんなものは飾らない。これもまた薫子の意地だ。

「妻は頑として譲りません。瑞穂が死んだのは、あの時だと」

僧侶にもそのように伝えたようだ。実際、読経の際にもそう読まれた。無論、役所が関わる部分は死亡診断書に基づくしかないが、それ以外はすべて三月三十一日で押し通す気らしい。

和昌は口出ししない。する権利がないと思っている。

「あなたはどう考えておられるんですか」進藤が尋ねてきた。「お嬢さんは、いつ亡くなったというお考えですか」

和昌は医師の顔を見返した。「奇妙な質問ですね」

「たしかに。しかし、興味があります」

「死亡診断書に従えば、四月一日の午後一時ということになります」

「それを受け入れると?」

さあ、と彼は腕組みをした。

「本音をいえば、それは違うんじゃないかと思います。臓器提供に同意した場合のみ、脳死判定を行い、確定すれば死亡とする。同意しなければ判定は行われず、当然死亡したとみなされることもない――どう考えてもおかしな法律です。脳死が人の死だというなら、あの事故が起きた夏の日、瑞穂は死んだことになる」

「ではあの日があなたにとっての命日だと?」

いや、と和昌は首を捻った。

「それもまた抵抗があります。あの日、瑞穂はまだ生きていると感じたのも事実ですから」

「では、奥様の意向を尊重されますか」

うーん、と彼は唸り、こめかみに手を当てた。

「そうですね。やっぱり私は保守的に考えたいです。脳死は人の死じゃない。瑞穂が死を迎えたのは、臓器が摘出された四月二日ではないでしょうか」

「保守的とは?」

「つまり、心臓が止まった時、という意味です」

するると進藤は口元を緩め、和昌に笑いかけてきた。

「だったら、あなたにとってお嬢さんはまだ生きていることになる。この世界のどこかで彼女の心臓は動いているわけですから」

「あ……なるほど」

進藤がいっている意味を理解した。瑞穂の身体からは心臓も摘出され、どこかの子供に移植されたと聞いている。

この世界のどこかで、か——。

そう考えるのも悪くないな、と和昌は思った。

エピローグ

父さんがいった。いらないものは極力捨てるんだぞ。不用品を処分する絶好の機会でもあるんだからな。思い出の品とかいったって、結局のところ、ただ残しているだけで、わざわざ引っ張り出して眺めるなんてことはめったにない。捨てちまえば、それはそれで別にいいやってことになるんだ。捨てて後悔するなんてことはめったにないから――。

その教えに従い、宗吾はどんどん不用品をゴミ袋に放り込んでいった。この玩具ではもう遊ばないな。この本を読むことはないな。何だ、これは？　ああ、五年生の時に工作の授業で作ったやつか。まあいいや、捨てちゃおう。

クロゼットを整理していると大きな紙袋が出てきた。開けてみて、はっとした。中に入っていたのは千羽鶴だった。色紙も一緒に入っている。

いけない、いけない。これは捨てちゃいけない。大事な宝物だった。この紙袋の存在を忘れていたこと自体を、宗吾は密かに恥じた。

引っ越し業者が到着したのは、それから約一時間後だった。家具や電化製品、段ボール箱などが次々と運び出されていくのを、宗吾は不思議な思いで眺めた。このマンションで生活したのはほんの二年ほどだが、それなりに思い出があることに改めて気づいた。どちらかといえば、悪くない思い出ばかりだ。それはそうだ。大きな壁を乗り越えたことにより、宗吾は両親と共にここで暮らせるようになったのだから。

荷物がすっかり運び出された後、父さんと母さんと三人で部屋を点検して回った。２ＤＫの大して広くない部屋だから、あっという間に終わった。

「よくこんな狭いところで暮らしてたよなあ」父さんがしみじみといった。

「仕方ないわよ。あの時は場所を優先したんだもの」母さんが応じる。

父さんが運転する車に乗り、新居に向かって出発した。いや、正しくは新居ではない。旧居というべきか。三年以上前まで住んでいたマンションだ。

「宗吾もいよいよ来月から中学生か。あっという間だったなあ」ハンドルを操作しながら父さんがいう。

「バスケ部に入りたいんだって」助手席で母さんがいった。

「まだ決めてないよ」

「そうなの？　いいじゃない、バスケ部。入りなさいよ。ほかは何？　サッカー部？」

「だからまだ決めてないって」

「あれはどうだ。水泳部。あれなら道具が安くて済みそうじゃないか」

「何いってるの。今は水着だって結構高いのよ。ハイテク水着とかあるんだから」

「そうなのか。じゃあ、体操部だ。あれなら道具は何もいらないだろ」

両親は適当なことをいっている。スポーツの話をできるのが嬉しいのだろう。

赤信号で車が止まった。宗吾は窓から外を眺めた。見覚えのある通りに入っていた。学校帰りに歩いたことがある。

「あのラーメン屋、まだあったんだ」宗吾が一軒の店舗を指した。

「そりゃそうだろう。三年ちょっとぐらいじゃ潰れないさ」前を向いたままで父さんがいった。

周囲を見渡しているうちに懐かしい思いが湧き上がってきた。

父さん、と声をかけた。「僕、ここで降りるよ」

「えっ、どうして?」

「ここからは歩いて帰りたい」

「何だよ、面倒臭いなあ」

「いいじゃない。久しぶりに帰ってきたから歩きたいのよね。道はわかる?」母さんが訊いてきた。

「わかるよ。当たり前じゃん」

信号が青に変わった。しょうがねえなあ、といいながら父さんは車を道路脇に寄せて止めた。

「寄り道しちゃだめよ」車から降りた宗吾に母さんがいった。わかってる、と答えた。

走り去る車を見送りながら歩きだした。小学校の帰りに歩いた道だ。目をつぶっていても我が家に辿り着ける。

次の角を左に曲がった。あまり広くない道だ。奥に進むに従い、静けさが増していく。

三年数か月ぶりに歩く道だった。かつては毎日のように行き来していた。それを阻止したのは、突然の出来事だった。

体育の授業中、何となく身体が重いなと思っていたら、急に目眩がし、息苦しくなった。先生に何かいおうとしたが声が出ない。次には目の前が真っ暗になった。

気がついた時、宗吾は病院のベッドにいた。酸素マスクを付けられていた。聞いたこともない病名が医師から告げられた。詳しいことはわからないが、生まれつき心臓に異状があるということらしい。しかもかなり深刻で、単なる手術では治る見込みはないといわれた。

助かる道は心臓移植しかなかった。

宗吾は心臓移植を得意とする病院に入院した。自宅から遠かったので、両親は引っ越しを決意した。母さんは仕事を辞め、ほぼ毎日、看病のために病院を訪れた。

クラスの友達が千羽鶴や寄せ書きを持って見舞いに来てくれた。みんなの励ましの言葉に礼を述べつつ、腹の中では彼等の健康を妬んだ。

「大丈夫。移植したら、また元気に遊べるからね」母さんはそういったが、その言葉には嘘臭さがあった。その頃の宗吾にはよくわからなかったが、今から振り返ると事情は明らかだった。

心臓移植をすれば助かるといっても、それは提供される心臓があってこその話だ。そして日本では、子供からの臓器提供は殆ど期待できないというのが実情だ。

可能性があるとすれば、海外での移植だけだった。当時、両親がそういう会話を交わしていたのを宗吾は覚えている。

とてつもない費用が必要らしい。それに今の宗吾の状態では長旅は危険だって話だ——父さんが難しい顔でいった。それを聞いている母さんが懸命に涙を堪えていた記憶も鮮明に残っている。

入院から約半年、宗吾はさらに重篤な状態に陥った。意識があったりなかったりする。枕元で誰かが呼びかけているようだが、返事もできない。

死ぬのかな、と思った。もうこのままベッドから起きられず、死んでしまうのかもしれないと思った。それでもいいや、という気もした。こんなに辛くて、不自由で、何の楽しみもない毎日ならば、生きていても仕方がない。

幸い一命は取りとめたが、危険な状態に変わりはなかった。死を覚悟する毎日だった。

そんな中、奇跡が起きた。

ドナーが現れた、移植を受けられる、という話が飛び込んできたのだ。すぐには信じられなかったが、どうやら本当のようだ。その後は何が何だかわからない。いろいろなところへ移動させられ、身体を触られ、大勢の人間がしゃべるのを聞いた。手術室に運ばれる時、両親が見送ってくれた。母さんは祈るように手を合わせていた。

それからの記憶はない。目が覚めた時、周りの風景が変わっていた。そこは集中治療室だった。

心臓移植を受け、無事に成功したのだと聞いた。

三年前の四月二日のことだ。

それからまた入院生活が続いた。しかしその意味は手術前とは大いに違う。叶うかどうかわからない移植を待つ日から、退院を目指す日々に変わった。起き上がる練習、歩くためのリハビリ、すべてにやりがいがあった。

速く動いても息苦しくない。食べ物がおいしい。大きな声を出せる。そんな当たり前のことが嬉しかった。

　リハビリ中、友達ができた。といっても年齢は六十歳以上も違う。向こうは車椅子に乗った痩せた老人で、いつもウクレレを持っていた。

「こいつが唯一の楽しみでね、これをまた、うまく弾けるようになるのが、夢なんだ」やや呂《ろ》律《れつ》の怪しい口調で老人は嬉しそうにいった。

　聞けば数年前に事故で首を怪我し、手足が全く動かせなくなったらしい。だが最新科学を導入した手術を受け、再び動かせるようになったというのだ。

「脳に電極が埋められとってね、手を動かそうとする脳波をキャッチしたら、背中にセットされた機械から脊髄に信号が送られて、それでこうやって手が動くんだよ」老人はぎごちないながらもウクレレの弦を弾いた。「どこの誰かは知らないが、素晴らしい発明をしてくれたもんだ。医学はすごいよ」

　老人が話す内容は宗吾には難しすぎてよくわからなかったが、医学はすごい、という点では全く同感だった。

　手術から三か月後、宗吾は退院した。そしてそれからさらに二年数か月が経ち、一家は元のマンションに戻ることになったのだった。病院の近くに引っ越した際、マンションは手放さず、賃貸に出していたのだ。

　今、宗吾が歩いているのは、かつて住んでいた、そして今日から住む自宅への道だ。しかし彼が車を降りたのは、懐かしい帰路を楽しみたいからではなかった。

　目的は、あの屋敷だ。

美しい少女が車椅子で眠っていた家だ。なぜか、手術を受けて以来、何度もあの屋敷が夢に出てくるのだった。そして宗吾を呼んでいるような気がする。

だが――。

行ってみると屋敷はなくなっていた。建物も塀も門も消え、空き地になっていた。わずかな名残さえ見当たらなかった。一瞬、あの屋敷は幻だったのかとさえ思った。

ため息をつき、歩きだそうとした。その時、ふっと薔薇の香りを感じたような気がした。またたか、と思い足を止めた。手術後、よくあることなのだ。だが見回しても薔薇などどこにもない。

宗吾はそっと胸に手を当てた。この薔薇の香りは、心臓の元の持ち主がもたらすものではないか、と思っている。

そして確信するのだ。この大切な命をくれた子供は、深い愛情と薔薇の香りに包まれ、きっと幸せだったに違いない、と。

（了）

＊作中のカゼフキグサと子狐の話は、著者が数十年前に読んだ短篇漫画を下敷きにしており、オリジナルではありません。今回、原典を探しましたが見つけられませんでした。お心当たりのある方は、幻冬舎までご一報いただければ幸いです。
comment@gentosha.co.jp

装幀　名久井直子
装画　布川愛子

この作品は書き下ろしです。原稿枚数655枚（400字詰め）。

〈著者紹介〉
東野圭吾　1958年大阪府生まれ。85年、『放課後』で第31回江戸川乱歩賞を受賞しデビュー。99年『秘密』で第52回日本推理作家協会賞、2006年『容疑者Xの献身』で第134回直木賞を受賞。12年『ナミヤ雑貨店の奇蹟』で第7回中央公論文芸賞、13年『夢幻花』で第26回柴田錬三郎賞、14年『祈りの幕が下りる時』で第48回吉川英治文学賞を受賞。その他に『天空の蜂』『プラチナデータ』『虚ろな十字架』『ラプラスの魔女』『禁断の魔術』など著書多数。

人魚の眠る家
2015年11月20日　第1刷発行

GENTOSHA

著　者　東野圭吾
発行者　見城 徹

発行所　株式会社 幻冬舎
〒151-0051 東京都渋谷区千駄ヶ谷4-9-7

電話:03(5411)6211(編集)
03(5411)6222(営業)
振替:00120-8-767643
印刷・製本所:中央精版印刷株式会社

検印廃止

ISBN978-4-344-02850-0 C0093
幻冬舎ホームページアドレス　http://www.gentosha.co.jp/

この本に関するご意見・ご感想をメールでお寄せいただく場合は、comment@gentosha.co.jpまで。